终于有一部向所有人讲述量子物理的当代小说了。恰逢其时。尤其是为了说明,爱因斯坦和薛定谔终于赢得了对抗玻尔和海森堡的论战。

——[美]李奥纳特·苏士侃

我杀了谔定谬的猫

[意]加布里埃拉·格雷森 著
杨兰 译

北方联合出版传媒(集团)股份有限公司
万卷出版有限责任公司

著作权合同登记号：06-2023 年第 221 号

图书在版编目（CIP）数据

我杀了薛定谔的猫 /（意）加布里埃拉·格雷森著；杨兰译. -- 沈阳：万卷出版有限责任公司，2024.1
ISBN 978-7-5470-6374-3

Ⅰ.①我… Ⅱ.①加… ②杨… Ⅲ.①长篇小说—意大利—现代 Ⅳ.①I546.45

中国国家版本馆 CIP 数据核字（2023）第 183247 号

Ucciderò il gatto di Schrödinger by Gabriella Greison
© 2020 Mondadori Libri S.p.A., Milano
The simplified Chinese translation rights arranged through Rightol Media（本书中文简体版权经由锐拓传媒取得 Email:copyright@rightol.com）

出 品 人：	王维良
出版发行：	北方联合出版传媒（集团）股份有限公司
	万卷出版有限责任公司
	（地址：沈阳市和平区十一纬路29号　邮编：110003）
印 刷 者：	辽宁新华印务有限公司
经 销 者：	全国新华书店
幅面尺寸：	145mm×210mm
字 　 数：	250千字
印 　 张：	11
出版时间：	2024年1月第1版
印刷时间：	2024年1月第1次印刷
责任编辑：	王　越
责任校对：	张　莹
封面设计：	仙　境
版式设计：	李英辉

ISBN 978-7-5470-6374-3

定 　 价：48.00元
联系电话：024-23284090
传　　真：024-23284448

常年法律顾问：王　伟　版权所有　侵权必究　举报电话：024-23284090
如有印装质量问题，请与印刷厂联系。　联系电话：024-31255233

"一切事物，皆为虚幻。"

约翰·列侬

（1940—1980）

目 录
Contents

001　第一章
　　选择决定结果，因此我不做选择

010　第二章
　　当老人种小树时，社会就越来越好

018　第三章
　　薛定谔的墓

028　第四章
　　重要的是如何在这世上自处

038　第五章
　　通过错误的过程得到正确的结果

048　第六章
　　我们将获得永生

057　第七章
　　发明者团队

069　第八章
　　　意识使人重生

085　第九章
　　　量子物理的起源（一）

101　第十章
　　　量子物理的起源（二）

108　第十一章
　　　事物与其反面相同

119　第十二章
　　　薛定谔，等于牛顿

129　第十三章
　　　有知总好过无知

143　第十四章
　　　当我们未看此花时，花寂与不寂皆在同时

153　第十五章
　　　一切仍处于争议之中

176　第十六章
　　当我不能拥有时，我便想要拥有

187　第十七章
　　玻尔—海森堡与爱因斯坦—薛定谔
　　之量子大战已经结束，后者胜

202　第十八章
　　物理创造独立

211　第十九章
　　此时此处（一）

223　第二十章
　　此时此处（二）

232　第二十一章
　　想象力比知识重要

249　第二十二章
　　盒子关闭时，
　　黑暗中的是你自己，而非他人

260	第二十三章 杀死比尔（一）
277	第二十四章 杀死比尔（二）
284	第二十五章 存在皆为一体
298	第二十六章 薛定谔的猫会传染
306	第二十七章 你们要对无限可能心怀畏惧
316	第二十八章 盒子里的永恒

328	作者后记
331	译者后记
333	参考文献
338	致谢

第一章
选择决定结果，因此我不做选择

2020年1月2日

当你明白世间万物都是由概率决定，而不是取决于牛顿三大定律，世界便在你手里慢慢塌陷。而我刚刚明白这个道理。

我今年28岁，却不知该怎样度过这个28岁。我迷茫而愤恨。我每天虚度时光。我醒来，我洗脸，我穿衣服。我永远穿同样的衣服，黄色短上衣，黄色的长裤，衣服侧边有一道黑色条纹。没错，就是《杀死比尔》女主角的同款套装。这样的衣服，我有很多套，无论是冬装还是夏装。鞋子我会换着穿。是的，这就是我的穿衣风格。显然，我很随性。我是说，在生活中。我看见什么就穿什么，就这样。而我一眼看到的总是那套带黑条纹的黄色运动装。我永远穿成这个样子，不管是去买菜、喝茶、工作，还是跑步。是的，我跑步，慢跑，在墓园里。那是唯一让我感觉自己活着的地方。我和死人聊天，他们会给我答案。我自言自语。我说梦话。我觉很多。我一天睡12个小时。一天中一半的时间。一半一半。

一半时间生活，一半时间睡觉。我晚上9点睡觉，早上9点起床。我常常做梦，我活在梦里。我虚构很多东西。我编造自己的现实生活。一个人生中一半时间用来生活，一半时间用来睡觉的人，可以决定自己活在哪一半时间里，不是吗？我不喝酒，不喝咖啡，不抽烟，不嗑药。我唯一上瘾的事就是睡觉。啊，我也喜欢做爱，但也只是顺其自然。可我只经历过失败的关系。那些我寻求慰藉的男人，那些从我身上寻求慰藉的男人，只会带给我一丝丝满足，而非愉悦的体验。我就这样填补内心的空虚，以上。

　　我在蒂罗尔州的阿尔普巴赫墓园里。我坐在一堵小墙上。我在思考。我刚刚丢了工作。之前，我在一所高中教物理。我上课有自己的风格。那是我唯一的行事风格。我每月会定期更新履历——我的失败履历。我是失败的先锋。我是失败的收藏者。我没有朋友，也不在乎这件事。我很女权。有时，我甚至担心自己的腿长得太好看，那样就不够女权了。我的人生没有方向。我最熟悉的感觉是痛苦。我知道，我处在犬儒的旋涡之中。成年人的生活法则超出了我的能力，这就像爱情对我而言，所以我不会让别人爱上我。或许所有人都会偶尔有这种感受，只是没人说出来，或许也只有我是这样。

　　小时候我就见过这幅画，画在一张纸上，上面写着：

你活着，同时，你死了。
而当我走出这个盒子，对你来说，死了更好。

　　第一眼见到这张画时，我内心深感宽慰。有一个谜题要解，这让我很开心。或许那是我最后感觉开心，也是我唯一感觉开心的时刻。我说的是当我手里拿着那张纸的那一刻。因为它转而就变为一种焦虑，开心也从眼前消失了。转念一想，我常常经历这样的事。

我不怕猜谜，只需要排列信息，一点点推理，其实很简单。我很擅长这个。正因如此，我选择学习物理：物理就是谜语和知识，以上。研究物理时，人会有安全感。不管是谁，都能理解物理。第一次看到纸上画的盒子里的那只猫时，我刚满14岁，上八年级，那是2006年。我把这幅画拿给我妈妈看，她的全部回应就是一记耳光，然后从我手中把画抢走了。那张纸原本塞在生日贺卡里——是我爸寄给我的一件生日礼物。他之前总会给我寄一些小画——他偶尔看到的觉得好玩儿的那些画，或许是为了在我的生活中刷刷存在感。这幅画本来挺好笑的，是的，但或许一个14岁的女孩不这样想。又或许不该出现在她过生日的时候。收到那件生日礼物时，我妈和我爸已经分手了。她不让我见我爸，她让我离他和他大老远寄来的那些东西远一点儿。她对那幅画的掠夺，只是我童年众多悲惨经历之一。但是，因为我喜欢谜题，所以那幅画在我脑海中挥之不去，于是，我偷偷监视妈妈，瞄准时机，很快又把画偷了回来，至于礼物什么的我才不在乎。自从这幅画回到我手里的那一刻起，我便开始构建自己的世界。一个让我迷失自己的无限世界。对于14岁的年纪而言，那个世界既是我的痛苦，又是我的救赎。这就是我。一个28岁的年轻女孩，生活在一个如同大盒子的世界里，大盒子里装着小盒子，打开小盒子，发现里面还有大盒子。而在我自己的生存旋涡中，所有世界同时存在，它们被装在不同的盒子里，无一例外，同时存在。如今，唯一让我感觉辛苦的事，就是不做选择，这样我才能经历事情崩溃不可挽回的瞬间，才能预见事情的衰败。

我自从逃离那个家，十年来，从没回去过。这些年里我做了什么？我早早上床睡觉。对了，我大学毕业了，学的物理专业。我学物理，有一部分原因是想弄清楚那幅画的含义，因为高中时没人能给我解释清楚。我毕业已经四年了，毕业之后我做的事很有限。也是因为我没时间研究别的东西。我构建了自己的平衡。比如，我现有的价值观和有限的安全感。唯一威胁到我安全感的就是那只讨厌的猫。这些年来，它既是我的庇身之所，也是我的痛苦之源。这件事我已经说过了，我再重申一遍。因为我和这只猫之间的矛盾，让我对猫科动物产生了一种反感，甚至演变为一种过敏。我不能和猫共处一室，我不能和养猫的人说话，不然我就满脸通红，舌头肿大，心跳加速。其他的我不知道，但我一直处在焦虑不安之中。简要概括：真猫，过敏；画上的猫，让我感到孤单。再说清楚点儿：画上的那只猫就是薛定谔的猫。很多年后，我给它取了个名字。最开始，我以为那只猫是薛定谔族的，以为"薛定谔"是猫的一个品种，常被简称为"名猫"。后来，过了一段时间，我才知道不是这样子。大家都知道我说的猫是什么。大家都会引用这只猫的名字。大家都有一些故事，可以被定义为薛定谔的猫。

●布莱克·奥巴马，2009年1月20日，美国白宫，总统就职演讲。他的演讲很长，我什么都没听懂，除了中间有一句，他带着迷人的微笑对全世界的镜头说："你赢的同时你也输了，政治运作就像薛定谔的猫一样，在日常生活出现改变之前，一些都是未知。"

● 史蒂夫·乔布斯，2011年9月30日，加利福尼亚，帕洛阿托，他在去世前最后一次会议中说："我们未见之事，同时既存在，也不存在，只要你永远不打开它们的盒子。这种想法会让我们聊以慰藉……"

● 马克·斯潘塞，《纽约时报》编辑，2012年3月，他在一篇头版文章中写道，米特·罗姆尼可以被称为第一位量子政治家，所以最好别投票给他。

● 马丽·苏西诺，我小区的门卫，从2013年11月起，她就穿着一件短袖上衣，把黑色穿得都褪色了，衣服前面印着旅行团名字，后面印着出发时间，感觉她好像时刻准备出发去西雅图、威斯康星州或明尼阿波利斯旅游一样。旅行团的名字是"或许猫已死"。一天，我问她知不知道那个名字是什么意思，她回答我说："当然了，就像薛定谔的猫一样。"那咱得把话说清楚：不是的，苏西诺女士，薛定谔的猫不是"或许已死"，而是"同时生和死"，这可是完全不同的概念！

薛定谔的猫随处可见。杯子上、画里、歌曲里、动画片里，它还出现在小说、诗歌、电影、游戏、漫画里。它在《生活大爆炸》里面出现了七季，在《权力的游戏》里面出现了三季，在《飞出个未来》里面出现了五季，在《格里芬》里出现了两季。它出现在电视剧《柯明斯基理论》《神秘博士》《威尔和格蕾丝》《星际迷航》《星际迷航：皮卡德》《数字追凶》《硅谷》《了不起的梅塞尔夫人》《星际之门》《绝命毒师》里面；在游戏《星际战甲》《最终幻想》《村庄日记》里面。在电影《严肃的男人》《致命魔术》《邪恶的男人》《贱女孩》《连贯：超越时空》《重生男人》《突如其来：危险调查》里面。在网络漫画《奇异人生》《真女神转生：数码恶魔传说》《迷宫骇客》《传送门》《摇滚乐团》《生化奇兵》《幽灵诡计：幻影侦探》《荒野兵器3》《零逃脱：九小时》《九个人》《九扇门》里面都出现过。

我一直在想，生活中的一切，皆有因果。选择决定结果，结果带来选择，选择决定其他结果……所以我不做选择。但别人之前为我做过选择，所以我现在过着这样的生活。滑动的门，交叉的命运……就是这样。但后来，在我的生活中，在所有人的生活中，出现了量子物理，同时也出现了社会焦虑！事物与其反面无二。这就是量子物理。量子物理讲述遥远的对立，然后将这种对立积累、融合：事物的反面，比如阴和阳、好和坏、黑和白、男和女、黎明和日落。因此即便是现实和虚构之间，也并无差别。材料与反材料，自我与他我。我花费好几个小时思考这些事。这到底是什么生活？

总之，量子物理和薛定谔的猫紧密联系在一起。量子物理、薛定谔的猫和我的人生，也紧密联系在一起。所以现在我要解开这个重大谜题，它正在毁灭我的存在。是什么把我们联系到一起？牛顿在哪里结束，而我从哪里开始？为了理解这些事，我要研究到什么深度？另外，还有埃尔温·薛定谔。他是一个伟大的人，是我的偶像。我家里贴着他的海报，我常常和他交谈，他是我想象中的朋友。他率先构想出了我们如今赖以生存的一切：人工智能，量子纠缠，量子计算机，量子密码，心灵运输，量子生物，量子神经科学，量子化学，多元宇宙，一切。我们的现在与未来。他是如何做到的？他是怎么知道我们不懂这些事的？他过的是什么样的生活？今天早上，我做了一个决定。为我的问题寻找答案。我不能继续这样生活了。新年刚刚开始，我为自己立下了一个目标：走出我所在的精神炼狱。我不能永远像量子物理表达的那样，既不在这儿，也不在那儿。这是一个生与死的问题。我感觉自己要疯了。

量子物理使我走向毁灭，同时也让我得到救赎。人们明白我在说什么。八十多年来，薛定谔的猫在这个世界上，被用来表达一种社会不适感，一种矛盾情绪。两件相反的事，却同时共存：人们不想面对这些事，以免被迫做出选择。只要听到薛定谔的猫这个谜题，我就会记录下来，标记时间、情况、地点、引用者的名字。我家有一面墙上贴了一百多张海报，每张海报都记录着不同的人经历的各种窘迫场面。一进入这个房间，视觉冲击极强。它让人想起电影《沉默的羔羊》中地窖里的那面墙，墙上挂着被剥皮的受害者照片。在十四年的时间里，我在薛定谔的猫这幅画背后，记录了一些能帮我解决这个难题的信息："朱迪·福斯特"可能会对我下狠手。现在只能去找帮我做研究的"安东尼·霍普金斯"。

在整件事情中，还有一个关键因素。那只猫，准确来说是画里的那只猫，它真的存在。自从丢了工作，我走到哪儿都能看到它：一身浅棕色的毛，右眼上有一块黑色斑点。在我没有防备的时候，它会突然出现在眼前。它看着我，或逃跑，或忙于寻找其他东西。有时，它只是从我面前经过。有时，我会把它吓跑。那只猫是我的噩梦，我被它纠缠上了。它想要毁掉我的生活。

介绍到这里就结束了。我的名字是爱丽丝·薛定谔，那只猫叫比尔，我要杀死它。

* * *

我感觉亟须借助一个人的生活来写一部关于量子物理的小说，因为量子物理尚未终结。现在阐述量子物理的理论都是暂时的，完全就像一个人的生活一样。第一次量子革命发生在20世纪，它带来了巨大变革，创造了我们现在生活的世界，一个用电脑、电话、TAC、DVD/Blu-ray阅读器组成的新世界。量子物理诞生于欧洲，而奥地利是一个支点。现在我们面临第二次量子革命，它将重新定义我们在世界上的生存方式。第二次革新浪潮出现在美国。人的一生中有三次重要的过渡，会带来巨大变化：第一次大约在18岁，第二次在28岁，第三次在50岁。在这本书中，我讲的是第二次过渡（因为我还不到第三次过渡的年纪！）。量子物理准确地描绘出一个人生活在转折阶段的焦虑不安。"杀了薛定谔的猫"意味着从这种悖论中解放自己，不再一只脚踩在这儿，一只脚踏在那儿。这是个比喻，而我想让自己的心平静下来。

最近有一篇文章，在科学界收到很多赞誉，可以帮助我们理解目前所处的这个转折阶段：马德里康普顿斯大学物理学家费尔南多·索尔发表的《科学是否可以提供一个现实的终极解释》。我还想引用另一篇文章——作者是苏黎世大学和日内瓦大学的物理学家安托万·苏亚雷斯，他在文章中谈论了用量子物理论证焦虑的重要性——《量子叠加的极限："薛定谔的猫"和"维格纳的朋友"是否应该被视为"奇迹"叙事？》。

你们会在文末的文献中找到这两篇参考文章。

第二章
当老人种小树时,社会就越来越好

2020年1月4日

  今天,我依旧在阿尔普巴赫墓园,蒂罗尔州。现在是早上,我在慢跑。跑步时,我可以更好地思考,不过这件事我好像已经说过了。我经常重复同样的话,这让我有安全感。我反思我的人生。我不知道还有什么能比我的人生更无聊。我解读回忆,也就是反思过去经历的事。只有在反思时我才会理解这些事,我经常这样做,就像我经常反思那幅画。总之,既然我一个人自言自语,那就一边跑步一边说话。至少在墓园里,我还能和死人聊两句。

  但有时,我也会遇到一些活人,那些站在墓碑前面的人,我也会和他们聊一聊,说说我零乱的想法。

  我看见一个戴帽子的男人,我走到他身边。我问他很多事情,但他不理我。最后,我终于找到了一个对的话题。

  "她是怎么死的?"

  这个男人开口说了第一句话:"她是睡死过去的。"

  这是什么死法啊,我想。

"啊，挺好的。那么多死法当中，要是让我选，我也想睡死过去。毕竟，这是最省事的。不过，等我死了以后，我想被扔到动物园里投喂动物……"

这个男人不作声，我觉得有必要说得再清楚一些。

"我的意思是随便哪个动物园都行。"

那个男人又说："只要我在这儿见不到您，我就会帮您传播死讯。"

我笑了，觉得他人不错。

"行，好的。我只是想说我对死毫不关心。我是这样认为的……我是这个意思。好吧……您做什么工作呢？"

"园艺师。"

园艺师，好无聊，但我没当他的面说出来。

"我觉得这工作挺好的，可以留给您很多空闲时间，对吗？另外，也能看出来……就是……我好像……总能在这里看到您……"

他应了一声。"小姐，您怎么称呼？"他问道，甚至连眼皮都没抬一下。

"我叫爱丽丝·薛定谔。"

他又应了一声，"当老人种小树时，社会就越来越好。"

就这样，我被转移了话题。

"我不认识种树的老人，但我可以查一下。"我说。

"倒也没必要认识他们。"

"好的，那我先走了……"

很尴尬。我开始继续跑步。

现在，我可以在家里待上两天，思考他刚刚和我说的那句话。我是个自己给自己出题的人，只有在解题时我才感觉怡然自得。当老人种小树时，社会就越来越好。他说的是什么树？真实的树，想象的树，只是个比喻？不，因为如果只是比喻的话，我能联想到很多东西。好的，我决定了：现在我回到我的房间，像海星一样躺在床上，思考几个小时。思考存在性问题是我的强项。

我朝着大门走去。我看到它了。那只讨厌的猫。就是它，棕色的毛，右眼有一块黑斑。就在我和它目光相遇的一刻，它消失了。我看看周围。这是我自己想象出来的画面吗？应该也有其他人看见了。那边还有一群小孩儿。

"喂，你们也看见它了，对吗？"

没人说话。

毕竟，我们是在墓园里。

我躺在床上，看着天花板。当老人种小树时，社会就越来越好。我脑海里反复回想这句话，努力用自己的思路整理出一个答案。当老人种小树时，社会就越来越好。就连格蕾塔·通贝里[①]都说不出这样的荒唐话。或许，他只是在说烧毁的亚马孙雨林，一句环保口号，实现可持续发展？现在非常流行的那些话。当老人种小树时，社会就越来越好。我之前认识一对夫妇，他们每生一个孩子就会在家中花园里种一棵树。他们一共有四个孩子，每个孩子又生了两到四个孩子，每个人都有一棵树。他们那个花园就像是斯泰尔维奥国

---

① 瑞典青年活动人士、政治活动家和激进环保分子。

家公园①一样。每次我去他们家里拜访,他们都会和我讲这个故事,并且会带我到树林间散步,不断地和我重复这棵树叫什么,这棵是谁的树。我受不了这一家人。如果世界上有这样的家庭存在,社会怎么可能发展好呢?他们只会炫耀感情,其实他们谁也不关心谁,这一点我们都心知肚明。这种家庭还会建很多聊天群,然后互相转发在网上看到的奥修②的鸡汤名言,或者转发吉姆·莫里森③的经典语录,因为这很酷。吉姆·莫里森一辈子做梦都不会说出"保持冷静,扔出意面"之类的话,但转发这些句子能让他们开心,然后再花上几个小时转发其他白痴的句子。这些家庭还会转发一些从台阶上摔下来之类的搞笑视频,或者从《老友记》或《大兄弟》里扒下来的每日动图。这些家庭还会在朋友圈里晒猫,邀请所有人进群,加入群聊。这些毒性家庭必须连根拔除,这样才是为了我们的社会着想。他们是一道伤口,这才最令人担心。

当老人种小树时,社会就越来越好。树是一个比喻,隐喻的树,树在这里指代其他的东西。树是牛顿最好的灵感来源:他看到苹果掉落,于是开始推导万有引力定律,这也给后来所有的物理学家抛出了一个引子。贝尔纳后面的森林中的树是阿尔伯特·爱因斯坦的灵感。佛坐在一棵菩提树下达到涅槃。树是传统、宗教和文化的里程碑,比如伊甸园中的树:《圣经》中说因为夏娃从智慧树上摘了圣果,所以上帝惩罚她、亚当及其

---

① 意大利的一个较大的国家公园,位于伦巴第大区。
② 印度哲学家、思想家。
③ 美国创作型歌手、诗人。

后代在凡间生活。然后还有《约书亚树》——U2的第五张专辑中的那首歌，但我怀疑墓园遇到的那个戴帽子的老男人没听过这张专辑里最好听的一首歌。这张专辑里还有《篮球兄弟》，献给葛雷格·卡罗的那首；葛雷格是乐队的助理之一，当年他在都柏林骑摩托车给博诺买啤酒时死于一场车祸。这是一首很好听的歌，一首死亡颂歌。

我继续盯着天花板看。树……象征着回忆，不管是个人回忆还是集体回忆。我们每个人都有一棵树，让我们回忆起一些事，让思绪奔涌。我回忆里的那棵树是在2008年的夏天，地中海沿岸，意大利一个小镇上，一棵松树。那个男孩叫罗博，他比我大三岁，高中被开除过两次，胳膊上有四个很大的文身。他会骑着摩托车到处逛，是个名副其实的混混儿，我当时喜欢那种类型。只要看到他，我在梦里会觉得地狱都是个安全的地方。他叫我小薛薛。现在想起来，感觉这名字有点恶心。总之，后来他把我甩了，劈腿了另一个女孩。第二个男孩：托尼。他和我一般大，总穿一身黑，抽烟，腿上有文身，还打了舌钉。他后来也把我甩了，劈腿了另一个女孩，行吧，行吧。第三个男孩：迈克，美国人，在马戏团里做杂技演员。他那时临时住在城里的广场上，没有固定居所，瘦得像个大头针。他说的话我一句都听不懂。当马戏团离开时，这段关系也结束了。第四个男孩：史蒂夫，托尼的弟弟，头脑不太灵光。假期结束时他离开了，这段关系也宣告结束，他还对我坦白说他的正牌女友在家里等他。好吧，三重打击。所有这些事都发生在同一个夏天，发生在同一棵树下。

我又开始盯着天花板，我想，或许树还可以代表其他东西，一些更崇高的东西。树象征着一个集体的回忆，就像美国纽约，归零地①前面的那棵梨树。它在轰炸中幸存下来，而那次轰炸毁掉了世贸双子塔和几千条人命。那棵树矗立在那儿，一侧有明显的伤痕，它让我们想起恐怖袭击和顽强的生命力。那棵树象征着毅力，它在灰烬中重生，它是植物中涅槃的凤凰……

当老人种小树时，社会就越来越好。年轻人被迫经历的一切消极事物都是老人制造的。如果年轻人是意识，那么老人就是分歧。我想到了康德。意识与分歧不可协调，但又紧密相连。它们之间应该存在一个比例关系，因为两者都与本我相关。这似乎是个悖论，但实际并不是：各个时代、每个民族最智慧的人都证明了这一点。正因为这些男男女女，这个世界才被异常明亮的意识之光所点亮，他们用生命和语言构建与塑造出一件艺术品，被我们称为人性，他们同样见证了被内部撕裂的分歧与痛苦。这对于因此而痛苦的人来说是一个安慰。我自言自语，好像在做弥撒一样。

我突然想笑。我是学物理的，就像所有学物理的人一样，将哲学看作救命之锚。我肯定不会像神父一样做道德讲师。我肯定不会提出一些观点，认为我们有一个高尚的目标，那就是弘扬道德准则。这不关我的事，我的观点毫无偏私，也正是因为它们不偏不倚，以道德为前提，这才会为我接纳。当我陷入这些思绪，我感觉自己和其他人一样无力，无法解

---

① 2001年，美国曼哈顿在"9·11"恐怖袭击中倒塌的世界贸易中心遗址。

释康德的义务论。其中最简单和普遍的道德准则：你们要无私、忠诚！我觉得这一令人不解的存在是生命进化之初对我们人类的指引。从一种利己主义的普世价值过渡到一种利他主义的普世价值，人类正朝着社会性动物转变。对于喜欢孤独的动物而言，自私是一种美德，可以使这一物种得到保护和完善；但在其他任一类型的集体中，自私都会演变成一种极具毁灭性的恶习。在组建城邦之初，不能有效克制利己主义的族群终将灭亡。我想到了蜜蜂，想到蚂蚁，想到白蚁：它们都是典型代表。社会的优势来自各民族的和平相处，而这一说法又与既定存在相去甚远，因为自私依然有很强的感召力。如果我们是工蜂、蚂蚁，或认为个人恐惧并不存在并将怯懦视为世上最可耻之事的斯巴达战士，那么战争将永不休止。幸好我们仅仅是人，是懦弱的人。

但是，仔细一想，我觉得拉马克学说[①]就是一个解决办法，没错。虽然作为人类的我们不想接受这一点。又或者，当我们拒绝继承既定的品格，换言之，接受达尔文的进化理论，我们会发现一个物种中个体的表现会给整体进化趋势带来显著影响。因此，结论归于一种伪拉马克主义。人类会改变外形，改变样貌，并引入选择机制。随着新的机制逐渐发展，行为对自身的支配作用越发明显。行为与样貌合二为一。简单来说，如果我们不用双手达到自己的目标，便不会拥有智慧的双手：它们会成为麻烦，就像闯入舞台的观众一样，是多余的。如果不尝试飞翔，就不会拥有有力的翅膀。如果

---

① 一种生物进化学说，用进废退与获得性遗传为其核心。

不试图模仿周围听到的声音，就不会拥有语言天赋。社会的优势限于时刻变化之中，限于力量结合之中……不一而足。

我把手伸到床头柜上，吞了一片安眠药，然后睡了。

*　*　*

爱丽丝和薛定谔一样，漫游于哲学思考之中。这部小说的主人公在脑海中，从 U2 联想到了康德。为了反思人生，爱丽丝提到了牛顿、爱因斯坦、达尔文，以及现代社会（从推特到视频网站）提供给她的所有信息。跑题说到的拉马克主义，是 1935 年薛定谔在罗马参加一次会议上提到的内容，他受恩里克·费米[①]之邀参加会议。最后，和薛定谔一样，爱丽丝的爱情生活也是自由而不受约束的。她就是薛定谔的现代化身。

[①] 意大利物理学家，曾提出"费米悖论"。

第三章
薛定谔的墓

欢迎来到爱丽丝的梦游仙境。这里是阿尔普巴赫,她生活的地方,一个只有两千名居民的奥地利小镇,直属于蒂罗尔州的库夫斯坦区。这里的奥地利景观有点儿类似于普斯特拉亚山谷或者布鲁尼科。实际上,这里离意大利也不远。我们刚刚进入爱丽丝的梦境,将和她一起在她每天强制自己休息的12小时里,经历她大脑中出现的一切。令人瞠目的风景,低矮的房子,绿色的草坪:今夜,爱丽丝的脑海中将上演这一幕。我们现在姑且寒暄一番。

请允许我介绍一下自己:我是梦神,只有我,只有故事中的我,可以掌握一切信息。作为夜晚陪伴我们的向导,它将夜晚的幻想和白天的现实联系到一起。当我们有问题时,梦神就会来帮助我们,并帮我们解读美梦、噩梦和夜晚的幻觉。当我们不提问题时,梦神则是隐身的,不复存在。有的人一生都不需要梦神,有的人每次醒来都焦虑地找寻它。当你们忙得团团转的时候,它就偷偷下班了。梦神很傲娇,它不喜欢看到你们出现在人群中间。你们所争取的任何利益都会令其生厌。每个人都和梦神有特定的关系,你们可以自己想一想。今晚我们经历的是爱丽丝的梦境。不是你们的。所以我的任务是描述爱丽丝看到的事，以及她怎么看待这件事。除此之外，只有我能告诉你们更多关于爱丽丝的信息：比如说，你们不知道爱丽丝留着大波浪的发型，头发经常梳起来，发色是自然的红铜色，绿色瞳孔，肤色亮白，中等身材，健硕的运动员体格。但是不要太依赖我，你们只能在特定情形中遇到梦神，那就是当爱丽丝睡着的时候，且也不是每次都能遇到。爱丽丝将决定我把哪些梦讲给你们听。但是，每个梦都有意义。每次讲完以后，你们就能把每一个答案组装起来，解开她的人生谜题。但我们有时间，不着急。如果你们同意的话，我们先看看她脑子里在想什么吧。

我们刚刚说，蒂罗尔州。山上的小房子，最多两层，大多是木质的，白色的景观房。阳台上摆满了鲜花，玫瑰花、栀子花、马蹄莲、小苍兰，街上随处可见长椅，人们可以坐下来晒晒太阳。山就是风景，因斯布鲁克就在旁边不远处。中世纪的房子和巴洛克式奢华宫殿错落在阿尔卑斯山的首都，它们像灯光一样，在爱丽丝的梦里慢慢浮现。

为了到达阿尔普巴赫，爱丽丝需要坐火车从维也纳出发，一段大约 8 小时的旅途。她仿佛依旧能听到车厢里的声音，这是一段长途跋涉的旅程。霍夫堡皇宫，因斯布鲁克的桥，圣贾科莫教堂，市政塔。闪回。出现又消失。安布拉斯城堡，铁道，还是铁道。一个讨厌的人破坏了她的旅途：坐在她身旁的那个男人开始吸鼻涕。真恶心，为什么有人吸鼻涕呢，为什么呢？好烦，好恶心。铁道，一晚上的噩梦。闪回。感觉好像跌落半空。她的双腿突然抽搐了一下。闪回。面包丸子，烤猪肉，炸油饼。面包丸子，还是面包丸子。梦里全是装满黄油的面包丸子的味道。闪回。黄油，到处是黄油，满床都是黄油。身体变得好重，胳膊也动不了，眼睛也睁不开。闪回。

现在是晚上，爱丽丝在晚上散步。她在阿尔普巴赫墓园。也就是之前我们看到她慢跑的地方。这一次，她认真地看着每一处墓地。她在那些令她好奇的墓碑前停了下来。她阅读碑文，看鲜花是不是还新鲜，一些墓碑的装饰让她发笑，其他墓碑上盖着的破烂儿让她失望。园中小路很宽敞，它们划定了不同区域，每个区域里都有十来个墓碑和坟头。每块墓地还用小围栏圈起一些新土，死者的家人可以在里面种点儿东西，或者摆上装有鲜花或绿植的花瓶；墓地里有一块或多块墓碑不等，这取决于死者是否和配偶或其他亲戚同葬，墓碑上记着姓名、日期或一些话语。一些漂亮的金属装饰庄重地竖立在土堆中央，形状不一：动物、十字架、钟楼、风向标或其他东西，都是些和地下埋着的人的生活相关的东西。这个墓地很小，但是爱丽丝总能走出不一样的路线，从来不重复，因为这里是个迷宫。她还能在墓园里玩跨栏：虽然这不是她的强项，但她还是玩得很开心。你们知道的，爱丽丝只做那些让她开心的事。

爱丽丝在散步，和所有人打招呼。她好像可以从每个死人那儿得到回应。有人冒出来问她过得怎么样，还有人会靠近她，并为她奉上一枝鲜花。甚至，还有人开玩笑似的说她的这套晚礼服很漂亮，带黑条纹的黄色运动装让她的腿显得修长，其实都只是玩笑。她总穿这一身衣服，即便是在梦里。

最后，爱丽丝终于看到了她一直在寻找的墓碑：她散步的目的地一直很明确，我们现在才明白。众所周知，在梦里没有剧本和设定好的情节。她停下脚步，弯下腰把鲜花放到地上，旁边是装着红色栀子花的小花瓶。她站起身，一遍又一遍地读铭牌上的字。墓碑的主人是埃尔温·薛定谔，生于 1887 年，死于 1961 年。墓碑上还有一行字，那是薛定谔的方程。爱丽丝觉得，这是物理学中最漂亮的方程：i · 带切线的 h · Ψ 上面带一个小点等于 H · 上面带半圆的 Ψ。

爱丽丝抚摸这块铭牌，它是圆形的，又因是铜制的，所以很重，很厚重。她又弯下腰，这次是为了抚摸另一块牌子，上面用斜体字记录了以下这些话：

事物之存在，绝非因我们所见之或所感之即为存在。事物之不存在，也非因我们从未见之或未感之即为不存在。事物存在，即存在，我们存在，因我们即为如此，我们即为永恒。因此，所有存在皆为同一整体。当一个人死亡时，虽然人已死，却依旧为存在；而非是因其未死，即为存在。

这段文字的右下角刻着首字母 ES。爱丽丝试着用大拇指擦掉这两个字母，结果越用力擦看得越清楚，因为这整块铭牌本身就不太干净。

"爱丽丝！"突然，她身后传来一个声音。

爱丽丝转过身，对眼前这一幕毫不惊讶。女士们先生们，薛定谔先生本人就站在那里——圆框眼镜，烟斗，蝴蝶结领带，白衬衫，卷起袖子的他又瘦又高。

两个人开始并肩散步。

"和我说说，你为什么会丢了工作？"他问。

"因为我违反了规定……"爱丽丝回答。

"做得好！"

"你怎么知道我做得好呢，我都没告诉你我是怎么违反的规定……"

"啊，我明白你在说什么，我之前也在很多地方遇到过类似的事儿。别管它，也别难过。没必要和这些正儿八经的学院派解释世界正朝着另一个方向发展，这是浪费时间。就像我的好朋友爱因斯坦说的，他们迟早都会死。"

"也是，我们最终会从他们当中解脱出来。"她回答道。

这段对话听起来有点荒谬。我们目前清楚的是，薛定谔似乎对爱丽丝了如指掌，他们的关系听起来像是老朋友。那么第一波问题来了：薛定谔是爱丽丝的精神导师吗？薛定谔是为了后人乘凉而栽树的老年人吗？他让我们的社会越来越好了吗？爱丽丝在梦里构建的东西是她在现实中缺少的吗？爱丽丝的真名是什么？为什么她要大家喊她爱丽丝呢？薛定谔就是爱丽丝？爱丽丝就是薛定谔？真相正悄悄浮出水面。

"为什么他们要在你的墓上放那样一块牌子呢？"爱丽丝问。

"你是说方程式吗？"

"不是，不是方程式，另外一个，那是一首诗吗？"

"是的，你想听我讲讲吗？"

"想，我想听听你的哲学……但是，在此之前，先让我弄清楚一件事。在你的墓碑上有一块写着诗的牌子，这块牌子被插到土里，而另一块牌子呢，底座是铁十字架，上面写着方程式。这两块牌子清楚地解释了你复杂的思想。但这两块牌子不一样，它们好像也不是同一时期的，它们是谁放的呢？"

"没错，写诗的牌子是我女儿如斯在20世纪80年代放的。而方程式的牌子是按照我的要求写下的墓志铭，它和我一同长埋于此。真希望人们回忆我时，只记得这个方程。我甚至不希望人们记得我是1933年的诺贝尔物理学奖得主，所以墓地上没有任何诺奖的痕迹。在墓碑上，我想写的只有方程，这是我唯一的心愿。这是我在1958年因静脉炎住进维也纳医院时表达的心愿。但后来我又康复了，退休了，从那以后我便闭门不出。

"我死亡的时间是在1961年1月4日的18时55分，我在床上，享年73岁。死因很简单，就是年龄大了。我希望自己被埋在阿尔普巴赫墓园，因为对我而言，这个小城一直是我的避难所。而我想要加之于身的只有我的方程，描述我们世界的方程。这里还放了一个十字架，因为我曾是宗座科学院的一员，但我并不信奉天主教。说实话，这个小墓园里埋葬的都是天主教徒，神父原本不想让我葬在这里，但是如斯坚持，她把我在宗座科学院的注册证明拿给神父看，他这才接纳了我。但要让我说，去那个趣味墓园也挺好……"说完，他笑了起来。

"啊，对，我去过那里！"

"我是希望被葬在阿尔普巴赫的墓园，但我并没有说是阿尔普巴赫的哪个墓园……"薛定谔笑个不停。

趣味墓园是指克拉姆萨赫博物馆墓园。那是蒂罗尔州最诡异的墓地，也被叫作"没有死人的快乐墓地"，里面收集着所有来自阿尔卑斯地区的墓志铭，是奥地利一个很有名的景点，四面八方的游客都来这儿参观。这里还展出了特别收藏的墓志铭和十字架。实际上，这个墓园从来没有埋葬过任何人。它只是个让人开怀大笑的地方。

"对呀，或许被埋在那里更好。可能如斯没什么幽默感。你和她的关系怎么样？"爱丽丝问道。

"直到 50 年代，我才承认她是我女儿。如斯生于 1934 年，是我与希尔德贡德·霍尔扎默的女儿，希尔德是物理学家亚瑟·马奇的妻子，也是我的情人。如斯一直到 2019 年才去世，她一直生活在阿尔普巴赫。1957 年，如斯生下了儿子安德里亚斯。亚瑟·马奇在如斯死后也去世了。我呢，在此前不久承认如斯是我的女儿，于是对外公开了外祖父的身份，这对我的晚年来说是一份美好的礼物。与安妮结婚后，我一直只和她保持婚姻关系，但只是表面婚姻。安妮，也就是安妮玛丽·伯尔特，1920 年我们结了婚，但我却从未对她保持忠诚。而换个角度，她对我也一样，但我没她那么过分；那只是我的人生信条，是一种炫耀的资本。我一直有重婚罪，同时最少交往两个女人。但在我那个时代，重婚罪要被判刑。当时流言四起，我任教的大学对我进行了处理。我需要换一种生活方式了。我也确实是这样做的：换一个城市，换一个新的大学，继续教物理，这些对我来说很容易，随后我便重新开始重婚生活。我总是会被女人吸引，我永远喜欢她们。女人是我的乐趣，而物理是我的救赎。我很擅长吸引女性，我是个情场高手、浪荡青年、花花公子。我还有一本猎艳日记，一字一句地把每个女人的细节、我们一起做的所有事情都记录下来。字里行间全是纯粹的享乐。如果你想听，我可以给你读一段……"

"不用，嗯，不用，谢谢，现在先不用。下次再说吧……"

"当然了,可以……就只是一些有趣的片段……"

爱丽丝点点头,但她眼睛睁得很大,整张脸就像是一个眼睛快掉出来了的表情包。

两个人继续散步,薛定谔背诵了他猎艳日记中的几页内容,把那些陈年滥调的事又讲了十分钟。

"同一个夏天,在同一棵树下……"他总结说。

"这是你的爱情日记吗?"爱丽丝直接问道。

"当然了,有什么不好吗?"

"没什么,没什么……现在我们能聊聊哲学吗?这样我感觉更舒服一点儿……"

"我们刚刚谈的不是哲学吗?"他笑着反问。

爱丽丝对这件事很清楚,但你们还不了解,所以我给你们补充一些细节;当然,这也是我的职责。埃尔温·薛定谔曾写过一篇杂文,名为《思想与物质》,他用量子物理的存在观阐述了现在的东方思想。此外,薛定谔还用这本书征服了很多女人。他提出存在性问题,然后用这些问题推倒了所有女人。但除了这些不可回避的,甚至有些恶趣味的内容,思想家们得出的结论是,薛定谔是现代思想的先驱,他很智慧,富于幻想,眼光长远。薛定谔是一位伟大的物理学家,他是高踞于神坛的科学家,做事风格完全异于常人。在《生命是什么》一书中,他阐述了自己的生存哲学。他提出了关于生、死、存在的问题,并不断在我们的大脑深挖。他的研究还涉及大脑与神经的关联及其背后的科学。他提出的所有物理学观点,直到现在仍是被研究的对象。薛定谔的对话者包括阿尔伯特·爱因斯坦、沃尔夫冈·泡利、尼尔斯·玻尔、保罗·狄拉克,他们都是极具权威的、有广泛影响力的巨人。他们是20世纪最重要的物理学家，是他们创造了我们的世界，我们现在生活的世界。

"于是，我写了这本书，作为一段经历的总结。当然，佛学是一个有趣的精神领域。怎么会不是呢？然后我问自己：'生命是什么？'就像在问，我们为什么存在于世界上，我们存在的最终意义是什么，生命的意义是什么。这些问题需要在我们的灵魂深处寻找答案，想一想在我之前的巨人们：达尔文、伽利略、牛顿，他们的存在无法被忽略。"薛定谔最后总结说道。他长篇大论地对爱丽丝讲述了他的世界观，不久后你们也会知道这些。慢慢来，你们不用急着立刻知道所有事。

经过这一番聊天，两个人现在已经走到了阿尔普巴赫车站的站台。薛定谔非常有风度地让他们身后的两位漂亮女士先上车，他还伸出手，扶着她们登上车厢。他也紧跟其后上了车，看了一眼那两位女士坐在哪儿，然后转过身看向爱丽丝。爱丽丝还在站台上，寻找着什么。薛定谔则在火车上，朝着他的车厢走去。闪回。爱丽丝拿着很多行李。刚才还什么都没有，现在她挎满了大包小裹。爱丽丝急匆匆地把这些包裹搬上车后，发现还有一个小推车忘记拿了，然后，还有另一个小车，然后，她发现还有第三个小推车忘在了长椅附近。她和列车长说，她还要去取一个东西，列车长却以为她要离开了。爱丽丝到长椅那儿去找小推车，但火车却关上门，出发，离开了。闪回。

爱丽丝蓦地惊醒，发觉自己错过了火车；她第一反应是寻找手里的小推车。她意识到自己把行李丢在火车上了，心情失落至极，好像自己永远失去了它们。她努力保持冷静，并回想把什么丢在火车上了，其实什么都没有丢。她还在寻找手里的小推车。也许重要的东西都在她手里。不对，在火车上。火车上还有她的电脑。哦，天哪，现在她没有电脑可用了。真痛苦。闪回。

* * *

薛定谔的墓和我书里描写的一模一样，我确实参观过他的墓，以及阿尔普巴赫和其他两个墓园，猎艳日记（虽然薛定谔自己只把它叫作"爱情"日记）也是真的，我在维也纳的薛定谔档案馆中翻阅过。这部分经历，在薛定谔的自传中有十足的描写。"女人是我的乐趣，而物理是我的救赎。"就是薛定谔的原话。晚年，他承认如斯是自己的女儿，这件事在薛定谔档案馆保存的一些信件中也有详细说明，你们可以在本书最后的文献部分找到资料。他的著作《生命是什么》充满了有趣的哲学观和存在观，并且深入阐述了佛学的思想内涵，这些我在本书后面章节中会提到。薛定谔也是西方最开始支持和宣传佛学思想的先驱。正反两面无分别[①]，本章首次出现了薛定谔认为最重要的那句话："所有存在皆为同一整体。"

[①] 一种佛教观：正反两面都是一体平等，凡夫心无法理解，可以理解为正反两面无分别，因为无分别能破除执着，无执着能见真如佛性。

第四章
重要的是如何在这世上自处

2020年1月8日

  我在维也纳，家里，沙发上。我手里拿着那幅画。我把它转过去，发现背后有几行字，还有一些笔记。我又把它翻转过来，看着这幅小画。我想，把这样一张画夹在生日贺卡里寄给我真是太傻了，也许它一点意义都没有，而我面对一件没有意义的事努力了十四年。它就像瑜伽茶、某品牌卫生巾，或者星座书上的那些话一样毫无意义。我起身，重新把那幅画放回写字台的抽屉里。我坐在地毯上，开始做太阳式，还有其他从视频网站上学来的瑜伽姿势。但在这种情况下，做瑜伽还远远不够。看着薛定谔的海报，我确信这幅画是有意义的。我坐到电脑前，开始在网络上搜索。前一天晚上的梦让我打开了思路：东方哲学是解开我生存谜题的不二法门，我十分确定。这不是我第一次做这样的梦了。薛定谔和我聊天，他和我一起做事情，玩游戏，我和他在一起很开心。我想，事情正在变得越来越有趣。我搜索了一会儿，发现这个城市里有很多教授东方哲学的地方，大家都想通过各类导入课程和讨论，让人们了解东方哲学。我选了一节试听课,报了名。我得抓紧时间,再过两个小时第一次课就开始了。我想提前到场,从容地熟悉一下环境。我决定要多了解一些佛学,这将是我的首要任务。

  我洗了脸,穿上套装,准备就绪。走出大门,我看到了那只猫,瞬间呆住了。棕色,右眼有一块黑斑。那只猫在等我。难道我们被线连在一起了吗?我在身旁随便挥了挥胳膊,想看看我们之间是不是有线连着,可我日常走路时没有遇到任何障碍。先不管了。我加快步伐,距离佛学课开始只剩不到一个小时了。我戴上耳机,选择每日歌单,在路上边走边听。摇滚乐,随机播放。

  我一直认为每个人都确定自己就是自己,自己的灵魂活在自己的躯体中。世界是一致且稳定的。反面亦是如此,我们在现实中看到的是虚伪,是欺骗。每个人表现出的不过是自己的众多面孔之一。我们所有人都是虚幻。但是,说完这个必要前提后,我可以实事求是地说,佛学是受虐狂的修行。哪个脑子正常的人会思考与现实毫不相关的存在问题呢?只有用痛苦折磨自己的人才会去上佛学课,就像我今天一样。我们坚信的佛只会给我们累积烦恼、增加疲惫。他们为什么不能听一点健康的摇滚乐呢?我在听齐柏林飞艇[①],然后切换到重金属,又换到 AC/DC[②]。将自己关进修道院参禅的这个想法逐渐在脑海中消失。或许,一会儿上课后我会继续听歌。现在播到了北极猴子,是的,必须听。……*Humbug*,

---

① Led Zeppelin,一支英国的摇滚乐队。
② 原"地下天鹅绒乐队"成员马尔科姆·扬创建的摇滚乐队。

整张专辑。我还要再走十个路口才能到达市中心，我还有十次机会改变主意。我努力分散自己的注意力，不去想自己为什么要去听佛学课，他们会讲什么，只聚精会神地听着北极猴子。聆听，让自己的思绪平静下来。还有几个路口。我快到了。*Humbug* 是乐队的第三部作品，也是粉丝们最不喜欢的作品。这张专辑不同于以往，音乐风格改变后都听不出来是北极猴子了。这张专辑完全没有重复的内容，而是转变，改变，蜕变。这支乐队没有沿循之前的风格，而是完全不同于以往：没有令人上瘾的打击乐，没有技巧上的歌词重复，甚至也没有童声。*Humbug* 朝着其他风格转变了，加入了美式混响，忽略了外界评价。北极猴子在 *Humbug* 这张专辑里没有确定感，他们重新定义了英式摇滚，给摇滚乐带来了新的活力，同时，也阻止摇滚乐走上一条可以预见的不归路。猴子们什么都懂。

我到了，进门，提前了 20 分钟。我按照指示说明，很快就找到了更衣室和教室。现在里面几乎坐满了人。我环顾四周，想找一个坐垫，因为每人都有一个。选位置时，我很高明地找了一个靠近出口的位置。提前找好退路总是没错的。我心里想，我很喜欢这个地方——一扇大窗户朝向内院，攀缘的绿植垂在玻璃上，透过来的阳光都被染成了绿色。我在门口的桌子上拿了一张传单，现在还在手里，为了表现得端庄大方，我读了起来。

"佛是第一个觉悟者。此前，他是一位普通人，并非先知或半神，因而这意味着任何人都可同他一样受启发而成佛。这是学佛时要有的基本意识之一。释迦牟尼留给我们的众多教导中，最重要的是五戒，也就是为了生活宁静祥和，与众生和谐相处，走上觉悟正路而必须遵从的准则。

"努力践行这些戒规时，修行者应以从容心态引导自己的生活：转念细想，如果大家没有特定的宗教信仰，却也能遵循这些简单的准则，那么世界就会很容易变得美好。"

读到这儿，我发觉没有任何内容接近我寻找的答案，两者甚至相去甚远。不知道埃尔温·薛定谔在阅读佛教清规时是不是也同样无聊。东方哲学诞生自佛学思想，但需要质疑翻译是否靠谱，我们接收到的信息是否经过了处理。我对此存疑，但没有充分的证据来支持这个结论。我正准备戴上耳机继续听音乐，却听到身边传来一个女人的声音，她转过身对我说话。

"小姐，我刚看见您进来了……我觉得您很有意思。您介意我坐在您旁边吗？"

"不介意，您请便，女士。"

"寻找我们内心最深处的自我……没有比这更神奇的了……您同意我说的吗？"她问道。

不是说佛教徒要保持安静吗？我假装没听到她说话，我打开耳机设置，把北极猴子的音量调大，估计她应该也能听见音乐声了。

"既然我们都在等老师来……我们可以闲聊两句，当然也别打扰您。"她继续说。

"我、听、不、见、我、在、听、歌、听、不、见、你……"我一字一顿地说。

"在、等、待、的、时、候、我、说、想、和、您、聊、两、句……"她也一字一顿地大声说。

来上这门课的所有人,大约有三十位,都不约而同地转过身看向我们。我摘下耳机,生气地转过身对着她,尽量保持心平气和。

"请说吧,女士。"

"我刚才看见您进来了……"

我很不爽,打算找个借口溜走。

"您已经和我说过了,不是吗?"

"对,我刚才说:我看见您进来了,我感觉您是一个很清醒的女孩,因为我看您和这里工作人员说话很利落。在更衣室里,我也没办法不注意您。您很小心,避免和任何人有眼神接触,也不会把自己的物品和其他人的混放,而是放到两米高的架子上,个人物品间也刻意保持距离。您到了以后,只换了鞋,现在就在这儿了……"

我更不爽了。

"对,但您除了看我之外,就没有其他事要做吗?您是监察组的吗?如果我们在谈论这个话题,那我什么东西都没偷。"

"没有,没有,看您说的。其实我在街上就看到您了,当您快要进门的时候。"

"啊,您是城市天使吗?之前有人和我说,维也纳正在经历新的禁酒令改革……您是干什么的?极端纳粹分子?为什么你们要控制别人呢?你们想让我们做什么?下次选举投票吗?这是政治层面的事,您很清楚,对吗?老太太?"

她垂下了目光,我不知道是不是那句"老太太"或"极端纳粹分子"打击到她了。不管怎样,我终于把她搞定了。世界终于清净了。

然而实际上,并没有。她抬起头,又开始和我说话,这次更起劲了。

"不不不。我不是这个意思。不好意思,小姐……我坐在您身边,因为您很漂亮、阳光、聪明,您还会说反话,很机智,反应快,这些都是不常见到的品质。"

"您没说我性感。"

"也很性感。"

"谢谢,好的。"

沉默。假的沉默,她又开始和我说话。

"您为什么要像刺猬一样把自己封闭起来呢,小姐?您知道吗,过去我也犯过这样的错误。我和您一样。现在,到了80岁,我才意识到自己的错误。我建议您听听我的经验:保持开放的心态……设立目标,改变人生。您听我说,看到您这样我很不舒服。您把心打开,让自己呼吸吧。虚拟空间中有许多网络,我们生活在自己的网络里,但是通过无意识的观察,可以跃入其他遥远的现实网络之中。设立目标,然后达成目标。现实空间越不可能到达,那个空间越遥远;越遥远,越是难以移动到那里,因为这需要很多我们不具备的能量。这里提到的就是能量量子。如果您想到达另一个维度,我告诉您怎么做:需要把五维空间向六维折叠。但做到这一点需要巨大的能量。您听我说,不要和剥夺您能量的人或事有牵连。我们所有人在一生中,拥有的能量量子是确定的,但能量会变化,或增或减,这取决于我们的情感状态、压力,以及我们如何养护自己。油腻的食物会降低能量级，就像手机电池耗电一样。太靠近负面事件也会削减我们的能量：如果您身边有人反对您，那些人表面上给您出主意，实际上却在说'你以为自己是谁'，或者给您的行为贴上'和以前一样傻'的标签……对于这些人，您可得离他们远远的。"

我一直在听她说话。我承认，她的话让我震惊。不知道为什么，我很理解她说的话。"您要远离那些负能量的人，同时，剔除那些负面的想法。负面想法悄悄在我们心里累积，我们甚至都意识不到它带给我们的伤害。"

我知道自己不应该听她唠叨。即便如此，她这些无用的言论还是吸引着我，我也不知道为什么。

"那么，为了养护能量级，需要做什么呢？"这句话一出口，我立马就意识到这是一个傻瓜问题——我听到一个声音在提问，而这个声音就是我自己，那些话是从我嘴里说出去的。

"想要增加能量量子，需要好的养护，那些不会使你加重负担的滋养。就比如我们今天来这里做的，冥想……还有一些心灵锻炼、瑜伽……"

"瑜伽我已经开始做了，我下载了'三分钟瑜伽'课程……而且，您看，我今天不一定会留下来。我只是过来看看讲什么，但是……"

她打断了我的话。

"您自己决定，而且您今天留下或是离开也不甚重要。重要的是您以后怎么做。您选择的方式也不重要，但您应该突破所有限制因素。我感觉您有一种超常的能量，所以我才和您说这些话。我说的这些话是一个机会,您要好好把握。"

"什么限制因素?您——在——说——什——么——呢?"我问,这一次我知道自己在问什么。但发起这个提问时,我最后一句话的语调太过懒散,声音也实在太大,等我意识到时已经晚了:又有人转身回头看我。他们就没点音乐可听吗?

我看着眼前这个老太太,在她脸上寻找着蛛丝马迹,或许她是一位灵媒?就像那些禅修打坐的人一样?或许她是个吸血鬼?我探头看了看她口袋里有没有装着大蒜①。

"有时,只要与他人交往,能量量子就会增加。当然,除了那些盗取能量的人。与能量高的人一起,总会有好事发生。你可以想象一下足球队,或者乐队。您应该听说过奇迹,那些发生在体育场或音乐厅里的古怪而不同寻常的事。我现在对您说的就是这些事。"

其实,她的话里有些东西是对的。

"您这是在说傻话。"我回答她。

"您很清楚我没有说傻话。"

确实是。

"您没说傻话吗,什么是负能量呢?"我问,同时留心看周围有没有人看到是我在问她,弄得我好像在干什么亏心事似的。

"负能量根植在我们内心中,而我们自己并不知道。这些负能量一点一点地啃食我们,伤害我们,削弱我们的能量。

---

① 吸血鬼传说中的避邪物,其作用是防止吸血鬼接近。

就比如您和某个人一起开车,他对您说:'别开进去,反正你也找不到停车位。'这样的人就充满了负能量,而且还想把负能量传递给我们,于是,我们就要损耗自己的能量,和他解释说里面应该有停车位,有可能有停车位;相反,如果我们不去找的话,我们也不知道到底能不能找到停车位。如果他还是坚持己见,我们的能量就会耗尽,或者我们妥协,然后把车停到很远的地方。还有一些负能量来自旧有观念,来自长辈对我们的谆谆教诲。他们总是对我们说:'钱财如空,来去匆匆。'而现在,我们如此信服这句话,以至于将它视为真理。在男人出轨导致一段关系结束之后,他们总是对我们说:'男人都一样。'我们就这样相信所有男人都这样,并且只会和出轨的男人在一起。他们总对我们说:'妈妈永远是妈妈。'这也是一种需要根除的消极理念。在我们小的时候,妈妈是成年人,而我们是小孩子,如果妈妈犯了错,那么错误应该由她承担;如果我们因此而抛弃她,那也不用有负罪感。突破这些限制因素后,好事就会发生。如果您想改变生活,那么永远都不晚。您要去过新的生活,切换到您想要的现实生活,去想象,去期待……"

我一直听她讲话,完全被她震撼。她的话我从没听过,观点也是灵光一现。我从迷惑转为震惊,不,我既迷惑又震惊。说到底,这些现实层级,或许和薛定谔说的是一回事。又或许,她说的话没有任何意义。这两种观点附着在我身上,我开始焦虑不安。我要站起来,要动一动。

这时,一位僧人突然走近窗户,拉上了窗帘。这种半明半暗的感觉令我窒息。在教室尽头的屏幕上出现了三句话,缓慢地滚动着。我读了一句：

"我所说法，亦不可盲从。善观我语，如炼截磨金。——释迦牟尼佛。"

我转过身对老婆婆说我要离开了，但她已经起身；我的目光追随着她，只见她径直朝佛像前准备好的坐垫走去。那是今天大师的位置。她坐在那儿，开始讲话。她，就是大师。

"重要的是如何在这世上自处。"我身旁的一位女士对我说。"重要的是如何在这世上自处。"我重复了一遍后，离开了。

* * *

薛定谔在《生命是什么》一书中进行了自我反思，并引用佛学观点做以深入论述。本章中大师的话是当下哲学大师们巧妙运用量子物理所做的众多反思之一。正如薛定谔所说，人们可以从任何信仰中获得有用的启发。而此刻的爱丽丝迷失了。

第五章
通过错误的过程得到正确的结果

2020年1月12日

　　我是一个自我参考、自我中心、自我反思的人。我完全沉湎于自己的世界，心外之物皆不存在。我脾气古怪，反复无常，阴晴不定，不受控制。当有人看向我时，我会手足无措。当没有人看我时，我不知该如何自处，会迷失于山间小径；而当我在辽阔海洋中畅游时，又觉着自己身在一方游泳池中。我对明天漠不关心，我用手吃饭，我就像强力粘胶一样油盐不进。这将是我的最终结局，一个因为讨厌自己而遍体鳞伤的女人，一个在社会中一无是处的女人。行动对我来说很困难，我异常懒散——不用问，我就知道很多同龄人和我精神状态一样。但我内心没有从容的欣喜，也没有什么伪装的借口能让内心获得解脱，我不怪周围环境或原生家庭——我的失败就是因为我自己，我就是这么平庸。

　　我停止头脑风暴，听到微波炉"叮"了一声。我拿出了刚刚热好的那盘菜。我吃饭，因为现在是维也纳的午饭时间。以上。

我尽量不分散精力，我记录，整理。我是在圣诞假期之前被解雇的，度过了二十天完全无所事事的日子。真的一点事都没有，我整天坐在电脑前玩游戏和聊天，晚上9点上床睡觉，早上9点起床，电脑、游戏、聊天、睡觉，电脑、游戏、聊天、睡觉。就在那几个星期里，我开始在楼下看到那只猫。它喵喵地喊我。第一次看见它时的感觉很奇怪，后来我就习惯了，现在它总在我眼皮子底下出现。

我看着薛定谔的海报，海报中的他的姿势很放松，像是一张抓拍。他坐在酒吧的桌子旁，桌子上放着很多东西，其中有一大杯茶；他的目光看向前面的什么东西，头略微低垂，发型一丝不乱，圆圆的眼镜，歪着的蝴蝶结，短袖白衬衣。桌上的东西很奇怪。盒子，各种盒子。或许其中一个是烟盒——这很奇怪，因为他只抽烟斗。一部现代手机——他桌子上怎么可能出现现代的手机呢？一支蜡烛。还有其他的盒子。白色桌子，很大，圆桌。他坐的椅子是金属材质的，那种很重的椅子。他的表情是我印象中一贯的样子：面容疲惫，双眉紧皱。一束阳光从窗外照进来，可以看到他的影子。或许，他正在对着影子，对着自己影子沉思。他身后是一些台阶，还有些木头栏杆。

这张照片是在1939年拍摄的，他当时52岁，在比利时的根特市。我就这样注视他很久，海报都被我看旧了。他摆出了一副开始聊天的姿势，我正好可以坐在他身旁。我转过身，看着墙上的便利贴。我从抽屉里拿出那幅画，把它放到桌子上。我想让一切都处在视线范围内。我走到书架旁，拿了几本薛定谔写的书，把它们放到地上。我又拿了几本

039

20世纪物理学家们写的关于量子物理的书，把它们也放到地上。我到卧室里拿出我小时候写的几本日记，把它们也放到地上。我看着面前的这些东西，上下打量，琢磨新的灵感。什么东西能把它们联系起来呢？是我把引用猫的那些人和迫害我的喵星人联系到一起吗？我是谁？我从哪儿来？为什么我会在这个世界上？生命的意义是什么？生命是什么？

我把所有东西归位。终于，我有了一个新的想法。如果我的生命是所有事情的关键，或许我不该杀死那只猫，我应该杀死我自己。我又想起在佛学中心遇到的那位大师。她的话在我脑海中回荡。限制因素，能量量子——我感到一丝安慰，谁能想到呢？或许，生命还有意义。那么，我不该杀死自己。重要的是如何在世界上存在。

我又开始记录，整理顺序；我正在迷失自己。我住在维也纳租的房子里，这里不是我出生的地方。我来到奥地利是为了学术研究，我在这里很舒服。我没有工作，但我自得其乐。我的父亲经常会给我寄些钱，这样做他心里会舒服些。我不完全是被之前上课的学校开除的，是他们对我实施了霸凌。他们霸凌了我，我离开了，以上。我没办法抗争。我没有武器，我抗争不了。霸凌来自所有人，校长、同事、家长会成员，或许还有班上的一部分学生。我离开了。我没有其他选择，所以也可以说是解雇。霸凌，是因为我不遵守一座正常城市的正常学校的规定。似乎一切都是正常的，只有从我嘴里说出来的那些话不正常。苏格拉底竟是我自己！我被人诽谤说引年轻人误入歧途。我腐蚀了年轻人！而同事们看到我不寻常的工作风格心生嫉妒，开始和我对着干：这个人太随便了，她让学生们以为自己可以为所欲为；她教得不行，而我们遵规守矩，忠于规章制度。事实上，这就好像在说，如果你用其他方式做事，就会给我们的社会制造麻烦。校长不想看到麻烦，于是，他把我叫到办公室去给我上了一课。很明显，我就是那个麻烦制造者。自从我来到这个世界，我就开始制造麻烦。这到底是个什么世界？

言归正传。我在学校里教学生们什么呢？就是我们身边的那些事儿。我把学生带到公园，让他们感受大自然。我们会停下来观赏小河，会在树林间散步。有时候，在课堂上我们会浏览视频网站，看看美国的研究中心，这些研究中心大部分都有实验室，所以就像直播连线一样，可以参与实验，和研究人员交谈。我们面临着第二次量子革命，那是一次伟大的革命，它将带给我们新的思考方式、行为方式、生活方式。面对生命、人生、宇宙、时间，我们有一种新的理解方式。这次革命之后，一切都会改变，教科书上写的那些东西将会变得老套、过时、蒙尘、破旧。沟通方式、聆听方式、互动方式、语言方式将会重新被审视。我们的生活将大不相同。我们要对这些事有清楚的认知。我们要讨论这些事，我们要和学生们讨论，因为世界终将落入他们手中。这是一件严肃的事，对此没什么好开玩笑的。不明白的人滚一边去吧。反正他们早晚都会消失。

第一次量子革命开始于20世纪，它给我们带来了手机、CD和DVD阅读机、电脑和TAC。量子物理还带来了硅谷的芯片，这项20世纪初一些伟大科学家的发明。然而，是薛定谔创造了我们现在生活的世界。因为他不认同哥本哈根诠释；这种不认同也得到了爱因斯坦的支持。薛定谔留给我们隐藏现实、多维空间、神经科学、量子密码、心灵运输、量子计算机、远程通信、物理哲学、佛学、人工智能、化学。未来处于持续演变之中。因此，现在我们面临着第二次量子革命，我们处在一个新的转折期；人们必须知道，新一代的年轻人应该做好准备。第二次量子革命，也就是现在我们将从比特、从我们的数字社会中创造世界。比特是0和1，是被开启和关闭的回路，它们是运动中的电子，是光纤维中不停游移的光子。第二次量子革命回答了佛学提出的问题。许多年前，有人在日内瓦参观CERN①时，提问说为什么原子用肉眼看不到，对此，我们非常认同！不过现在可以了，用电子显微镜可以间接给它们拍照。量子力学的开拓者们当时认为这是不可能的，认为用单个原子做实验比在动物园里养恐龙还要难。而今天，这个奇迹发生了，每天在全世界无数个实验室里都有发生。这就是物理学的奇迹：它塑造了未来的模型，不仅改变了社会，也改变了个人的思想。

总之，刚开始在高中教课时，一天，我把一个晶体管带到学校。那是1947年生产的历史上第一批晶体管。40年代末期，晶体管和我的手指一般长。后来被缩小了，每次都缩小一点儿，慢慢地，越缩越多。现在我们每天揣在身上、口袋里的手机上的每个芯片，都有几万几亿个晶体管。摩尔定律是四十多年前被提出来的，内容是：每隔两年，我们可以在集成电路的同样空间中让可容纳的晶体管数目增加一倍。对于大众来说，价格

---

① 指欧洲核子研究组织。

不变，但我们能拥有的计算机性能会变得更高。这是所有技术的基础。但从现在起一切都将改变。我们的社交媒体，没有量子力学都将无法运行。对我来说这将是真正的悲剧，没有它们，我可活不下去！

如今，技术占领了这个微小世界，但是晶体管不可能持续微缩，因为迟早会到达原子，而原子不可再分，一个原子不能再被分成两半。所以大企业目前都在搞投资，我们的世界已经到了转型期。一些计算机巨擘，如微软、IBM、英特尔、谷歌已经开始了巨额投资。因为他们想发明新技术，而投资是最有力的激励措施。几天前，在美国拉斯维加斯CES[①]上人们体验了未来世界——用飞行滑板实现移动，眨一下眼睛就能写字，动一下手指就能和地球另一端的人交流，机器人和人类一起生活并且产生感情等都成为可能。插一句，最后一种是我最喜欢的项目。此外，靠意念移动物体也将成为可能之一。

心灵传输也将成为可能。我给你们发送一个光子，没有人能拦截它，因为一旦被拦截，光子就会被破坏、毁灭。之前，人们在《星际迷航》里就提到过这项技术，现在它实现了，真实存在。甚至，相较于量子心灵运输，《星际迷航》里的心灵传输可无聊多了。在那部电影里，心灵传输的规则是："我知道传输的是什么，也知道传输到哪儿。"而在量子心灵传输中，电子或光子被传送到哪儿并不重要，它可以被传输到任何地方，艾菲尔铁塔上或布鲁克林桥下，火星或

[①] 指国际消费类电子产品展览会，全球最具影响力的科技盛会。

仙女座星云之外；但被传输的秘密信息始终处于一种未知状态，因为在观测之前，我们并不知道它是什么，并且它会被传输到一个不为我们所知的地方。脑电波可以移动物体——这是未来医学领域的一个转折，因为这项技术可以很好地帮助残疾人。你集中精力思考，发射β波，然后你就能拉开窗帘或关灯。太神奇了，不是吗？这就是为什么爱因斯坦会质疑现实是否真的存在。我一直认为他是个疯子。我总是在想，在所有这些事情发生之前，爱因斯坦是怎么提出这些问题的。

我听到闹铃在响。难道是微波炉的定时器又响了？可我已经吃完饭了。我打开微波炉的门，发现里面空空如也。

总之，爱因斯坦提出的问题，答案是否定的。不，现实并不真实存在。如果我用自己的状态去发送一则消息，而这则消息、这个数据可以是0或1，在我观测之前没有一个比特或长弦，那它就不可能被任何人拦截，原因很简单，因为信息并不存在。只有在我进行观测之后，状态才会出现。我们目前所处的阶段是，可以购买这些新设备用以传送确定信息。一些着眼于未来的大型企业正在生产这些设备。大众公司用量子模拟器来改善北京交通拥堵的问题。英特尔的量子比特芯片，也在做同样的事情，但仅限于拉斯维加斯。IBM推出了第一台商业量子计算机，目前已经上市。德国的Bosch正在构思飞行计划，利用量子传感器帮我们解读大脑活动……一个新的世界已经开启。我们可以用意念实现驾驶，预测情感，预知痛苦的感受，感受越发明显的强烈剧痛，直到预感死亡。

在学校里，就是在我遭受霸凌的那所高中，或者，我更倾向于说是我被解雇的那所学校，我教授的就是这些内容。说到底，是他们让我去教授物理，我也是这样做的。我教的是当代物理，我教的是为什么学物理是一件美好的事。而且我每天都对自己说，那些傻瓜的规章制度，真应该被推翻。然而就是这种想法毁了我。有时，我会看看进教室之前自己更新的那些动态，现在我还觉得很好玩。伯尼是我的网名。说来话长，这是一只狗的名字，但不是我的狗。

@伯尼：网格产生于矩阵中两个自动矢量之一，另一个矢量会产生互相垂直的网格。#生活#真实发生的事

我羡慕那些能找到逃避方法的同事们，而我每天不停在逃难，寻求一座孤岛。这是我的结局。我知道，我对学校的想法和那些人不一样。但这是我唯一的行事风格，以上。学校不应该压制人的情感，应该让它蓬勃、爆发。教育的属性不应是惩罚，不应以恐惧为基础。打分、挂科，有的学校成了一个让人窒息的地方。学校应该教给学生的是学习的乐趣。每个人应有权选择自己如何在这个空间度过时间。

想到这儿，我又更新了一条动态：

@伯尼：莫比乌斯带表面看起来有两个面，但实际上只有一个面，且无法改变。#我是莫比乌斯带

我上课的时候，下午从不改作业，原因很简单：我不留作业，或者说，我留的作业在学校里就能改完，我会在上午

抽空改完，或在课间开会时改，从不带回家。我下午的时间都用来慢跑，见人，或者上瘾地刷社交软件。

社交软件真是个可怕的发明。那上面什么都有。为什么要走出来面对生活呢？不需要，社交软件能提供所有你需要、缺少的东西。我在社交软件上看新闻，了解时事，唱歌，更新动态。我没有明确的目的，什么都看。没人关注我，我一个粉丝都没有，但谁在乎呢，但我关注很多人。

我关注的频道中，有三个是我最喜欢的：耶鲁大学的格雷格·夏皮罗教授，会把他上课的视频发布到网络，大家可以看到课堂上发生的所有动态。来自利兹的伦纳德·斯宾塞，会上传自己开着卡车自驾游的视频，给自己的频道起名"大卡车"。我把他俩叫作：美国人和英国人。还有第三个频道，平台上传了所有 TED Talks 的演讲。TED Talks 是一个神奇的虚拟空间。人们对一些不同的事发表观点，并用一种极为亲切的方式讲给你听，就连比尔·盖茨都做不到这一点。上面有很多视频，我每个都会听。我甚至听完了地球上所有女性主义者的 TED 演讲，她们用所有语言、所有观点进行阐述：可以做一个自由但不被这个社会认可的女人。我愿意成为其中的一员，但实际上我做不到。那些演讲者都是勇士，而我不是。这就是我和她们之间的区别。我关注了她们中的一些人，还会在其他的社交媒体上关注她们的生活。我过着别人的生活。以上。无须赘言，我不知如何过好自己的人生。

外面传来"喵喵"的声音，它肯定在等我的路上了。我把头探出窗外，看到了那只猫。即便从两百米开外，我也能一眼认出比尔。它在路的另一边。我假装叫它。前天晚上，我在大门旁放了一个盒子，里面放了一个捕鼠器——我把它改造成了一个捕猫器。每天早上，我出门的时候，会打开一盒零食，把它放到捕猫器旁。迟早有一天，它会落入陷阱，只要等到它饿了。傻猫，我会杀了你。是你给我带来了难题。

※ ※ ※

我所说的那张薛定谔的海报贴在维也纳大学档案馆的墙上。薛定谔，和爱丽丝的经历差不多，总是因为行为不检点而常被科学委员会找碴儿；用他们自己的话说，是因为薛定谔桀骜不驯、放荡不羁。他曾经有两次被迫辞职。

本章中提到了第二次量子革命，以及在不久的未来我们将会过上的生活；后面我会给你们讲述细节。如果想要深入了解，最近日内瓦大学发表了一篇文章——《欧洲量子技术路线图》，主编是安东尼奥·阿辛等人。它可以被看作即将到来的第二次量子革命的宣言，你们可以在本书最后找到参考文献。

爱丽丝关于教育体系的想法借鉴了爱因斯坦的观点。作为薛定谔的朋友，他们二人在这件事上观点一致。

伯尼是薛定谔养的狗的名字。是的，薛定谔曾经养过一只狗。不是一只猫，而是狗。

第六章
我们将获得永生

2020年1月15日

我在中央墓园,维也纳的中心墓园。我在慢跑,我在思考。当我跑步时,思绪也会更流畅,但这些我已经说过了。一天早上,我在电脑上打游戏,玩得正在兴头上,突然被一个新的想法打断了。我从游戏里看到了我们的人生。我们生活在一个真实的游戏中,以上。有人正在操控我们的生活,而我们在游戏中操纵的,是其他人的生活。相较于真实生活,游戏中的生活同样具有价值。我在想:这些人工生物、机器人,未来会掌控世界吗?机器人最开始和我们差不多,慢慢地,变得和我们一样,最后比我们厉害,他们会超越我们吗?我无法回答,但有一件事毋庸置疑:机器人是一种新的生命体,而我们要习惯这一点。

人工智能是我很感兴趣的话题之一。还是那天上午,我开始研究新东西。我琢磨着怎么才能拥有一个专门用来供我研究的家用机器人。我找到了一家生产机器人的波士顿公司。随后,继续调查——我去博客上翻看、浏览,看看谁用过家用机器人，并阅读他们的使用体验。由此，我打开了一个新世界。信息、建议，人们讨论着家里有机器人后的感受。一切都很棒。朋友、亲戚、身边的若干人，他们在我们生活中的存在都是提前设定好的，从基因、历史到环境，其故事无法改变。而我们身边的机器人不一样。比如，你可以决定它的性格，而这一切只需你在开机时设定好它的感情和情绪特点。你想让它温柔，那你就选温柔。你想让它暴躁，你就选暴躁。你想让它听话，你就选听话。这真是我一直梦寐以求的完美伴侣生活。

我环顾四周，在这个墓地里，突然发觉一切都有可能。就像我刚刚遇到的这个石碑，一位陌生的雅各布·特纳先生长眠于此。首先，如果雅各布·特纳先生是一位机器人，他就不会在这儿了。他会比伴侣更长寿，也不会给家人带来任何痛苦。如果这位陌生的雅各布·特纳先生是一位机器人，或许他的重孙子们会厌烦他，不想在家里看见这个老东西转来转去，甚至会把他拆解开，用他的零件组装成一个现代的、新款的、时尚的机器人。如果陌生的雅各布·特纳先生是我的机器人，那我要将他的性格设定为果断、温顺、独立。这些不是猫的特点吗？我之所以会这样想，或许仅仅是因为我有一种被抑制的养猫的冲动？不可能，我对猫过敏。而且我一直认为，狗才是人类最好的朋友。

总之，我想要一个果断型的机器人，这样我身边就可以有人帮我拿主意了。我不会做决定，心里总有什么东西在阻止我：一个声音对我说，我什么都不会做。或许，我只是需要被一道闪电击中。没错，一道闪电会改变一切。当然，是因为光电效应。光—电，光子会转化为电子，所以光会转化为动能。我需要一束光击中我的大脑，而不是一个机器人。但机器人也可以是温和的：如果有人在我身边，温和是我希望他拥有的另一个特质，这样一来他会迎合我，用温柔来适应我的疯狂。而闪电不会。从20世纪80年代起，我们已经习惯了和机器交流，进行下单和预订等服务。而现在的机器人能做的事情更多。同时，他们也在社交媒体上研究我们，知晓我们的一切。如果他们遇到任何困难，都能在网络上搜索一番，并找到解决方案。这就是我的机器人可以代替我做的事。甚至，在我告诉他之前，他就已经做完了：我们之间的对话真是不可思议。他也会有自己的生活，是独立的人，而这会让我更想和他在一起。

说到这些话题，一天，我曾在社交平台上看到一则新的视频。是之前提到的美国人上传的。当时，我正躺在沙发上，听到新视频更新的提示铃声就点开看了。那是他在耶鲁大学上课的视频，课堂上，他正好谈到这个话题。我不明白这是怎么做到的，就在我思索人工智能的时候，他上传了关于人工智能的视频。或许，这就是镜像神经元的缘故，也没有其他更好的解释了。总之，这节课很精彩，它的精华之处在于两个不同的哲学流派，试图定义一台智能机——弱人工智能理论和强人工智能理论。前者聚焦于人工智能会限制人类行为，并再次提到了著名的图灵实验。这项实验的基础是，人们要根据一台设备屏幕上出现的答案来区分男人和女人，女人的目标是支持结论，而男人更倾向于否定结论。如果用一台机器来替代男人，且实验人员辨认对话者的准确率不变，则可以判断机器具备智能,并通过测试。但这种定义的前提只是机器可以模仿人的行为,而非具有人类意识或完全理解人类的行为方式;机器对自身行为的意识表现出强人工智能,也就是真实智能,而并非只在表面类似人类智能。

美国哲学家约翰·塞尔解释了这一区别,他构想了一个被称为"中文房间"的思想实验,实验内容如下:如果一个不懂中文的人被关在房间里,房间中有中文语法书和几页纸,那么他可以通过语法书,并借助一部分说明诠释其看到的一些符号,但这并不意味着他懂中文,虽然从表面看他似乎能看懂。塞尔认为,机器的智能就是这样遵循一系列说明来运作的,即便是通过图灵实验,也不能说明机器已经具备了人类智能。事实上,目前没有任何机器接近人工智能,但这不意味着未来不会发生,我的美国人在课上也是这样说的。

此外,这个美国人还认为在未来一个世纪里将会出现更轰动的新闻,因为未来无法摆脱我们正在使用的新科技所带来的挑战。人们对很多科技充满畏惧,从马斯克到普京,所有人都在讨论,如果一直这样下去,我们必将陷入危险,而离我们最近的,就是人工智能超越人类智能的可能。与此同时,人类智能被人工智能吸引,并努力效仿,以期得到永生……

在这段话的结尾,这个美国人还谈到了电影。这里插一句,我们的电影喜好也是一致的。总之,他说到电影中有很多危险的超级计算机的案例——技术会控制我们的身体。现在就有植皮芯片了,谁知道明天会出现什么呢?或许我们会变成半机器人。几十年前,仅仅是出现太多闭路监控,就会给我们带来隐私困扰,而今,只是为了登录社交软件,我们就愿意给出所有的个人信息、行动轨迹、一举一动、消费记录以及我们最隐秘的想法。实体已成为网络身份的附属，我们在网络上倾注了所有能量，希望生活的每一处细节都曝光在公共视野中，如果我们不从属于某一网络部落，就好像我们在世界上并不存在一样；而人工智能在今天则逐渐变得有能力处理无限量的数据，从经验中学习，吸纳信息，并以越来越复杂的方式处理信息。我和耶鲁大学的格雷格·夏皮罗教授真是志同道合，只可惜他对我的存在没有一丝感知。

我继续跑步。我继续看着一块又一块的墓碑，一个接着一个，一些很容易忘记，一些则令我好奇。真花，假花，白色大理石，黑色大理石，冗长的碑文，匪夷所思的文字，栀子花，玫瑰花，无字碑，人数众多的家族，熄灭的墓灯，可爱的脸庞，这儿有个人叫格雷格，和我的耶鲁大学教授同名。又一个巧合，我放慢速度。我开始走路。难道这是一个信号吗？或许，我该联系教授，告诉他我和他一同经历的事。我甚至可以给他提点建议，毕竟我现在已经很了解他——他喜欢严寒，旅行时只会去爬山，喜欢冰川。他发过一些隐居的照片，上面有高山上的小房子、袅袅升起的炊烟。他很喜欢桑拿，热桑拿和冷桑拿，尤其偏爱紫色。他经常穿紫色的衣服。他喜欢《国家地理》的照片，经常在社交媒体上转发。他经常去剧场，一周两次。上个月，他就是在剧场认识了一个叫简的女孩，但我不认为他们后来又见过面。他语速很快，口头禅是"还不够"，即便在毫不相关的语境下，每隔两三分钟也要重复这句话。还不够。每次他说这句话，我都会大声重复。还不够。现在这也是我的口头禅了，虽然这话经常和主题无甚关系。不过，只要一想起来，我就会说这几个字,不用非得和话题相关。

2020年1月17日

我在维也纳中央墓园跑步。过一会儿,我还有个约会。我放慢脚步,开始走路。我坐在长椅上,看着时间。我等人。我环顾四周。

这里是我慢跑过的最大的墓园。我可以自己规划路线,弯道、路口、直线,直到筋疲力尽,跟跟跄跄,我从不会重复看到同一块石碑。其中一些路线我是有意为之,有时,我跑步就是为了从那些地方经过:路德维希·凡·贝多芬的墓碑与海蒂·拉玛的墓碑相隔3公里,安东尼奥·萨列里与路德维希·玻尔兹曼相隔4.5公里,约瑟夫·施特劳斯与维克托·阿德勒相隔6公里。

我在等人。我环顾四周。我看着时间。约会地点就在这儿。在这把长椅上,海蒂·拉玛的墓前。他名叫汤米,黑头发,小鬈毛,又瘦又高。或许汤米只是他的网名,我不知道他真名叫什么,也不想知道。他是一名记者,至少他是这样和我说的。再有几分钟他就到了。我猜他一定不会知道墓园里的这个角落是整个维也纳城最美的地方,只单纯把我看作一个精神病,居然在墓园里和男人约会。不过,这个长椅也是我经常停下来做拉伸的地方。我的想法被打断了,身边突然传来一个声音。

"嗨!"

我抬起头,看了看他,一个路人甲。

"你是书呆子吗?"我问他。

"是因为我眼镜片太厚了吗?"

实际上,我并没注意到他的厚眼镜片。因为他本身的长相,肯定不在于一副眼镜。我这辈子还从没和记者说过话。我有没有可能让他走进任意门变成超人?

没有什么有意思的对话,我们就随便聊聊,内容也并不好笑。直到某一刻……

"你也在想我正在想的那件事吗?"他问我。

我沉默。

"你知道这不经常发生的,对吗?"

我沉默。

"我是说,正发生在我们身上的这件事。"

这是一段疯狂的对话。我越来越坚定地认为,我们的对话毫无意义,我们的见面毫无意义,我们的人生毫无意义。

"我们之间的这项合约。"他说。

什么合约?

"对,当然了。"我装作害羞。

"或许,我应该要一下你的电话号码,这样下次我们可以直接联系。"他继续说。

"也许,我们进展有点快。"我从没想过自己这辈子还能说出这句话!

"我们在海蒂·拉玛的墓碑前……她喜欢被男人追求。"他突然说道。

我大吃一惊。

"你知道她是谁吗?"我吃惊地问道。

"当然!犹太博物馆最近有个很棒的展览就是关于她的。你想一起去看吗?"

"好的。我电话 33952……"

"这就是为什么我总在口袋里装一个笔记本!"

"你知道什么是人工智能吗?"我问。因为很无聊,所以想用我的时间来获取一些对研究有用的信息。

"我知道,在社交平台上有人注册了很多假账号,他们用人工智能创造了几百万粉丝,并且看起来像真的一样。每个账号还会发布一些真人视频,他们会做一些日常琐事,就像现实生活中一样……但实际上他们并不存在。"

"有意思。"

"这第一次验证了系统性地使用技术可以让假账户看起来更加真实。我们甚至还写了一篇文章报道这件事。"

他发现我走神儿了,便拿起手机问我想不想听听他的音乐。我说"不",但他还是放大了音量。

"真可怕。"我高声说。

"哪里可怕了?这可是《特技表演机》。"

"我觉得应该让恐怖分子听听,迫使他们投降。"

"哈哈哈!你太幽默了!我正准备去听他们的音乐会,你想一起来吗?"

不想。

"还不如直接要了我的命。"

我们结束了聊天。我继续跑步。我加速,比起慢跑,我更像是在逃跑。

继续想人工智能的事吧。很多科幻电影中都出现了人工智能，我觉得需要列一个清单才能忘记今天的见面。电影清单如下：斯坦利·库布里克的《2001太空漫游》，道格拉斯·亚当斯的《银河系漫游指南》，詹姆斯·卡梅隆的《终结者》，还有一部不知道谁拍的《矩阵》，里面的机器人都坏透了，就连阿西莫夫看了都会这样想。除了《银河系漫游指南》里面的机器人，它具有"深邃思想"，长得也帅……关于人生的基本问题、宇宙及一切，它都能给出答案。42，或许42也是我痛苦的答案。不，细想一下，"深邃思想"不过是那些年的一个噱头，对于一切我们未知的问题，它都没有给出答案。准确点说，它只是个助手，就像罗宾之于蝙蝠侠，只是一个陪衬。"天哪，蝙蝠侠！"当蝙蝠侠热情洋溢地说出自己大胆的计划时，罗宾总是一副惊讶的神情。不管怎么说，我成功了。列清单总是能帮助到我。就连人工智能的背后也有他的存在，太疯狂了。埃尔温·薛定谔总是带给我救赎。等我回家要问问他这件事。

* * *

本章中我提到了人工智能和机器人的话题，它们构成了我们的世界和并不遥远的未来。在人工智能方面，康斯坦丁·皮隆的课程对我很有启发。在牛津大学生活的日子里，薛定谔发表了很多著作，并对这些观点进行了反思。

第七章
发明者团队

夜晚,爱丽丝很忙碌。她关上一些盒子,有些东西又从她口袋里掉了出来,她试图去捡起,盒子又自己开了。她站在中央咖啡厅外面的人行道上。这条路曲折蜿蜒,路面上布满了一些小石子。她穿着高跟鞋,走起路来并不轻快,因为鞋跟总会嵌到石子中间。这条街叫海伦街,门牌号是14号,当她关上盒子的时候,听到有人在打车,有人从维也纳这家最古老的咖啡厅里走了出来,还有人正在上马车,她不会听错维也纳街头的马蹄声。马蹄声就这样一直回荡在爱丽丝的大脑中。维也纳,奥地利。内城区,市中心,闪回。

一位夫人正在同爱丽丝讲话,穿着好像随时要去教普拉提一样:颜色鲜艳的条纹长裤,纯棉材质,裤腿很宽,非常宽大,一件与她身上的任何元素搭配都很丑的上衣。她赤裸双脚,说起话来好像一位通灵大师,她就是佛学冥想课上的那位女士。她用难以理解的语言和爱丽丝交谈——她为什么要在维也纳赤裸双脚呢?不怕着凉吗?或许,她需要什么东西。爱丽丝努力理解大师说的话,把零零散散的句子重新拼凑,从中推理出大师给她的一些人生建议:对世界保持开放心态,给人们多留点空间。"人们",你仔细听这个词。就像人们自己不会争取空间似的。大师一直在说,说,说,爱丽丝都有些乏了,淹没在那些话语中。说这些话的人一定没有任何生活经历。那双在石子路上赤裸着的脚,当然了,比穿高跟鞋方便;那条与众不同的裤子,左腿很奇怪,右腿更夸张,可是一个修行之人为什么要穿成这样呢?虽然没什么是不被允许的。对了,这些女士还放任腿毛、腋毛,甚至小胡子肆意生长。她们披头散发,不修边幅。闪回。

爱丽丝环顾四周,她很喜欢此处的维也纳,如此宁静。有马车经过,马蹄声,这一次并没那么讨厌。爱丽丝在中央咖啡厅门口排着队。想进来这里,总是要排很长的队。门口站着一个服务员,身穿管家服装,只见他记下前面客人的名字,并告诉他们分配的桌号。爱丽丝需要穿过一扇旋转门——它用玻璃隔板分隔成三部分,环形的底座。爱丽丝想,要是那个记者从这里进来,没准儿可以变为超人。她走进来,面饼和新鲜奶油的味道扑面而来,她移开了目光,打量着桌子旁坐着的人们。他们不像是生活在2020年,而是更久远的年代——手里拿的手机是多年前的款式。大厅里有十来个身穿管家制服的服务员,五十多张桌子,咖啡厅内很宽敞,巨型镀金吊灯,每个吊灯都有五六平方米的空间。桌上摆着些灯罩、蜡烛。大厅中央有一架钢琴,一位钢琴演奏家在整点时就会坐下演奏一曲,弹一刻钟,随后等人给小费。装饰奢华的天花板,绘有壁画的穹顶,绘画,看上去是20世纪的画,萨赫蛋糕,正厅里排列整齐的大理石巨柱,波希米亚风格,甜品店,奥地利榛果蛋糕,薄煎饼,果馅儿卷饼,目不暇接。爱丽丝径直朝茶几走去,坐了下来。她等了 5 分钟，10 分钟，100 分钟……我们都心知肚明，在梦里，人们对时间流逝并没有一个清晰的感知。她决定点一杯热的伯爵红茶，还要了一块红丝绒蛋糕和几块香酥牛角包。还不够。她还要了一块葡萄干甜面包，透过门口的玻璃橱窗，它看起来是如此诱人，不试试怎么知道是不是用杏仁甜饼替代的呢？在服务员拿着订单离开时，埃尔温·薛定谔到了，他坐在爱丽丝身旁。我们终于进入了正式的梦境。

作为旁白，作为梦神，我需要介绍一下爱丽丝脑海中的想法。关于爱丽丝，或者不管她叫什么，我们清楚知道的是她对想象中人物感到好奇，真实世界一地鸡毛。她需要不断接触自己脑海中的世界。而且她对量子物理也颇感兴趣。爱丽丝对量子物理了解多少呢？很多，如果你们想跟上她的节奏，也同样需要知道这些事。没问题，我会和你们同步同频，慢慢地，这些话题就会在爱丽丝脑海中漫长而苦心孤诣的故事里逐步浮现出来。量子物理还没有终结，现在只是临时过渡期。也正因如此，爱丽丝才会在未知梦境中经历奇幻旅行。爱丽丝不断学习，埃尔温·薛定谔是她无可非议的偶像，也正是因为薛定谔，爱丽丝才能搞清楚自己的人生；他们之间很亲密，很相似，很契合。薛定谔的故事对爱丽丝的重要性不言而喻。如果你们愿意的话，现在也有必要了解一下薛定谔。从这个梦开始，我为你们讲一讲有关他的故事。

1913 年，就是在这家咖啡厅，埃尔温·薛定谔结识了阿尔伯特·爱因斯坦。他们当时正好就坐在今晚爱丽丝遇到薛定谔的那张小桌前，那张在最里面的右手边，离门口十五步远的桌子。当时，这位年轻的维也纳物理学家 26 岁，刚刚在大学里听完爱因斯坦这位伟大的德国物理学家的演讲，后者那时已经因其相对论在全世界声名鹊起。爱因斯坦当时34岁，在一个挤满了三千多人的大厅里，讲述了自己的重力理论。那天，在中央咖啡厅里，爱因斯坦不仅见到了薛定谔，还有其他一些学生：爱因斯坦邀请了所有想和他见面的人前来赴约。当爱因斯坦谈到重力学时，薛定谔立刻被他的热情感染，随后研究这一理论数月之久。

现在让我们来聊聊薛定谔吧。埃尔温·薛定谔是一个很特别的人。他在一群女人的宠溺中成长——从他的妈妈乔治恩，一个美丽而成功的女演员，到他的姐姐、堂姐和保姆们，她们让薛定谔沉溺在过度关爱之中，这些爱意同时也弥补了爸爸鲁道夫的严厉教育，他本想让薛定谔继承油毯厂的家族企业。但埃尔温·薛定谔永远不会接受类似的安排，他好奇心满满，对外语、诗歌、戏剧等学科充满热情。此外，他还有一个为之毕生探索的兴趣，那就是东方哲学，尤其是印度和佛教哲学。经过深入研究后，薛定谔在一生中写了很多这方面的著作。也是在哲学中，他养成了在独居和反思时独自冥想的习惯，生存问题让薛定谔沉浸在人生与人类最深奥的谜题之中。

薛定谔在少时就显现出惊人的数学天赋，而正是物理学使他从家的围城里挣脱出来。当薛定谔离开了"温柔乡"去上大学时，他意识到自己身边缺少爱意，于是，他试图用女同学来填补心中姐姐妹妹们的空白——他追求女同学们，千方百计地想认识她们，和她们交往。薛定谔本人很有魅力，但他的关注点却一直在变化。他不满足于一次交往一个女孩，并很早就开始详细记录猎艳经历。

1919年，薛定谔开启学术生涯，并在实验物理领域崭露头角——他的专业成绩是最优秀的。即便到了1917年，要奔赴前线时，他也有办法不断学习，保持进步，甚至在他身穿制服，为保卫祖国而奋战时，还不忘撰写了一些科学论文。正是在战争期间、履行兵役时，薛定谔对爱因斯坦广义相对论的新研究和玻尔提出的原子结构理论产生兴趣。在前线，薛定谔升至中尉。在意大利参战时，他曾南下到杜伊诺和普罗塞克作战。那时，他的身材完美，身强体健，甚至让人喊自己"温茨"，这个词在斯瓦希里语中的含义是"展翅高飞"。

战争期间和战后的几年对薛定谔的家庭来说十分艰难：他的父亲去世了，家里不得不关掉工厂，母亲罹患乳腺癌，而埃尔温自己也差点得上结核病。1920年，他娶了安妮，她的职业是秘书；婚后的头几年里，是她维持了薛定谔的生活。但那项婚约不过是一纸空文，薛定谔从未对婚姻保持忠诚，结果导致他和安妮的矛盾愈演愈烈，并爆发了一系列冲突。不久后，他获得了大学的第一份教职：先是在斯图加特，后来在弗罗茨瓦夫，然后在苏黎世。但他身体一直很劳累，后发展为严重的呼吸道疾病，疾病一直伴随他的余生。为了逃避肺结核的困扰，他决定和安妮到瑞士阿尔卑斯山上定居。用清新的空气做周期性疗养对他来说是唯一的治疗方法。与此同时，他学习不辍，深入研究轨道量子化、相对论、重力论以及玻尔的原子论。

1922年12月9日，他摆脱了疾病的困扰，并在苏黎世大学召开了名为"什么是自然法则"的学术会议。以此为契机，他系统性地阐述了概率论，这是他一直十分关心的话题。他还谈到了能量保存，玻尔、克莱默斯和斯莱特等人的研究，甚至提到了尼尔斯·玻尔创立的哥本哈根学派的成果，就好像他亲自上过那些课一样。在此期间，他巩固了与沃尔夫冈·泡利的友情；同为维也纳人的泡利和薛定谔在物理系结识，在几年前就开始了书信往来，并在信中开展科学探讨。1924 年，埃尔温发表了六篇文章，并受邀参加了布鲁塞尔的第四次索尔维会议。同年，薛定谔再次见到了爱因斯坦，在因斯布鲁克，这位德国科学家也来参加会议。那次会面之后，二人终其一生都保持联系。这是薛定谔一生中最有收获的一次会面——爱因斯坦本人后期在给薛定谔的信中写道："你是唯一一位我愿意一直交往的人，因为我们关于物理的讨论很有趣。"

与爱因斯坦不同，1925 年之前薛定谔发表的论文并没有获得任何特殊关注；彼时，那位德国物理学家的每一句话都被看作救世主的宣判。对此，薛定谔毫不嫉妒，他对于同事、朋友的成就都会感到开心。

1925 年，薛定谔写信给爱因斯坦，对他的玻色－爱因斯坦统计法感到震撼："您的统计法中使用的数学方法也是我常使用的，不过，我的数学方法更正式，不那么漂亮，或许也不像您的这样完整。我还被德布罗意的作品所吸引。我的研究正处于一个转折期，但我此时不知该做什么。"

几星期之后，薛定谔面向维也纳大学物理学系的学生举行了一次会议。主题为"路易斯·德布罗意对于物质波的研究"。与会者中还有菲利克斯·布洛赫，他评论道："薛定谔展示了他对德布罗意研究的充分理解，及其想要将波和粒子相关联的想法。此外，他还阐述了尼尔斯·玻尔和阿诺德·索末菲的量子化理论,这是物理学界的一大进步。"

埃尔温·薛定谔的生活中的困扰并不只有物理,还有女人。1926年12月底,他出发去阿尔卑斯山度假,与他同行的还有一个身材高挑、夺目迷人的女人。但是她的魅力,并没有阻止薛定谔专注于自己的第一部哲学书:他白天专心投入写作,晚上进行社交生活——豪华晚宴、舞会、喝酒。他总是答应女伴的一切请求。即便在那样与世隔绝的地方,他也能组织著名的香肠派对。彼时,他的人生毫无节制,也不专注于物理学,这引起学界专业人士的纷纷侧目——也是因为这个原因,他一度被孤立。而阿尔伯特·爱因斯坦完全不介意他的私生活,并且他是最早发现薛定谔才华的人,虽然才华表现得并不显眼。薛定谔在46岁才获得诺贝尔奖,相比当时其他物理学家已是大器晚成。

1926年,薛定谔发表了一篇文章,涉及的内容后来发展为著名的波函数方程,同年,薛定谔受到尼尔斯·玻尔邀请到哥本哈根参加会议。但玻尔与薛定谔放荡不羁的性格迥然不同,二人没有任何共同点。这个丹麦人一直在谈物理,为攻克难题,他从早到晚没日没夜地抓着学生们不放;在家里,他除了讨论物理,什么都不干,甚至和妻子玛格瑞特居住在学校的边楼里,就因为离教室近。薛定谔当时还不了解玻尔生活中的那一面,他接受了去哥本哈根的访问邀请,但结束时追悔莫及。白天,玻尔不让他消停,每时每刻都在用物理学的问题纠缠他,让他不得一会儿安宁,吃晚饭时也不放过,换衣服时也不放过,洗澡时也不放过。那段时间,薛定谔发了很严重的高烧,害得他卧床数天,奈何他当时不能离开哥本哈根。而玻尔的妻子玛格瑞特很会照顾人，她要么是在照顾薛定谔，要么是让丈夫远离病人的床榻。玻尔本想彻夜和薛定谔讨论物理，全然不管他病情如何。待稍微恢复了一点体力后，薛定谔就离开了哥本哈根，并承诺不会在这片土地上再踏入一只脚。

这一时期，还发生了另一件事。在访问哥本哈根学派期间，薛定谔树立了第一个敌人，很快，这个人就变成了他的头号敌人：沃纳·海森堡。海森堡和沃尔夫冈·泡利一样，都是玻尔的学生，但脾气秉性大相径庭。海森堡时刻准备向别人发起挑战，是个急性子，只想不惜一切代价获胜，出类拔萃，超越对手。而薛定谔就是他最想击败的目标。两人从第一次见面就水火不容。薛定谔很讨厌海森堡，也很讨厌他的数学和研究，无法控制的情绪后来竟演变为仇恨。海森堡也很讨厌薛定谔的研究，总之这两人一生为敌。但我们先继续往下讲：关于他们的往事，我们以后再了解更多。因为20世纪所有伟大的物理学家都会出现在爱丽丝的梦游仙境里。

"如果你哪天见到了海森堡那个废物，告诉我一声，我还有笔账要和他算。"这时，薛定谔对爱丽丝说，同时仔细观察着旁边桌子的客人。

"你们从来没有把话说清楚过吗？"爱丽丝问。

"从没有，当然，他才是逃避的那个人。"

"逃避什么？"

"真相，很显然。他不能面对真相。"

"我没懂，我以为你们两人之间谁输谁赢一目了然。"

"这里不涉及输或赢，而是在证据面前不掩饰自己。"

爱丽丝困惑不解："我听不懂你说的话。"

"我可以面对玻尔,搞清楚来龙去脉,也切身体会了他的工作方式。可以说,我几乎是铩羽而归。这比我做中尉时经历的任何一场战斗都糟糕!而海森堡呢,他是个逃兵,有一些事让我觉得那个男人不对劲儿……有些事我无法认同。"薛定谔说。

"世事漫随流水,你不能既往不咎吗?"爱丽丝带着令人惊讶的智慧问道。

"是的,或许迟早有一天我会这样做,而时间会证明我的答案。而你,正经历一个创造未来的时刻,即将生活的未来从你的大脑中诞生。"说话时,薛定谔用手指轻轻戳了一下太阳穴。

"说到这个话题,我想聊一聊人工智能。"爱丽丝说。

"如果你想问,人工智能未来会不会超越人类智能,我会立刻回答你:不能。我们的大脑结构太过复杂,在获得所谓进展之前,我们需要更多地了解我们的大脑是如何运作的,而扩充我们认知的同时就一定会扩充我们的无知。当然,认知总好过无知。"薛定谔说罢,继续补充道,"你知道的东西越多,就越会明白还有很多东西有待发现;你发现的答案越多,就会有越多新的问题被开启……有知和无知是分不开的,就像一枚硬币的正反面。"

这时,服务员走了过来,把爱丽丝点的东西放到桌上。薛定谔向服务员要了一杯橙汁后,尝了一口对面的食物。

"呃……你随便。"爱丽丝说。

"哦,不好意思!我刚到的时候就很饿了,我以为,我以为这是我点的。这些都是我常点的。"

服务员端来一杯橙汁，爱丽丝又点了一块蛋糕，对薛定谔说："我同意，在不远的未来，人工智能不会超越人类智能，但机器人进入我们的日常生活还需要多久呢？"

"我觉得需要几十年……"薛定谔掷地有声。

"好吧，时间不长……我还能活着看到这一天！那将会是一场革命！"爱丽丝兴奋地大声说。

"你这样有热情是件好事。我很高兴你没有像某些人一样，因为这个想法而感到恐惧。其实，没有什么好担心的。你要相信，很快你就会觉得一切都是正常的。我已经经历了第一次伟大的革命，而你们即将经历的一切都植根于过去的十年。可以说，我的贡献很卓越……我也不用吹牛吹得太猛，人们都懂！"薛定谔说。

"你有资格这样说！"爱丽丝确信地大声说，"你还是第一个研究量子生物学的人！"

"事实上，我很开心你能理解我。先锋者的人生很艰难！你会看到，量子生物学为你们准备了很多新鲜有趣的挑战。有些研究者正在将量子力学的规律应用到原子，用某些原子构成生物。随后，他们观察到一些有趣的生物现象，比如，一些生化酶或一些光合细菌的表现可通过量子纠缠的概念解释，反正已经有人谈论'薛定谔的细菌'了。"他兴高采烈地说着，还不忘狼吞虎咽地吃蛋糕。

"我们今天的一切都是基于量子力学……不管我走到哪里，量子物理都在控制着我的每一项行为……还有化学，以及你说的生物学……总之，这是一场沉默的革命！直到某一刻，大家会意识到草坪上已繁花盛开，却不知每一朵花是何时诞生的。"

爱丽丝继续说。

"但是你已经开始意识到了……这是每个春天都会发生的事。革新是人们可以观测生物组织内部的量子效应,这是微观粒子世界和宏观世界之间的联系。你说得很对,我们只能将其定义为一场革命。"薛定谔补充道。

"正因如此,你的猫才成为现实!你的实验被应用到宏观世界中,用以描述量子物理的微观世界。"爱丽丝补充说。

"和我说说,现在进展到哪一步了?"薛定谔对此表现出率真的好奇心。

"你的猫吗?"爱丽丝吓了一跳。

"对,对,它还在风口浪尖上吗?"薛定谔欢快地问道。

"你是在问我,你那只讨厌的猫还有没有活着?真是好问题!你在和我开玩笑,对吗?那只猫可是我的痛苦之源!人们在不停地提起它!所有人都在引用这个思想实验,所有人都想用它来解释自己经历的一切不适。它是我们的双重本性……并且随处可见!"爱丽丝疲惫不堪地说。

"来来来,让我看看网络上怎么说!"薛定谔请求道。

"家里没网的话,你是怎么了解新闻的?我们说的是你哪个家?我问的是个什么问题?"爱丽丝似乎很困惑。长话短说,她拿出手机,向薛定谔展示了自己收藏、存储的零星思想碎片:一些电影,一些电视剧,所有人都在聊猫的事,还有一些网上流传的段子。突然,她想到了一件事……如果让他看一下那幅画呢?如果在梦里,让他解答一下这个复杂的谜题呢?爱丽丝把手伸进上衣口袋里,开始摸索那张画,就在此时,薛定谔的脸越来越模糊,连同他整个人一起,一点点地消失了。好像她

067

的手越靠近那幅画，薛定谔越模糊，直到当她感觉指尖触碰到那幅小画时，薛定谔不见了。闪回。

*　*　*

薛定谔的这部分生活在其自传中有详细讲述。他和爱因斯坦之间的通信是二人友谊的见证。这部分文章中有两个重要的日期对薛定谔而言尤为重要：1926年，薛定谔以量子物理为基础推导出他著名的方程；1925年，他在和爱因斯坦通信时，构思出著名的猫实验。同时，本章还突出地介绍了薛定谔的宿敌之一，维尔纳·海森堡，我在后面还会提到他。以及薛定谔与尼尔斯·玻尔的关系和量子物理的正统诠释。薛定谔的档案中记录了他在苏黎世大学召开会议的文章《什么自然法则》，日期是1922年。著名的香肠派对的一张照片也是1922年拍摄的，因为薛定谔在每一个他任教过的城市都举办过香肠派对。

翻阅会议资料时，我设想过薛定谔可能会对现在人工智能产生的一些想法，这些会议文件来自尼尔斯·玻尔的哥本哈根研究所以及在维也纳的会议纪要。最后，对量子生物学的思考带来启发的是莱纳斯·鲍林、沃尔特·科恩和乔治·克瑞斯，而他们的研究都始于薛定谔。

第八章
意识使人重生

2020年1月20日

　　会有像我一样的人吗？我不知道。我永远回答不出这样的问题。但今天我决定进行一次新的尝试，让自己离答案更进一步。我在视频软件的推送中看到一场女性主义大会的海报，记下时间和地点后，就去参加了。现在我就在这儿，大会马上开始。我自认为是女性主义者，但其实我也不知道为什么。我想搞清楚原因。这也是我想搞清楚的有关自己的众多方面之一。会议召开的地点是维也纳霍夫堡的一间大厅，为了找到正确的地点，我迷路六次，现在，我终于来到会场，坐在最后一排。当然了，是一个靠近逃生通道的位置。谁知道我会不会找到一个和我一样的人，我环顾四周，没有，一个都没有。没有一个人穿着《杀死比尔》女主角的同款套装，当然这不是我寻找的目标。我想说，我的梦里有很多人，他们理解我，支持我，给我建议。而白天呢，我依旧过得浑浑噩噩。但是今天我很积极，睡醒的时候就很积极。我们拭目以待。我脑海中浮现出几天前薛定谔在梦里对我说的话。有知总比无知好。好的,我来这儿就是为了获取知识,全听你们安排。事实上,我也不知道参加这样的活动对我有多大用处。我又看看周围,这里的女士们都很漂亮,让我相形见绌。这是新女性主义,这是 Me Too 运动[1]发生后,在人们呼吁下诞生于美国的新女性主义。但我和她们不一样。她们和我也不一样。或许,是我嫉妒她们。不对,或许不能提到嫉妒这个话题。我对她们满怀敬意,以上。从社会角度来看,我是个失败者,而她们是别人的榜样。我们大相径庭。话说回来,那我来这儿干什么?我不知道。

发言人轮流上台。所有人都令我感到震撼:有人用一句话,有人用一段人生经历,有人用穿着打扮。到处都是红色。如果我环顾周围,就会发现这儿有红色,那儿也有红色,我仿佛置身春天的玫瑰园里。我看着正在演讲的发言人,她很酷——珍珠项链,法式礼服,细高跟鞋,绛脂朱唇,没有一点出格的地方。她刚刚在幻灯片上展示完自己的办公室,位置就在霍夫堡,三楼,200 平方米,带落地窗,朝向茜茜公主的花园。我不知道自己怎么可能和她是同一类人。可能共同点是我们都是女人?有时,我自己都不是很确信。

"女性主义并不意味着仇视男人,或认为女人优于男人。它意味着接纳我们作为人的定义。不再以偏见为基础,没有看到事实就评判他人。此外,它也意味着我们要接纳自己的全部。如果男人们学会接纳自己是脆弱的,如果他们不在我们身上贴一些屈辱的标签,我们都可以更加坦率、更加和谐

---

[1] 反性骚扰运动。

地生活。"

真是雄心壮志。我只要求身边的男人们穿鞋得体就行。

最后,她列了一个推荐书单,讲毕。会场内爆发出雷鸣般的掌声。我也鼓掌了。"这个书单确实不错,很好!"我用欢快的口吻说。立时,我意识到自己说了一些不合时宜的话,而且声音太大了,这是我的老毛病。所有人都转过身来。不管是女性大会还是佛学清修课,我总是犯同样的错误。台上又换了一位演讲者。我打量着她的穿着:她脖子上系着一条红丝巾,也很酷。我起身,站定,在教室最后一排。她开始演讲,而我还没来得及再找到一个空位置。于是,我保持不动,站在那里。

"我给每个人发一张纸,希望你们在这张纸的正反面作答。这份问卷一会儿要收上来,作为明天讨论的话题,谢谢……"

有人递给我一张纸。我想,反正我也是站着了,很快就能把它填完。我又往后站了站,超过了隔离带,看,连这条线都是红色的。这个教室周围几乎什么都没有,我看到一张折叠椅,走过去,坐下,把这张纸放到小桌板上。我开始阅读并填写问卷。第一页要求做一个自我介绍。背面有一些横线,要在上面写下自己最近遭遇性别歧视的一次经历。好吧,反正我也是写着玩。填写的时候行云流水,一气呵成。对,这是最重要的,不能写错——我写得很专注。

我是谁?我是一个拥有渺小道德观和巨大罪恶感的人。从这种罪恶感中很早便产生了一种自我毁灭的倾向,后来在自我救赎的原始驱动下,萌生出一股强大的修复力量。

我没有真实的生活，我不关注时事，我从不出去玩，我总是一个人，我经常换城市生活。我不知道关于电视上人们讨论的那些话题我该怎么想，我没有自己的想法，我离群索居。正因如此，我总是穿着《杀死比尔》女主角的同款套装，作为补偿。我还不到30岁，却生活在压抑的烦恼中，我的情感世界完全是敞开的。我毕业于物理专业，也教过物理。即使在学校这样表面简单、按部就班的体系中我依旧不合群。现在我不教课了。我思考。我经历其他人的生活。人们也知道这一点，所以总有陌生人接近我，和我说话。我活在另一个世界里。我饶有兴致地浏览广告，各种类型的广告。我是一个幸存者。我很擅长解决理论问题，其实很简单，只需把提示信息排列组合即可。我不讨厌男人，尤其是那些心理不正常的男人。这是我最关心的问题。如果他们去看精神病，那么，找我就非常合适。如此一来，我可以学做心理分析，预知男人的想法，然后开展行动。然后，我们的关系就自动变成了对抗心理分析学的一种挑战；大部分时候，男人都会困惑地离开，而心理专家也要放弃治疗。

你们忽略我吧。那就是我想要的结果。当我在自己身上看到一些和妈妈相似的地方时，我会觉得无比恶心。我的妈妈总是说我长得很丑。我内心很脆弱。我从小就尝试各种方法麻醉自己。

我只说让自己开心的话，想说什么就说什么。我会和植物聊天，因为和动物聊天太正常了。

社交媒体的世界是我最喜欢的——浏览页面时，我会很惊喜。我喜欢物理。或许，精神正常的人不会对物理感兴趣。

所以，我才会对物理着迷。我专门研究场论、弦理论和量子物理；开心时，甚至会谈到波函数。但不是对男朋友谈。一开始，我觉得开心就行。但当我发现有趣的人，就会跟踪他。不只在社交媒体上，还有在大街上。哦，对了，我从来不过生日。

我喜欢吃酸奶或洋葱口味的品客薯片、焦糖或坚果口味的冰淇淋。当我开始注重养生的时候，曲奇口味也是不错的选择。

如果我需要想一些美好的事，我就会想我的狗。我们在一起相处过三年。它还活着，活在我的意识里。它叫安托尼·杜纳尼尔，有名有姓。我本来想，它和我生活在一起，应该随我的姓，但它永远不会想知道我姓什么。

我的第一个朋友是菲奥伦萨，她是一家宠物节目的主持人——这档节目在狗窝电视台播出。当然了，我们从没见过面，但我们是朋友。

有的人只要知道我很悲观，就会离我而去；有的人发现我有一个家暴的妈妈，而且经常打我后，也就消失了。有时，我还会梦到她，不过，我会努力地赶紧忘了那个梦。其实，自从我开始吃思诺思，自从我每天开始睡12个小时，我就没再梦见过她。完美。

我在报纸上读过很多虐待女童的文章："我只能等这一切结束。"这是所有女孩都会提到的一句话，也包括我。

现在想来，有时候想要过得幸福，只需要当你面对这些事情时，身边有一个温柔的人。

好的，我感觉写得差不多了。翻过面来。我要讲一件我经历过的性别歧视。

智慧是一种宣判,我宁愿自己傻一点儿。

有时我努力做一件事,只为了在世界上占据一席之地时保持高昂的头颅。

我不知道继续写什么……我也不知道什么叫经历性别歧视;这一页没写完,就把问卷这样交上去了。正好在教室门口看见一位工作人员,我把问卷交给她后,继续听另一位演讲者发言,这次我努力不走神儿。我想,我永远不会遇到一个像我一样的人。

我的故事可能会引起一些人不满,但我想把它讲出来,因为我知道自己不是唯一进退两难的人。我有一份很满意的工作,工作几年之后,我得到了一个美国管理层的职位,任期三年。家里人支持我,我们开始设想未来:等我丈夫在美国也找到一份工作后,带孩子们一起走?还是把他们都留在欧洲,而我即便远在他乡,也尽量在他们的生活中保持存在感?我们仔细考虑了每一种可能,没有任何人让我放弃这份工作,不管是我的丈夫,还是11岁到17岁不等的三个孩子。但最后我想通了,尽管我感觉自己放弃了事业,但我必须承认在内心深处,自己无法跨越那一步,改变所有人的生活。我决定留在家里,尽管从工作角度来说是按下了暂停键;虽然是暂时的,但现在我感觉自己更清醒、更开朗,因为我更加明白哪些事情对我来说是最重要的。或许,对于一个男人来说,这种两难处境更容易面对,但我并不因为自己所做的选择而卑微,而且我认为每个人都要学会接纳自己,聆听自己内心深处的声音,这一点很重要。如果这件事发生在我朋友身上,如果她决定接受美国的工作职位,我不会轻易褒贬她的所作所为,也不会把她看作一个不称职的母亲,就像我不想被别人说成是一个柔弱女子,或屈服于父权社会的人。我认为尊重每个人的选择应该是女性运动中的一个重要因素。

我不知道自己该怎么想,甚至我脑子里唯一的念头是我应该离开这儿。不要再煽情演讲了,我的盒子已经够多了。我朝着门口走去,感觉自己被盯上了。我很确定,有人在跟着我。从身影判断,我猜是那位佛学通灵大师。哦,天哪,是她吗?我可要走在她前面。我开始奔跑起,她不可能跑得过我。我跑到户外,一直往前跑没有回头。我左转跑入大学路,又向左转,钻进约瑟夫·迈因拉德广场,一直沿着银行街走了三个街区,直到看见了一个酒吧,正合我心意。门口招牌上有一行字写着:帝沃利咖啡厅。非常好。我走了进去,里面有一个小客厅,自觉这里是个完美的藏身之所,便找到一张桌子,背对门口坐下来。

"您想要点什么,小姐?"

我讨厌别人喊我小姐。我也讨厌当我还没坐下,服务员就跑来让我点餐。你们让我喘口气不行吗?真讨厌。我仔细一看,是一位女服务员。我怎么会把她想成一个男人呢?有什么东西似乎侵蚀了我的内脏。这是一种熟悉的感觉。是的,这就是当我和妈妈说话,或我想到她时的那种感觉。我要把她从我的生活中移除。为什么我要在那张问卷中提到她呢?

或许，我希望用这种方式将她的痕迹抹去，又或许，我只是需要一位心理医生。

"我要一个小面包，谢谢。"我说，还点了一杯伯爵红茶，热的。我环顾四周。我看到一位钢琴家，他正在弹奏动听的音乐。我喜欢他，开始盯着他看。他背上有一行字在闪光："你们要对无限可能心怀畏惧。"我发现餐巾纸上也印着这句话，便拿了一张，塞进包里。

两位女士坐在我旁边的桌子上，说话声音很大，所以我能很清楚地听到她们在说什么。虽然我不想听，但我还是能听见她们说话，我的生活中经常出现这样的事。她们让我紧张，声音很刺耳，让我烦躁，我转身鼓起勇气对她们说……哦，糟了，她们其中一个是在女性主义大会上让我填写调查问卷的人，而她们谈论的内容刚好就是问卷结果。我很不好意思，用双手把脸遮掩起来。一想到她们不会因为我的字而认出我，我便假装若无其事地继续听。桌子上放着她们刚刚收上来的问卷，厚厚一摞。

"这份很有意思，明天我们应该请她上台发言。她的字很漂亮，内容也很真实、坚定、坦诚……"

"这份我觉得也不错，干净、简洁……故事内容富含深意，语言也不乏讽刺。"

"这一份也很真诚，她写得很有想法……"

"对，确实，你再看看这个女孩写的……"

她们这样聊了半小时。

直到突然之间……

"哦，我的老天爷，那这份呢？我的天，你读一读她写的什么……"

没错，她们说的是我。很显然。就是我。或许，我应该上去自我介绍一下。算了，不了。我还是别给自己找麻烦。

"真有意思，她的荒谬中还有一丝逻辑，你不觉得吗？"

疯子。她们把我看作是一个疯子，我就知道。这是我生活中的另一个不变量，就像我总是违背意愿听到别人说话一样。

"有些话太强硬了，怎么说呢……"

"如果我们邀请她上台呢？"

不要，当然是不要。因为我肯定不会上台的，即便是往我的银行卡里提前打十万欧元，我都不会上台。

"嗯……为了避免出错，我们把她写的内容再读一遍。"

没错。

两人小声读着我填写的那张问卷，最开始是一个人读，然后是另一个人读。真有仪式感。即便在教堂里读《圣经》，她们也没有这么认真。

"母亲是社会的禁忌之一，这种话肯定会让我们的内容跑题。"

我努力回想自己在那份该死的问卷上写了些什么。我记得好像就说我有一个暴力倾向的母亲，但记不清后来补充了哪些细节。有时，我会突然间从过去的生活中解放出来，对那些确定不会再见面的外人暴露自己。刚满18岁，我就从家里逃了出来。我的父母分开了，她还不让我见爸爸，这些我之前说过了。我试过和爸爸生活在一起，但是因为我们很久没有在一个屋檐下生活，所以我们形同陌路，互相之间都没有亲密的感觉。团聚之初，我讨厌他，他也没有为我做过什么，这一点我不会原谅，或许他也不会原谅我，因为毁了他一生的那个女人是我妈妈。但随着时间的流逝，我原谅了他。因为18岁时，我离家出走，我去找他，是他帮助了我。从老家，也就是我妈妈的家，我带走了一些东西——日记和那幅画。我不确定，我觉得并没有在问卷里说这些。谁知道我写了些什么。我很难为情，继续听那两个人说话。

"我不知道，我不能这么容易就评判这件事。我想听听那个女孩的观点。"

女孩，没错。服务员，您听清楚了吗？是女孩，不是小姐。

"不，还是不要了……她的情况我已经清楚了。如果一个女孩遭受过暴力，那么她的一生都会带着这样的印迹。小孩子的身体会存储遭受的攻击，这种攻击迟早会用其他方式爆发出来。一个经历过家暴的小孩儿会将自己受到的攻击进行转化，会陷入抑郁症，会绝望地在药物中寻求帮助，会病入膏肓，最后通过自杀达到身体解放。孩子永远不会去杀害母亲，但会虐待自己，用一生时间与自己为敌……除非她靠自己走出来，但要想这样做，就需要拥有超出常人的认知。"

我很感动。

这是我一直都想听到的话。我甚至都没有付咨询费就听到了这样的理解与安慰。谢谢你，戴珍珠项链的陌生女士。我要是有支录音笔就好了。

她的一些话让我至今印象深刻。尤其是那句："她会用一生时间与自己为敌。"她说得对，那解决办法是什么呢？

麻烦你们告诉我。我还重复着另一句话:"除非她靠自己走出来,但要想这样做,就需要拥有超出常人的认知。"我想获得超出常人的认知,在哪儿能买到?现在,给我来上两千克。切好的,不要肥的。

"我越来越觉得我们应该请她来聊聊。"

又来?不要吧。

"我不知道,我不确定她是否已经进入了下个阶段,她的事需要被论证。"

我还要被论证?我要做这件事?

"最好还是先放一放吧。这个话题太复杂了,我们会打开潘多拉的盒子。"

幸好是这样。

好吧,但什么是潘多拉的盒子?

"或许你说得对,但说到底,我还是同情那个女孩……尤其是当她提到狗,或者男人的时候。"

你知道男人对我而言有多好笑!

"而且,那个狗窝电视台的节目我也经常看!"

"当然了,我也是。菲奥伦萨……哈哈哈!"

"哈哈哈……"

至少,我让她们很开心。总之,我打算明天再去一次霍夫堡,我想听听看她们从其他参与者的问卷中发现了什么。这场女性主义者大会,在一瞬间,让我感觉很伟大。

我站起身,决定向门口走去,那么,我就一定会在钢琴家面前经过。我觉得自己喜欢他,又读了一遍在他背后闪光的那行字,我在想能不能找到解决焦虑的办法,怎么才能获得"超出常人的认知",是否能"让自己被论证"。或许,这是一个秘密?我要立刻回家,在床上躺成一个海星的样子,好好想一想。我出门,来到了户外。我在街上走路。我回到家。我从包里掏出那块餐巾纸,打开抽屉,把钢琴师背后的那句话,也就是纸巾上的那句话写在那幅画后面,"你们要对无限可能心怀畏惧",我关上了抽屉,坐到电脑前。我在网上搜索,同时查看一下社交平台上有没有动态。实际上,我还有些聊天信息没回复。以下是我的账户,名为"杀死比尔92":

胡子哥81:你喜欢长胡子的男人吗?

杀死比尔92:一般。

胡子哥81:哎呀呀……那你想看我的照片吗?

杀死比尔92:胡子的照片吗?

胡子哥81:胡子的照片也行。

杀死比尔92:你发吧。

嗯,这照片还行,我承认见过比这差很多的。

胡子哥81:你觉得我怎么样?

杀死比尔92:挺好的。

胡子哥81:那你也给我发一张。

杀死比尔92:我胡子的照片吗?

胡子哥81:哎呀呀……你真是让我笑死了!

杀死比尔92:你是哪里人?

胡子哥81：现在我在维也纳。

杀死比尔92：挺好的，我也在维也纳。

这时，来了另一条消息。我马上回了消息。

Rob&go：你好哇……最近怎么样？

杀死比尔92：你好哇。

这是 Rob 的信息，就是2008年夏天的那个罗博。过去很久了他才回复，三天前我找他来着。但他就是这样，他永远不关心你的想法。

Rob&go：有什么好事要说吗？

杀死比尔92：没有。

Rob&go：你是谁？

杀死比尔92：你不记得我啦？

Rob&go：我应该记得你什么？

杀死比尔92：有一年夏天在海边。

Rob&go：哪一年？

杀死比尔92：十二年前。

Rob&go：嗯……咱俩在什么场合下？

杀死比尔92：爱情，对你来说。

Rob&go：可以再来一次吗？

杀死比尔92：再说吧。

胡子哥81：具体是维也纳哪里？

杀死比尔 92：环路里面，你呢？

胡子哥 81：苏黎世。

杀死比尔 92：挺好的。

Rob&go：可以再见一次吗？

杀死比尔 92：取决于……

Rob&go：我长这样。

他也发来一张照片，看起来身材保持得不错。

杀死比尔 92：我看看……

同时，胡子哥 81 又发来一张照片，瘦高身材，正在给车加油。他就好像知道自己同时在和别人竞争一样——我都快被感动了。

杀死比尔 92：现在苏黎世的汽油涨到多少钱啦＋？

胡子哥 81：我哪儿知道。

突然间，我有了更新状态的灵感，我打开推特，写下一句。

@伯尼：生活是当盒子打开后你面前的一切。#人生反思

第一条评论应该来自一位女士，一个叫 Caterina60 的人："我想给你织一件毛衣。"

第二条是来自一个叫 Gringe 的人："告诉我怎么配对。"

然后是……汤米，他写道："那我们应该打开盒子！"

与此同时，Alexia 回复了 Gringe："25-2-11＜3。"

Gringe 回复 Alexia："我来了＜3。"

汤米："那只猫露头了，很漂亮……"

然后，又插进来一位 Reinolf Blue："我永远不知道这些真实的事情中，到底哪件事是真的，更别说你了。"

我回复 Reinolf Blue："你说中了！"

我也回复了汤米："有个微弱的声音说打开盒子，但大家都知道永远不要相信微弱的声音。"

汤米回复："物理学家希望把盒子打开，不然的话，他们总是会惦记着那只猫。"

我回复："物理学家们已经准备好接受死猫了，他们只是想验证一下答案。"

Reinolf Blue 回复："哎呀呀，我就知道。"

Caterina60 还在写："你可以把后肩的尺寸给我一下吗？"

汤米写道："我觉得猫还活着。"

我看不懂了。这时，我感觉应该发一条我的推特旧状态了，于是转发：

@Barney：我不做选择，因为如果没有挑剩下的，那便选不出最好的，但如果我不选择，我也不会知道还有没有其他选择。#确定性我困了，或者感觉自己困了，总之，已经差不多 9 点了，我吃了一片思诺思，睡了。世界？一边去吧！

※ ※ ※

这一章里，我将爱丽丝设想为一个利用现代女性主义思想努力探究存在问题的人，因为，如果今天薛定谔投胎成一个女人，他肯定会是一个坚定的女性主义者。我在认真阅读他写给妈妈的信时，产生了这些想法——那些信是他从前线寄回的，那是他人生中没有被女人包围的罕见时期之一。

第九章
量子物理的起源（一）

"你们要对无限可能心怀畏惧。"爱丽丝在入睡时一直重复这句话。在困意袭来时，这句话在她脑子里重复了三四遍。说实话，她还很努力地回想了那位音乐家，非常努力……嗯，怎么说呢，爱丽丝甚至幻想了她和音乐家的生活。没错，剩余的故事你们也能想象出来。作为梦神，我有义务告诉你们她梦里的所有想法，虽然我并不情愿。在脑海中经历了和钢琴家一起生活的美梦之后，爱丽丝沉浸在其他跑偏的话题中。"你们要对无限可能心怀畏惧。"什么是无限可能？一切有可能发生的事吗？那些人们不了解的事吗？所有的路，所有的可能性，所有的门？或许，她害怕的就是这些东西；或许，为了到达认知和得到论证，她应该停止恐惧。爱丽丝好像全都明白了。这种事在梦里经常发生。闪回。

爱丽丝在找那幅画：她找不到了，一直在找，对呀，之前就在抽屉里，或者在包里，或者在背包里，或者在口袋里，而现在却没了。哦天哪，它去哪儿了，她之前还拿在手里，就在这儿，或许在找东西的时候，她脑子里想的一直是在找眼镜，不，不，她在找的是一幅画……突然间，爱丽丝明白了一件事。你们明白梦里那种神奇的直觉，对吗？这就有一个：在梦里，你没办法用手拿起一件真实的东西，不然梦就会结束。这是爱丽丝的逻辑。所以，如果她在梦里努力去抓那幅画，就会发生一些意外的事，让她无法继续做梦。梦境法则第一条：只能依靠现有的东西，不然梦就会结束。闪回。

爱丽丝坐在电脑前，在社交网站上闲逛。她浏览网页、查阅资料、读取生平。她请求加入薛定谔律师群，请求被接受的同时也被拒绝了。闪回。街上有一个很高的垃圾箱，或许有她身高的三倍高。上面有一行特大号的字：满/空。爱丽丝想起自己曾经见过它，或许是在现实世界中。又是薛定谔的猫，如果在垃圾箱上她都能看到那只猫的话，或许自己永远无法摆脱它了。它无处不在，爱丽丝陷入焦虑。闪回。

有人在对她说话，她转过身，发现是薛定谔。

"小孩子们总是不想被人管。"薛定谔对她说，他站在爱丽丝身旁，身处一个超市。

"对，是的。他们总是忙忙碌碌。这是他们的福气。"爱丽丝不紧不慢地回应。

"那是我们所有人都应该追求的。"他说。

"我们都应该保持童心吗？"

"是的。我的朋友爱因斯坦就很明白这一点。自从他搬到普林斯顿，他就没做别的……他总是像个傻瓜一样开心！"薛定谔笑着说。

"其实，你也总是玩得很开心，而且，我觉得你的人生肯定比他更快活。"爱丽丝回了一句。

"你说得对！你要知道我从1933年起就没想过要得诺

贝尔奖。我给你读一读在 1933 年之前，我失败履历中的一些经历吗？"

"不用，我已经了解了……或者，你可以和我说说，1933 年，他们给你颁发诺贝尔奖时，你那时候 46 岁……在那个年纪获奖有什么感受？"

薛定谔惊觉自己被冒犯了，他告诉爱丽丝，自己在那个年纪，依旧在女人中间光芒四射，而诺奖不过是带给他一些新的猎艳机会而已。爱丽丝接着刺激他，并提醒他说：

"海森堡获得诺奖时才 30 多岁……"

果不其然，薛定谔忍不住了。他只要听到海森堡这个名字就会爆发。但这里我最好还是插一句。我要和你们更新一下薛定谔 1926 年以后那些魔幻的岁月。魔幻是从科学角度来分析。那一时期，他发表了一篇非常重要的文章，包含三部分内容，每部分占九页，写满了计算和运算、定理和系定理，从中推演出了让他在科学界一举成名的方程——薛定谔方程式。彼时，刚刚萌芽的量子物理也从中受益。但关于这个方程式也有一则小八卦。一位名叫赫尔曼·魏尔的苏黎世联邦理工大学 ETH 数学家，他在运算方面帮了薛定谔大忙，而他们两人也是亲密的朋友。他们经常一起玩，薛定谔也常去他家，和他一起工作。拜访期间，薛定谔和魏尔的夫人海拉也成了很好的朋友。据传闻说，薛定谔常常在漫漫长夜里与她围炉夜话，当她的丈夫，数学家赫尔曼·魏尔在另一个房间进行数学运算时，薛定谔和海拉二人却在专精覃思。人类的深刻、灵魂、生命的意义是他们最喜欢的话题，两人的关系也变得越来越亲密。最初，这件事秘而不宣，海拉不想将此公之于众，而薛定谔对尚未发生的事情毫不担心。但有一天，出现了一件新鲜事：薛定谔的妻子安妮出现在了魏尔的家，并成为座上宾，甚至与赫尔曼建立了亲密关系。就此，伴侣之间完成了完美互换。双方各自维持了几个月的秘密关系，后来因为距离，于当年就结束了。

我们回到方程式上来：薛定谔在读完了路易斯·德布罗意的博士论文之后，产生了自己写一个方程的想法。德布罗意是一位法国物理学家，出身贵族家庭，生活在巴黎城外的一座城堡中，他的祖先是居住在皮埃蒙特的意大利布罗意家族。薛定谔人生中的某一天，他在编写方程的第一篇文章中白纸黑字地写下第一页。彼时，他就在帝沃利咖啡厅，就是爱丽丝去的那一家，那时它的名字叫埃德加咖啡馆。薛定谔的桌上一边放着德布罗意的论文，一边是橙汁，开始撰写科学界最著名的文章之一。

1930年，薛定谔接受了柏林的一个物理学教职，并搬到了德国。在柏林，他的科学事业迅速腾飞，他的副业也是。对薛定谔来说，这两项事业总是齐头并进。香肠派对也开到了德国的土地上。薛定谔在空闲时间里玩得很开心：他和阿尔伯特·爱因斯坦一起到乡下远足、骑自行车、钓鱼、乘帆船旅行。薛定谔还结识了马克斯·普朗克，两人就刚刚诞生的量子物理在许多方面达成了共识。一天，他发表了一篇很有趣的文章，标题是"解读爱因斯坦"。凭借这个兵贵先声的标题，薛定谔希望向全世界解释爱因斯坦截至那时所创造的一切。他在文章开头这样写道："宇宙是一个球体。空间并不存在。一切皆为电。重力也是一种电现象。宇宙本身可以用电磁理论来解释。这似乎就是爱因斯坦理论中有关时间和空间的结论。"不一而足。但爱因斯坦和薛定谔是朋友,所以其中一人发表的刊物不过是对另一人新的反思和注解,不存在任何竞争。1934 年,薛定谔见到了爱因斯坦和普朗克,他们在一起的这段时间,两人的研究都一瞬千里。1935 年,薛定谔到意大利罗马去拜访恩里科·费米,并被他的智慧所折服——费米倾向于相信薛定谔的数学,而非海森堡的,因为他无法理解海森堡的数学。那些年中,恩里科·费米是国际物理学界的一个重要参照,而这种认可极大地增强了薛定谔的信心。1939 年,薛定谔前往都柏林,他接受了刚刚成立的都柏林高等研究学院的物理学教职。随后,薛定谔在都柏林生活了整整十九年。

我们再回到刚刚的话题。在梦里,爱丽丝和薛定谔身处超市。薛定谔获得诺贝尔奖是在 1933 年,他和保罗·狄拉克一起到瑞典皇家学院领奖,保罗·狄拉克是当时颇负盛名的物理学家。因命运的捉弄,海森堡作为前一年的获奖者也出席了仪式,因为去年没有举办颁奖典礼,因而海森堡与薛定谔同台颁奖。有一张照片,画面里是三位物理学家手捧诺奖奖杯,仅仅凭借表情就能看出他们的迥异性格:狄拉克目光真诚,有点状况外;海森堡很不耐烦;薛定谔则怏怏不乐。

"我有一个问题很好奇,获奖之后,你把诺贝尔奖杯放到哪儿啦?"

"洗手间里。你问的这叫什么问题?"

"洗手间里?"

"对啊,不然你想让我把它放哪儿?"

"也是，你说得也对。那手捧奖杯拍下的那张官方照片呢？"爱丽丝微笑地问说。

"那个我早扔了……"

"可至少有三张一样的照片呢……"

"我觉得其中一张的结局和我的是一样的……"

"你当时很生气，对吗？"

"我们当时因为量子物理的诞生而满怀着热忱，一切都尚未确定。能够和保罗·狄拉克同台领奖，对我而言像是一场梦，他获奖是因为杰出的理论，而我则因为我的波函数，当然这个美梦随着海森堡的到来而破灭了……"

"这对你来说太丢脸了！因为海森堡是你的头号敌人。"

"你还记得他是如何评价我的理论吗？他说是垃圾！当然，我也说过他的矩阵研究是傻得透顶。"

"当然记得！你们的论战是物理学历史上最有趣的逸事之一……"

"我们怎么说起来这些啦？"

"我想和你回顾一下量子物理诞生的历史，因为我感觉自己的研究遇到了瓶颈。"

"研究？什么研究？"

"嗯，不过是……我为了更好地了解自己而研究的一些东西。"

"啊，我要去一下冷冻区，我想吃炸薯条了。"薛定谔说。

"炸薯条！好的，我也想吃！"

"你接着说，我听着呢。"

爱丽丝继续话题,简明扼要地论述了量子物理诞生的一些重要事件。而她是在对量子物理的创始人之一——埃尔温·薛定谔讲述这件事。在梦里一切皆有可能,即便是这样自相矛盾的事。不过,这也是梦的第二定理。

"1900 年,在柏林,德国物理学家马克斯·普朗克有了一个新的想法。他描述了一个在任何课本中都没有提到过的话题,即黑体①释放的能量与它的频率成正比。黑体是自然界中并不存在的物体,是想象中的物体,带有一定密度、温度和压强。物理学家经常借助一些并不存在的东西来帮助自己思考,再推而广之并应用到普遍事物、现实事物中。凭借近似的推理,太阳也可以看作是一个黑体。说得再准确一些,即黑体会吸收所有偶然的电磁辐射而不会对其进行反射,因此,根据能量守恒定理,太阳会将这些能量再次向外辐射。所以普朗克认为,黑体会按照公式 $E=h\nu$ 释放能量。"

h 代表一个数字,所以不用管它,它就是一个常数,但普朗克的推理中最有趣的部分是,他在公式中还代入了 E——构成物质世界的能量子,以及 ν——构成波世界的函数。他还认为前者和后者是正相关的。"h"代表一个极小的数,$6.626 \cdot 10^{-34} J \cdot s$,实际上,量子物理描述的是一个极其微观的世界,是一个无限小的世界。

"普朗克太强了,你真应该认识一下他!"薛定谔对爱丽丝提议道。

---

① 黑体是一个理想化的物体,它能够吸收外来的全部电磁辐射,并且不会有任何的反射与透射。

"好的，我会去了解一下他，但是你先让我说完。普朗克凭借这个想法获得了1918年的诺贝尔物理学奖，然后他就把这个理论丢在一边不管了。爱因斯坦决定继续这项研究，在他之后，尼尔斯·玻尔也加入了，玻尔为普朗克的理论打开了一个新世界。自玻尔之后，这一理论研究在世界范围内出现分支，不断取得新的进展，并带来了新的研究成果。事实上，是普朗克的观点打开了通往次原子世界的大门。但科学界没有立刻接纳普朗克关于黑体的理论，而对此持怀疑态度。甚至，所有人当时都把他看作疯子。他们总是这样，也经常用同样的方式对我。"

"他们对我也一样！"薛定谔立刻回应。

"我知道，我知道。当一个人的话与主流声音不同时，他就疯了。总之，我继续讲。但在这种背景下，就连普朗克本人对自己表达的观点都不确信，第一个放弃了亲自规划的路线。但是有人捡起了普朗克的公式，并妥善保管，开始研究、分析它，这个人就是爱因斯坦。他也不知道普朗克写的东西是真是假，但爱因斯坦假设它是真的，并继续深入研究。否则一切都将停滞。爱因斯坦建议将光看作具有量子属性，并证明了电磁辐射不仅是波，同时也是粒子的集合，或者是一个适度的光量子，并随后将其命名为光子。爱因斯坦之后，尼尔斯·玻尔也加入了，他的立场依旧是与爱因斯坦对立。玻尔生活在哥本哈根，并在那里创立了自己的学院，当时，所有青年才俊都在那儿学习。玻尔喜欢被学生包围，和他们聊天，一起推理公式。这些年轻人中就包括维尔纳·海森堡和沃尔夫冈·泡利，两人刚刚走出校园就获得了诺贝尔奖。在哥本哈根，他们一同创立了玻尔称作'量子物理正统理论'的体系，与爱因斯坦的观点针锋相对。玻尔、海森堡和泡利的理论以概率为基础，他们认为：没有观测，真相并不存在。这对爱因斯坦而言无疑是沉重一击，他从未与这种思想达成和解，虽然其内容已远超这种思想。这也正是两人论战的核心，量子物理的创始人团队正好一分为二，玻尔和爱因斯坦各自都有追随者。但玻尔相比爱因斯坦更擅长拉帮结派，所以他拥有的粉丝数量更多。

"我们回到正题。这件事是怎么结束的呢？玻尔之后出现了一位法国物理学家，他就是出身于皮埃蒙特的贵族，路易·德布罗意。德布罗意在他的博士论文中，按照爱因斯坦的思路完成了进一步推理：1924年，他提出了物质的波粒二象性。爱因斯坦认为光以粒子的形式进行传播，德布罗意则认为物质以波的形式进行传播，并且符合自然的精妙对称。德布罗意的理论后来演变为新兴量子物理的基础，证实了运动中的每一个粒子都与波相关的观点。实际上，德布罗意认为，在电磁辐射中，物质也呈现波粒二象性。"

"就这样，我们崇拜的英雄们达到了第一个目标。现在终于轮到我上场了……"薛定谔开心地说。

"稍等一下，先别着急，让我说完。在玻尔和爱因斯坦的论战中，支持玻尔的一方自然是他的学生们和玻尔挑选好的参会嘉宾们。玻尔的游说才能科学界有目共睹，事实上，他的理论能让人改变信仰。在与爱因斯坦的论战中，玻尔得到一众科学家的支持。在那些年的论战中，两人各持己见，相持不下，后来玻尔占了上风。但这些事我们在今天看来清清楚楚。如今，局面终于发生了变化。"

"当然，因为我给了爱因斯坦有力的援助，我们两个加在一起是无敌的。"薛定谔说。

"事情的发展差不多就像是你说的这样……你对爱因斯坦而言很重要，现在也依旧如此，因为爱因斯坦的成功已然具有现实意义。我们先不说这件事，现在是时候说说维尔纳·海森堡为哥本哈根学院围墙内诞生的量子物理做了哪些事。海森堡是玻尔的第一支持者……"

"我能把耳朵堵住吗？我可以吗？这部分我一点都不想听……别说了……"薛定谔说。

"不行，你得听！海森堡深入研究了这个概念，认为一个粒子不可能同时展现出所有的特性。我再说清楚一些：海森堡认为，同时观测一个粒子在运动中的位置和动量时，存在一个不确定的边界，因为在观测时，外部观测者的干预会与被观测的粒子系统相互作用。我们越了解粒子的位置信息，越不清楚其动量，反之亦然。而且，这一结论不仅适用于位置和动量，同样也适用于时间和能量。这就是海森堡的不确定性原理。同时，也是理解微观世界的基础。海森堡推理和运算的不可思议之处在于，他发现不确定性的最小误差正好就是 h，也就是普朗克常数。那么，这一切就说通了。伴随这一推理而来的是一些结论，比如，可以在很短时间内创造出一些高能量值的虚拟粒子。而这些粒子不能处于一个小空间中，否则它们会无休止地颤动。这就是偶然在支配现实。偶然，这是爱因斯坦最讨厌的字眼之一……随后登场的是亚瑟·康普顿，这位美国物理学家用 X 射线进行实验，也因此证明了光子的存在，验证了爱因斯坦的假设，完整闭环。最后……你出现了。"

"终于到我了！"薛定谔迫不及待地大喊。

"你出现了，可以说是你给这个理论赋予了秩序。"

"啊，太好了……快和我说说人们是怎么谈论我的……他们怎么看我？他们怎么描述我？"

"现在吧，或许你被看作一个非主流的人，一个自由灵魂，一个揭开真相的人，但你的存在很有意义……因为物理既是迷局也是真理，而你置身其中，却只做你自己。大家都承认你做出的贡献，你被看作是一个可以掌控很多东西的人，而且，你征服了阿尔伯特·爱因斯坦，你是一个困难面前毫不退缩的人。在爱因斯坦对抗玻尔的论战中，你是爱因斯坦最忠实的盟友，而且你从未抛弃过他。虽然你们人数很少，寥寥无几，支持爱因斯坦的人一个巴掌数得过来，但你们对抗的是玻尔思想所凌驾的整个科学界。没错，你被看作一个忠实的人。不论我们身处怎样的逆境，或是与某人对立的矛盾之中，我们所有人都希望，身边有像你这样的朋友。"

"你刚刚说的，很好……"薛定谔说。

"是的，但是你先别高兴。让我说完。工作多年后，你在1926年写出自己的方程。累页的计算，我都看到了，很令人震惊。我发现这与牛顿为宏观世界所做的事有某些相似之处，实际上，你仔细研究了微观世界，并对它做了一个全新的阐述。你可以和牛顿相提并论了！"

"那个老古董，怎么还没有把他一脚踢开呢！不好意思，我开个玩笑，向巨人致以崇高敬意……如果有机会，我愿意和他好好聊聊。"薛定谔补充说。

"总之，你的方程描述了波函数，它也是一种概率论，可以用来描述空间与时间演变的关系。最开始，你只是希望用它来描述电子围绕电子核的扩散运动，随后又开辟出其他路径。你的方程是用精确的数学公式描述发生的事，其精确程度允许扩大讨论范围。而如今，你的方程式告诉我们，作用在某一个具体点上的值与粒子所处位置的概率有关。牛顿并不知道概率波的定义，你要用很多运算和他解释，或者你也可以只告诉他，凭借当前的数学运算，概率波是我们对现实情况的认知水平。你的方程式是以概率的方式控制空间的时间演化规律。而海森堡说的则是另一回事，即概率对我们未知的事物进行观测。他永远都不想思考你的波函数。"

"当然了，因为他没有提出正确的质疑。海森堡的推理总是太过贪婪。我们科学家只能论述我们已知的科学，而非全部的绝对的科学，因为我们不了解自然的全貌。波函数表明我们并不能通晓一切。我的波函数是诚实的，它展示了现代科学的魅力。毕竟，总会有一些事情的出现让所有人垂头丧气，我能感觉到……一些事让科学成为争论的中心，但科学家们本人不知道如何面对这件事，就只会把他们的疑问摆到桌面上来。这样一来，普通人就会完全陷入困扰之中！"

"你不要预想灾难发生，求你了……能发生什么事情呢？小行星撞地球？核电站爆炸？一场大流行病？一个病毒将我们全部杀死？呸呸呸！"爱丽丝大喊道。

"总会发生一些事情，我们亏欠大自然太多了。但你可以保持镇定，你拥有科学思维，不要忘记这一点：这是你的力量,你要运用逻辑。你能让自己保持独立和清醒。你比其他人更有优势,长期的孤单让你能如探囊取物般从容地面对它。然后……抱歉,总有些东西会失控,为什么我们要迷信地敲木头[1]呢?你又不是一个护身符,你说的是什么傻话?"

"我知道……但最好还是摸一下吧。再说玻尔也说过这句话:我不迷信,但人们说迷信对不迷信的人也管用!"爱丽丝已经有了现成的答案。

"对的……但回到牛顿的话题上来,我真觉得他应该被更新了。他怎么能想到,地上的一块石头里面包含着无数的微观粒子,且处于不断运动当中呢?"薛定谔问。

"我最喜欢你的波函数的一点,是你定义它的方式……希腊字母 Ψ 太棒了。在这个字母背后有一个用知识辩论、热情、冲突、连续的哲学新诠释组成的世界。"爱丽丝继续说。

"没错,我签名都用它!"薛定谔一边说,一边吃着炸薯条,好像对爱丽丝这堂绘声绘色的量子物理课十分满意。

"我知道,我在维也纳大学的档案馆中看到了!你甚至还用了两次 Ψ。实话实说,当我在你的墓碑上看到你的名字写的是首字母 ES 时,甚至有点失望……"

"我知道,那是如斯在 80 年代的时候刻上去的。不过,她怎么会知道这些呢?"

"还有,你的签名是两个 Ψ,而且第二个 Ψ 的右上角带星号。那个星号是什么意思?"爱丽丝问。

---

[1] 寓意但愿走好运,是一种辟邪传统。

"星号是一个参考,一个备注。"

"可是我从没见到备注。在哪儿能看到?"

"你会找到的。你现在先继续往下讲,我正听得津津有味。"

"好的,所以,$|\Psi|^2$ 表示量子观测获得确定结果的概率。但在观测进行前,整个系统处于一种叠加状态,即所有状态都有可能发生;进行观测时,波函数发生坍缩,系统也会坍缩,因此结果只是所有状态中的一种形式。对系统的观测使外部环境与系统产生相互作用,观测之前我们知道的是一些非常有限、模糊、不确定的事,我们的认知也是有限的。接下来,随着时间慢慢推移,支持玻尔量子物理观点的科学家们拥有了一些新的认知,事情变得复杂起来。电子既是一种光,也是一种波。有一个观点是确定的,你也支持并推广了这个观点,那就是电子,也就是一个粒子,即一个系统,并非处于一个固定点或一个固定状态中,而是处于所有点和所有状态中,随处皆是。电子并不是像卢瑟福老旧蒙尘的原子模型那样,围绕电子核进行轨道旋转,而是到处都是。而数学运算的作用在于,它证明了电子在哪儿须按照波函数理论定义。这个数学构思无懈可击,很漂亮,也很简洁。波函数的作用就是为了搞清楚电子核之外电子分布的轨道;而海森堡使用的却是矩阵。"

"他一窍不通!不管怎么说,如果牛顿物理学也适用于电子,那我们就完蛋了!"薛定谔说。

"电子受到量子物理的规律制约。原子因电磁力集合在一起——对电子而言,经典物理学法则并不适用,因为短时间内，它们就会在核内坍缩。电子具有一定的能量，但存在一个最小值，超过这个值便不可能降低。在核与电子之间存在一个完美的虚空……"爱丽丝继续说。

"你说得对，一个很有意思的虚空。爱因斯坦一定对此很感兴趣。古希腊的哲学家们也是，他们一直在探寻守恒！牛顿应该也会感兴趣，但可惜他永远看不到了。"

"你今天是和牛顿过不去了吗？能不说他了吗？他把你怎么了？"爱丽丝不耐烦地说。

"这要怪他今天总是萦绕在我脑海……"

"不过，确实绕不过牛顿。但我们不要停留在这个话题。你说得对，爱因斯坦在这里加入了，因为他用相对论构思出质量和能量之间的等价关系，因为所有的粒子都具有质量，那么所有的粒子都具有能量。除了光子和胶子，因为它们没有质量。但我们刚才说的是原子，因为具有质量，所以它们由能量构成。而我刚说到的那个完美的虚空也是能量。整个世界都蔓延着能量，对此我们知之甚少。最后，如果我们想要结束这个话题，就说一说最后，虽然这个话题没有结尾，但形成了一个大统一理论①，它可以把所有的力，包括重力结合到一起，但这个理论还在研究中，目前还未有定论。"

"他们还没研究出来吗？"薛定谔的表情很惊讶。

"没有……但这件事你也知道。"

"当然，如果他们发现了这个理论，我愿意了解一下。"

---

① 简称GUT，又称万物之理，理论上宇宙间所有现象皆可用万有引力、电磁力、强相互作用力、弱相互作用力来解释。

"但我对此有一个疑问。"爱丽丝困惑地说。

"说。"

"你看我对你说了这么多,我将所有对量子物理的想法整理到一起,我描述了微观世界……即便如此,尽管我知道所有这些事,但当我观察周围的事物,总会发现一些不一致的地方……为什么当我观察四周时,我看不到量子物理所描述的世界呢?"

"好问题。"薛定谔说。

(未完待续)

* * *

玻尔—海森堡与爱因斯坦—薛定谔的论战是我们的英雄们建立量子物理时发生的真实事件,而今,故事终于有了后续,正如我记录在封面背后的,李奥纳特·苏士侃对我说的那句话,这是我工作的全部意义和动力。《解读爱因斯坦》这篇文章(我没有把它加入到文献中,因为只在 ESI 埃尔温·薛定谔数学物理国际研究所存有一份纸质文件。)是薛定谔在 1930 年发表的,当时,他在柏林任教,和爱因斯坦是挚友。爱因斯坦也嘲讽式地接受了这篇文章。若干年后,薛定谔又发表了一份关于爱因斯坦的文章,同样的故事却没再发生,这件事我后面再和你们说。

第十章
量子物理的起源（二）

我们还在爱丽丝的梦里。速冻食品柜台前站着四个女孩，她们头上戴着羽毛发饰，衣服闪闪发光。薛定谔注意到她们后，便径直朝她们走过去。爱丽丝在远处看着这一幕。薛定谔走近四个年轻女孩，对每一位都行了亲吻礼——他还是和以往一样搭讪姑娘，对每个人极尽溢美之词，迷人的目光，温柔地爱抚。爱丽丝决定在薛定谔回来之前找点事做，忽地注意到面前有几台炉子，正好，她手里拿着一袋冰冻薯条，便若无其事地炸起来。快要炸熟了的时候，她看到薛定谔回来了，她还没来得及将薯条倒进盘子，薛定谔就把两只手伸到锅里，开始大快朵颐。他嘴里塞满了薯条，又开始继续之前的话题。

"你完美再现了量子物理诞生的历史，很棒。但还缺少一些细节——缺少哲学思想。你要记住：物理本身是一门哲学。我们每个人身上都有无限可能，因为我们拥有意识。一旦我们认识到生活中一切都有可能发生，那么视野就会打开。人们都有自己的视野。你好好想想，爱丽丝。你已经激发了自己的潜能，不要现在就停下来。你要去哪里？哪里是你的终点？你为什么在这个世界上？你问问自己这些问题，听听你自己内心的声音。我这样做过，然后就对我和我们认知中的一些问题找到了答案。你现在也要做这件事，为你自己，也为和你一样的人。"

"你说得太少了……"爱丽丝回答，同时狼吞虎咽地吃起薯条。

"我人生的挚友是爱因斯坦，我同他分享了这场大论战中的每一个观点。这场论战是存在性的、道德性的、亲密性的、哲学性的，甚至是社会性的。但我也有一些敌人。你也要做同样的事，选择你的盟友，对抗你的敌人。回到我的话题上来，海森堡、泡利和玻尔认为，没有观测就不存在现实。盒子里的猫既生又死，这是巨大的知识成果，这是科学家们上下求索后得出的结论。但这对你来说意味着什么，我不知道。我可以告诉你，这对我、对他们来说意味着什么。但你要利用起来，以上所有。

"哥本哈根学院认为，物体会受到我们观测的影响；而当一个物体完全被隔绝时，我们无法获得有关它的任何认知。其理论宣称，观测的干预既不是无关紧要，也并未完全显而易见。所以，不管经历多少次细致观测，物体总是处于一种状态中，即物体的一些特点可以被注意到，而另一些不会被注意到，或不能被准确认知。关于物体的这种状态，有一种解释是，任何物理学中的物体都不可能具有完备而无缺陷的描述。如果承认这一观点，那么就违背了自然的可知性原则。人们认为，近年来的物理学已发现并触及主体和客体之间的边界。据我们所知，这个边界并不是一个绝对的边界值。现实告诉我们，我们从来不会观测到一个不因我们的观测行为而发生变化或受到影响的物体。现实告诉我们，受到我们精密观测方式的影响和对实验结果的反思，主体和客体之间的神秘边界将会被打破。

"为了批判这些结论，请你允许我第一时间接受主体和客体之间的区别或区分，正如许多思想家一样，不管是古代还是现代，他们都接受了这一点。从德谟克里特到柯尼斯堡大学的康德，所有接受这一现象的哲学家们，就算有，也只有极少数的人不强调我们的感觉、认知和观察带有强烈的个人主观色彩。这些用康德的观点来说，不会改变事物自身的性质。而还有一些思想家脑海中可能只有一个或多或少的扭曲印象，完全屈从于对事物本身的一无所知。"薛定谔说着，同时不停地吃东西。

"什么是主观性？"爱丽丝问，她嘴里也塞得满满的。

"主观性，真能骗人。没有人能奢求获得完全客观的看法，因为'观点'这个词本身就排除了绝对客观性。现在，康德让我们相信，人类没有办法了解事物本身的任何事，因为我们不能忽略我们的大脑结构。接受了这一观点，我们就放弃了客观认知，从而把自己关闭在一个想象世界中。但现在我们要说的是，我们观测的环境本身也同样因为我们的观测行为发生改变，尤其当我们使用工具来进行观测时。这是一个革新。我们要知道，我们的大脑和世界是由同样的元素构成的。不存在真实世界和被感知的世界，其本质只有一个。区分主体和客体是错误的。说观测会改变环境也是错误的，因为这个屏障由我们自己构建，而并非真实存在。还有一个重点需要考虑：我们用来实施观测行为的工具，并不等于观察者，也不能完全替代观察者，因为观察者的认知是以工具获取的相关数据为基础。数据从来不是纯粹的，它们一定与观察者的感官认知有关，甚至与工具本身的发明者有关，这取决于使用的工具复杂多样性。科学理论不是对数据的简单收集，而是对数据的组织和诠释，使得其连贯、有意义、便于记忆。科学家们创造的理论是纯粹赤裸的数据的一种媒介，与制定理论而实施的观测无关。"

爱丽丝不敢相信，薛定谔对她讲述的正是多年来她脑海中挥之不去的事。自从第一次她开始琢磨那只猫，这些想法就让她困惑不已，有些话是她在书上读到的，有些来自互联网，还有一些是教授们讲的。现在，终于，一些思路在她脑中慢慢清晰了起来。"你给我留点薯条，说到这些我会紧张。我需要比平时更多的能量。"薛定谔说。

"那么，怎么才能把你对我讲的这些哲学话题与世界上的佛学观联系到一起呢？我再说清楚一些：我知道你一直很认同东方思想，你是怎么被他们那些苦心孤诣的想法欺骗的呢？而且居然是你，我是说……你是怎么做到的呢？"爱丽丝问。

"是这样的，爱丽丝，我觉得面对哲学，只需要取其精华就好。而精华由你自己选择。适用于你的，或许并不适用于别人。我觉得自己在某些认知方面很接近佛学思想，那些教条之外的认知，那些将认知作为生命能量的部分。佛学认为，物理学应该发展出一种认识论，填补现实世界和量子物理之间的沟壑。我同意这一观点。我们要明白，他谈到的现实是经典物理中的世界,是我们在日常生活中如何感知现实,是牛顿眼中的现实,是牛顿的世界。而今,它们已经不再是我们的世界了。核心问题就在这儿:对我们而言,什么是对现实的认知?现实是构成物质的实体。而这个现实在量子力学中是可持续的吗?不是,那我们要重新讨论一下现实的概念……"薛定谔说。

"不是?为什么不是呢?"

"因为量子物理描述的现实是别的东西……你自己也说了,为了讲述量子物理诞生的历史,你经历了一段奇幻之旅,而你的终点正好是我想到达的终点,你的结论是原子由虚空构成。这是重点。电子核与电子之间的虚空是一个神奇的空间。它是虚空,也是能量。而能量是什么?能量是喜悦。能量是五识[①]。能量是愿望。实际上,我、你、自由生物,我们都是靠喜悦滋养……虚空,能量是身体和灵魂之间的 indistinzione[②]。"

"先不说 indistinzione 这词并不存在,现在你让我越来越迷惑了,你知道吗?"爱丽丝问。

"那就对了……你学得越多,你想得越多,你研究得越多,越发现量子物理唯一能让你确定的是,它将带给你无尽疑惑。"薛定谔回答。

---

① 佛教语。指眼、耳、鼻、舌、身五根同色、声、香、味、触五境相合时所发生的五种感觉。

② indistinzione 一词并不存在,是薛定谔此处的临时创造,意为"模糊的边界"。

此刻，爱丽丝脑子里的问题只增不减，当她深掘时，慢慢发现一切都令她疑惑。还有那句"你们要对无限可能心怀畏惧"，她还是没搞清楚。爱丽丝很困惑：在她自觉找到了拼图里缺少的那一块时，一切却又变得杂乱无章……然后……她环顾四周……薛定谔跑哪儿去了？他不在了，消失了。他消失时，只留下那句含混不清的话："量子物理唯一能让你确定的是，它将带给你无尽疑惑。"他去哪儿了？闪回。

爱丽丝无处可去，飘浮不定。她被能量所包围。这些能量构成了宇宙。一个女人出现了，起初离得很远，后来越来越近，爱丽丝认识她，是丽贝卡·索尔尼特，伟大的女性主义者和作家。几天前，会场上最出色的发言人之一。爱丽丝想和她谈一谈，但是她背对着爱丽丝，爱丽丝也不知道怎么让她转过身来。她呼喊她的名字，发出一些声音想引起她的注意。爱丽丝认为自己需要和她谈谈，想问问她怎么做才能获得更多自我认知，也想和她讨论一番。爱丽丝害羞、害怕，怕自己被误解，但这也是她人生中的常态之一。为什么她不转过身呢？为什么她不和爱丽丝讲话呢？为什么她不看她呢？所有事都乱了，场面真是一团糟。

一张超大的沙发又出现了，家里没有地方放，她想努力把沙发塞进去，但却怎么都做不到，它太大、太笨重，爱丽丝使劲推，但沙发实在是太大，尺寸也不对，怎么都塞不进去。一个巨大的疑问在她脑子里出现。她听到猫叫声越来越近，逐渐向她逼近，声音很大，可是猫在哪儿呢？爱丽丝蓦然惊醒。

✢ ✢ ✢

本章中，薛定谔的哲学浮出水面，内容和《生命是什么》一书及其在柏林生活期间发表的文章阐述一致。

第十一章
事物与其反面相同

2020年1月21日

  我醒了，现在是上午9点。我纵身一跃跳到水杯前，喝水，喝水，喝水，感觉像吃了一晚上炸薯条一样，口干舌燥。我坐在地板上，开始做普拉提。我起身，坐到电脑前。我在网上搜索，接连看了九则视频。整个上午就这样度过了。我在搜索引擎里输入了一个令我好奇的名字：赫伯特·皮特施曼。在社交媒体上，我没有找到任何与他相关的有趣内容，不过，有资料显示他在维也纳大学教书。想罢，我决定去档案馆搜一搜这位皮特施曼的资料。

  我洗脸，穿衣，出门。我查看了一下捕猫器，还好，它一直在。我步履轻快地朝档案馆走去。几天来，我频繁出入维也纳大学，具体来说是图书馆的物理学分区——奥地利国家物理化学图书馆，好地方。而ESI位置就坐落于玻尔兹曼大街，市政5号。我去过几十次了，我在那儿认识了彼得·格拉夫和亚历山大·扎特尔，我和他们一同推进调查研究。我提出申请，他们还交给我一些文件、书籍、文章和笔记。我全部读完后,重新交回,再次申请,他们随后会再给我其他材料,如此循环往复。后来,彼得·格拉夫还会给我发视频、文件和音频;我也会观看、记录、聆听所有内容。是他们激发了我的愿望,我想要亲自去认识他,认识这位皮特施曼教授,没错!他是埃尔温·薛定谔的学生。

我和彼得·格拉夫一起观看了一段视频,里面有皮特施曼教授的发言:"表面上看只有一条出路:将所有的知识统一,大部分都是表面现象,实际上只存在一种认知。这是薛定谔留给我的最伟大的教育。不只是他,我自己也在研究这一方向。与上帝统一的神奇体验总会引导出这个观点,虽然没有强烈偏见,但是相比西方世界,这在东方更容易实现。"我暂停了视频,看了看彼得·格拉夫,他对我点头,我继续播放视频:"他是一位优秀的老师,他对现实问题游刃有余,并能让你理解现实。"我欣喜万分。彼得·格拉夫建议我给他写封邮件,约他见个面。"维也纳大学,物理学系,这是他的邮件地址。"格拉夫对我说。在他的口述之下,我直接用手机给皮特施曼写了邮件——正式一些,总不会出错。"尊敬的赫伯特·皮特施曼教授……"发送。

我对格拉夫表示完感谢后径直回家。接下来,只剩下等待。现在我要做的就是消磨时间,等待回复。以上。他会过多长时间回复我呢?一分钟?如果邮件直接发到他手机上,那肯定。半小时?如果他设备不行,并且有很多事情要忙。两小时?如果他是一个没有教职、每天坐办公室的老师?……一天?如果他家里没联网,两天去一次学校的话。一个星期?如果他隐居在蒂罗尔阿尔卑斯山偏远山区,薛定谔之前经常去那儿。可皮特施曼都83岁了……哦天哪，一个83岁的男人，退休的大学老师和薛定谔的前学生，他现在会做什么呢？我不知道。他会是一个活在回忆里的人吗？那他可能会立刻回复我。毕竟我的请求就是和他聊一聊薛定谔。如果他不回复我呢？如果他回复我说过两个星期或一个月之后呢？那好吧，那就意味着从现在到下个月我需要找点事做。或许我可以报名一门武术课，然后去参加空手道比赛，再去上一门分子料理课，甚至去参加吐痰比赛，然后……

一个声音响了起来。这是我手机收到新信息时非常好辨认的声音。是皮特施曼的回复：两个小时之后，在大学他的办公室见面。难以置信！

我在皮特施曼教授的办公室里，就坐在他对面。我们在交谈。

"以尼尔斯·玻尔为首的哥本哈根学院中诞生的量子力学以海森堡的不确定性原理为基础，这一原理认为不能同时确定一个粒子的位置和动量。不确定性原理并不仅限于位置与速度，它适用于所有可观测的互补量组合，如时间和能量。根据这一原理，概率论和偶然性是有效的，也就是说大部分事物不能被准确地观测或认识。这一观点得到了支持海森堡、玻尔和哥本哈根学院的绝大部分科学界人士的认可。总之，所有人都支持量子物理的正统观点。但是，有五位物理学家不这样认为，并且和其他人开始了论战。"皮特施曼对我说。

"您说的是爱因斯坦、薛定谔、德布罗意、普朗克和冯劳厄……"我说。

"没错，他们坚定反对，认为量子物理并不遵循哥本哈根学院表述的规律。"

"但量子物理的主题是薛定谔方程以波函数的形式定义的。"

"截止到这儿，一切都很清楚：薛定谔为量子物理做出了贡献，正如普朗克在初期所做的和爱因斯坦另一方面所做的别无二致。但重点不在这儿。当爱因斯坦对玻尔喊出那句'上帝不会和世界掷骰子'时，他想否定概率论，这也是玻尔整个理论的基础。对爱因斯坦而言，自然规律与偶然有关的这一观点是不可接受的。爱因斯坦和薛定谔一样，认为概率论只是一种策略，这证明了我们对事物存在的无知。他们认为，量子物理应该是确定的，不应是概率性的——概率只能用来描述量子物理。"

我完全认同他的观点。

"阿尔伯特·爱因斯坦，与同事鲍里斯·波多尔斯基和内森·罗森一起，试图通过名为EPR（三位物理学家姓氏缩写）佯谬的思想实验，从量子力学的角度，展示了对物理现实描述的不完备性。这一悖论描述了如量子纠缠等一些已知的现象，量子纠缠违背了位置论，即两个遥远的物体之间不能产生直接的相互作用。"

我忍不住大喊一句："是薛定谔发明的'量子纠缠'这个词。"

"是的，但超出悖论提出者期待的是，这种现象展现出一种具体的物理效应，非但没有削弱量子理论，反而让它变得更强大。"他对我解释。

"有意思……"

"如果你仔细想想，量子纠缠真的是一种很神奇的现象：两个实体间存在一种不可忽略的联系，不管其分隔距离有多远，表现方式总是一致的。两个粒子处于纠缠态，也就是两个粒子相互关联，即便相隔甚远，它们之间也会彼此影响；当两个粒子处于纠缠态时，我们对其中一个粒子进行观测，同时便会得知另一个粒子的状态。因此，作为一个整体的物理系统，如果在空间中被分隔，那它们将继续同处于一个量子态中，并且每个单独系统的状态都会影响量子态。实际上，即使相隔几光年，两个纠缠粒子的表现也是一致的：一个粒子的任何变化，同样会发生在另一个粒子上。在量子纠缠中，事情的发生并不是随机的，因为物理学中不接受同步偶然，而且没有任何事物的传播速度可以超越光速，尽管大卫·波姆通过非定域论解释了这种现象，但这依旧违背公众常识。"

"不好意思，但我们正在走进量子心灵传输的世界，对吗？量子心灵传输可以将一个系统的物理状态转变为另一个状态，即便相隔甚远……"我非常感兴趣地问。

"可以说关于这一话题，这部分是最精彩的……但您要注意是谁告诉您这些信息。当然了，您需要了解情况。但您要看看提供信息的人是谁，再好好掂量一下答案。有很多人懒得做这件事！所以，我刚才说：量子纠缠是一个可怕的思想观念，它粉碎了很多信念，而与此同时强化其他观点，取决于怎么看待它……"

"我懂了。量子力学的每个方面都需要我们对世界的感知方式进行深刻重塑。"我插了一句。

"正是如此。在量子物理中一些基础的经典概念,如定域性、偶然性和同时存在于不同位置的不可能性,就这样无情地坍塌了。偶然性,在经典力学中只能以主观形式存在,因为主体未知,在量子力学中却变成了客观条件。量子体积可以是模糊的、非定域性的,而这也意味着对想要完全控制、统治和认识自然的决定论和启蒙主义的推理精神以致命一击。过去,人们普遍支持完全决定论,然而随着相对论和量子力学的到来,这种立场越来越不坚定。"

"我明白了。现在您可以给我讲一讲有关薛定谔的事吗?我想从世俗的角度多了解他一些。我读了很多关于他的书,但我从没见过一个认识他的人。或者说,我觉得自己完全被他吸引了,但只是在梦里……我们先不说这个,现在很难解释清楚。但我真的很想了解有关他个人的事,毕竟他曾是您的老师……"

"我还记得他的行事风格,他的音容笑貌……"

"您最后一次见他是什么时候?"

"那是在 50 年代,我去他办公室找他,就在这所大学里。我经常和他谈论人生。"

"也就是说,你们谈论人生哲学吗?"

"是的,他是一个伟大的思想家,一流的哲学家,什么都不能分散他的精力。"

"它也是吗?"我不合时宜地转移了话题。

"什么意思?"他睁大眼睛地问我。

"我是说……就像他晚年写的那本《生命是什么》一样,对吗?"我更正道。

"当然了……无论从哪个角度来说,那本书都很重要,因为它用物理学原理来定义人生,因此生物学界对这本书也很感兴趣。或许您也知道,DNA双螺旋结构的发现者,詹姆斯·杜威·沃森,也说过他是从这本书中获得了最初灵感。"

"这本书对神经科学也很重要。"我评论。

"是的,而这也是现代物理学的一个分支。"

"然后呢,你们还谈过什么?"

"物理,玻尔,爱因斯坦,薛定谔的猫……"

"是的,薛定谔的猫!"我大喊一声。

"为了应对那些煞费苦心在表面上援引叠加态原理的人,薛定谔发明了那只'著名的猫'。这个小故事是为了让物理学家面对现实。薛定谔当然知道,一只猫不能同时生与死。这只是意味着,即使应用于粒子的概率计算真的有预兆性,也不能否认一个合理的观点,那就是一个物体内部没有任何东西可以既是自己又是自己的反面。讽刺的是,薛定谔想象出来的这个故事,对于一些与世界认知有关的理论而言,成了一个跳板,那些理论用各种形式反复讨论关在盒子里那只的猫。薛定谔也一定想象不到他的猫经历了哪些奇妙的探险。如果这只猫只是被当作思想实验被人们铭记,被当作反驳理论的工具被人们认识,那它的命运实为悲惨;但它后来演变成这一理论本身最天才和杰出的诠释。这就是事实。"

薛定谔,那个男人就是一个鲜活的矛盾体,他说的是一件事物和它的反面。他就是这样!一个世界在我面前徐徐打开。我努力让自己先不要一个人想这些事,不然我就听不见我面前这位皮特施曼的话了。我又继续听他讲了整整一个小时之久。他对薛定谔的研究的确很吸引我，记录下一些最有趣的片段，又借了一些教材、刊物、书籍后，我的背包里现在塞满了新资料，估计要在家待上整整一个星期才能读完。

皮特施曼讲完了他对薛定谔的个人看法，又回到我最好奇的话题上来——他会像我一样重复相同的话，对我也友善，所以我能完美地听懂他的每一句话。

"他为了推翻一个理论，表述了一个观点，但是那个理论的支持者们却用这个观点来强化理论。你想想他会作何感受！"

"我明白，他想反驳一个理论，而结果却为这个理论本身创造了一个基础……真是自相矛盾！我好像听到了我自己的人生。"我欣喜地说。

"小姐，我不了解您的人生故事，但我确定如果您把自己的人生和这件事对比，那您肯定有自己的理由。"

这位皮特施曼先生真的很懂我。

"我有很多理由，请您相信我。"我坚定地回答。

"无论如何，这些事情，对于像您这样的学者而言，已经不是新鲜事了，对吗？为什么您要来找我，让我重新讲给您听呢？"

"我需要一个确认。"

"我明白了。是为了区分、筛选聆听者。我再说一遍：有很多懒惰的人声称自己以科学的名义发表意见，他们是很危险的家伙，我们要揭开他们的伪装，孤立他们……而还有一些人，他们会为我们指明道路。我需要弄清楚谁才是后者，并相信他们。您好好感受，祝你研究顺利……一路顺风！"

"好的，我会注意。"我承诺道。

我真诚地感谢他对我所说的一切。我相信刚刚度过的这真真实实的两个小时是我人生中最美好的时间。我走出他的办公室，朝家里走去。

2020年1月24日

我躺在沙发上，手里拿着那幅画，用了三天时间来阅读皮特施曼交给我的资料。是的，我在沙发上待了三天——一件事物与其反面完美结合，一个思想实验同时驳斥和验证这个理论……只有薛定谔能发明出这种东西。就像一个盒子里装着另一个盒子，里面的盒子又装着外面的盒子。这就是猫的实验。但这一切会把我带到哪里呢？我要调查到哪一步呢？我什么时候停下来呢？我不知道。现在，我只确信一件事，那就是我要继续。我想知道现在的世界如何变化，我们的未来去向何方，这都得益于这些伟大的科学家所创造的一切。我要去加利福尼亚，我要亲眼看看未来正变成什么样。未来很快就会到来。我想和每天经历这些事情的人谈一谈。只有这样，我才能解开自己身上的重大谜题。就像是皮特施曼很快给我回复一样，我确定在那儿自己也能遇到对话者。我会照他说的，仔细筛选对话者，甚至和他们直接对话。亲自面谈，我要做的就是这件事。我感觉自己必须做这件事。我坐到电脑前，搜索着飞往旧金山的航班，预定，出票，一周之后出发。我瞟了一眼薛定谔的海报，他也同意我这样做。

2020年1月25日

我在家，正准备出门。我做什么事都很着急。我要快一点，否则就要迟到了。我在维也纳的犹太博物馆约了人，要去和那个记者一起去看展。他叫什么来着？啊对，汤米。我听到电脑那儿传来一个声音，社交平台更新了视频，我毫不犹豫地打开了视频。是那个英国人。我根本做不到不看他。视频一共35分钟，我还有时间。我拿过电脑，坐在沙发上，把电脑放到腿上，开始观看。太棒了。他在讲述自己开卡车从柏林到伊斯坦布尔的那段旅程。在途中，他谈到了哲学，提到了阿尔伯特·加缪，豪尔赫·路易斯·博尔赫斯，维斯拉瓦·辛博尔斯卡，查尔斯·布考斯基，阿尔达·梅里尼。一个热爱文学的卡车司机……天哪，太帅气了。现在我真的迟到了。

我下楼，看了看盒子，探头看里面是不是一切正常——捕猫器还是张着的，但旁边的诱饵没有了。我又上楼，拿了一袋新的豪华猫粮；我下楼，小心翼翼地把它放在捕猫器旁。我看看手机上的时间——迟到得离谱，开始在维也纳大街上奔跑。穿过两个街区后，我气喘吁吁地来到了博物馆门口，发现他乖巧地在外面等我。他做得对，毕竟我因为使劲跑步，身体都快折成两半了，我脾胃不舒服，想吐，此刻还得假装若无其事。我们进了大门，不舒服的感觉过去了。我们开始看展。

我没什么可补充的，今天的展美极了，主题是海蒂·拉玛，她也是个不同寻常的女人，我完全被海蒂迷住了。相比之下，我对那个记者没什么感觉，虽然他竭尽全力地取悦我。

正准备离开的时候，我听到他很清楚地对我喊了一句："你很美，因为你是一个谜！"直觉告诉我不要回答他，但我的段子手属性占了上风，对他大喊："我不是一个谜，我只是一个矛盾体！"把话说清楚总是好的。他向我提出下一次约会邀请：在我出发去美国之前，未来几天找一个晚上去帝沃利咖啡厅喝一杯。我接受了。我看了看时间，加快步伐，奔跑起来，我要在6点之前回到家，因为在视频平台上有那个美国人的关于量子场论的直播，我可不能错过。虽然我脾胃不舒服，想吐。

※ ※ ※

我与赫伯特·皮特施曼的见面对于这本书的创作很重要。书中记录的只是我们闲聊内容的一个片段。他发表的文章都非常实用，在网络随便搜索一下就能找到。

本章中，我强化了量子纠缠和围绕猫展开的矛盾观点。薛定谔为了推翻一个理论构思了一个思想实验，但这一理论之所以能起死回生正得益于这个实验。

第十二章
薛定谔，等于牛顿

又是我，梦神。你们应该已经习惯我的声音了。爱丽丝睡觉的时间很长，总会做很多梦。所以我又出现在你们面前。现在又是晚上，对爱丽丝而言很兴奋的一个晚上。她白天存储的信息使她充满了创造力，故而她的想象力在梦的世界里可以为所欲为。

此刻，爱丽丝在一个派对上。这个派对很特别。这是一个迷人的、充满诱惑的派对，是那种你们肯定也想参加的宴会。但在进入这个梦之前，我必须要做一个及时的更新。你们还不了解有关薛定谔人生的所有信息，如果不了解这些内容的话，你们会错过派对最精彩的部分。那么，我们最好快点开始吧。

我们上次说到薛定谔出发去往都柏林，当时，他获得了刚刚建立的都柏林高等研究学院的理论物理学教授一职。最初，在爱尔兰的生活对他而言十分艰难：生活发生了巨大变化，他感觉自己远离了所有权威的物理学家。薛定谔意识到，真正的科学热在美国，在普林斯顿，在爱因斯坦身边，所以彼时的他不肯与自己和解。

1946年，同为理论物理学家的维也纳朋友，沃尔夫冈·泡利来拜访薛定谔。泡利也曾是玻尔在哥本哈根学院的学生，他与海森堡一起，推动建立了以概率论为基础的量子物理的正统学派。但不同于海森堡，泡利是薛定谔非常要好的朋友。你们应该知道维也纳人的个性，他们总是用一些不可忽略的方式，把出身相同的人联系到一起——这是历史在他们身上创造的一种防御模式。后来，薛定谔和泡利开展了卓有成效的物理讨论，他们的对话从来都不是平平无奇的。薛定谔正需要泡利这样的朋友，每天晚上他们都在一起消遣，畅饮。1946年对薛定谔来说尤为重要，因为在伦敦举办了纪念艾萨克·牛顿诞辰300周年活动。作为英国首都，伦敦想要组织一项具有非凡意义的活动来纪念这位科学史上最伟大的天才之一。薛定谔和泡利一同出席了这场活动，开心得就像游乐园里的两个孩子。在伦敦，他们还见到了马克斯·普朗克，尼尔斯·玻尔和莉泽·迈特纳。当然，物理是参与者们最喜欢的话题，并且这些人相处得也都非常和谐。想要明白这次活动对薛定谔有多重要，只要看看他随后几年发表的文章就一目了然了。薛定谔写的很多文章都涉及量子力学新发现之后，他对于牛顿力学看法的更新。

1948年，薛定谔参加了第八届布鲁塞尔索尔维会议，这是另一个充满极大科学热忱的活动。1950年，薛定谔在BBC通过无线电教授了一些课程，并被传播到了全世界。其中最有趣的内容为"电子会思考吗？""知识的未来"，以及"终有一天我们将挑战上帝的存在"。在意大利，后来也掀起了浩大而独特的薛定谔复兴运动：1952年，薛定谔参加了在博洛尼亚和比萨举办的科学集会,并发现了很多新观点。50年代,薛定谔回到维也纳,并重获维也纳大学理论物理学的教职;退休之后,便搬到了阿尔普巴赫永久居住。1956年,他干了一件荒唐事,当然,他的荒唐事还有很多。在小城蒂罗尔,他参加了一场选美比赛。众所周知,尽管薛定谔是一名伟大的物理学家,诺贝尔奖的获得者,但他就从来不是老古板——皮特施曼教授也和爱丽丝证实了这一点。

这里提到的选美比赛,就是某一天晚上,阿尔普巴赫的男人们在一个大厅的桌子上走秀,桌子被摆成马蹄铁的形状,而坐在椅子上的女人们要投票选出最帅的男人。薛定谔的走秀气质从容到让名模艾尔·麦克珀森看了都会嫉妒,甚至他还排在第一名出场,并将渴望已久的奖杯带回了家。薛定谔的狂妄自大在当地非常出名,且经常登上头版头条。这场选美比赛后来就刊登在了《图片报》的头版,并在全世界广为传播。在《卫报》上也刊登过一篇对薛定谔的采访:他说到自己的狗叫伯尼,还说自己喜欢和它一起去树林里散步,因为它给了自己最好的陪伴。他的宝马汽车被叫灰熊,在奥地利很出名,因为车里坐过很多姑娘。其中有一些女孩也接受了采访,她们说薛定谔的陪伴令人很愉快,与一位文化如此广博的男人共度时光,她们觉得没有任何坏处。

现在,我们说回牛顿诞辰节,就像爱丽丝所想象的那样,派对举办的地点在伦敦的威斯敏斯特宫。本届嘉宾都聚集在一个花园里,一个非常开阔的自然空间。嘉宾们被分成了小组,每组四五个人,园内还有小围栏。围栏里面的人不能和外面的人互动。爱丽丝和几个陌生人分到了一组,讨论的话题是牛顿三大定律，这个话题对她来说难度很低。她觉得无聊，开始走神儿。她被旁边围栏里的讨论吸引了，里面的嘉宾是不可缺席的薛定谔，伟大的美国物理学家弗里曼·戴森，著名心理学家卡尔·古斯塔夫·荣格和艾萨克·牛顿本人。薛定谔终于能够和牛顿对话了，正如他在爱丽丝上一个梦里许下的心愿。

爱丽丝充满好奇地观察这个围栏里发生的一切，不过无论是谁都会被这一群人吸引。但现在是时候了解一下这个派对的规则了。围栏的设计让里面的人距离拉近，他们围在一张直径一米的高圆桌旁，并且可以舒服地把胳膊倚靠在上面。服务员可以在围栏间移动。所有人都要按照相同的规则展开讨论——类似于一种对手关系，就像大选之前的政治辩论一样，每个人都有固定的时间来表达自己与话题相关的看法，然后按照每次出现的话题轮流发言并展开辩论。不能做其他事，也不能离开桌子。牛顿会不定时出现在围栏里——他是唯一可以在不同组队间穿梭的嘉宾，因为这是他的派对，只有他负责监管规则的正确执行。牛顿就像是一位宇宙裁判，正如他在科学史上的地位一样。

爱丽丝被限制在自己的围栏里，但实在没办法让自己老实待着，她试图用各种办法听到旁边一桌的对话，爱丽丝小组的成员们给她献唱了一首著名的同名歌曲，她却堵上了耳朵，只想听听旁边小组在讨论什么。很明显，爱丽丝在破坏规则，但是牛顿忙着听桌子旁的其他三个人说话，没空注意到她。

荣格开始发言："大统一理论给了我很多启发。是的，可以说这将是我研究的关键转折点。"

薛定谔回答："将微观世界与宏观世界统一为一个理论，是我和爱因斯坦毕生孜孜不倦的追求……以及我们之后，所有其他的人。但是亲爱的荣格，请允许我说一点，您是从另一个特殊的角度来看问题的，所以我不明白您想要什么转折。"

荣格回答："我一直对观测者的问题很感兴趣——现实的不同层面，您刚刚也提到了，代表着事物的无限性，迷失于其中是一种乐趣。但现在，是您的波函数让我的生活变得复杂。我希望波函数能引导我们实现统一……"

这时候，戴森插了一句："我知道您的追求，尊敬的荣格先生——主观性和客观性的问题是所有人都关注的。在这里，我想要引用尤金·维格纳在 1960 年说的一句话：观察者的意识是波函数坍塌的划分界限。"

荣格接过话头："虽然您阅读广泛，但我要立刻打断您。您看，系统外部的眼睛会观察我们想要观测的事物，而这些眼睛与大脑和思维相连，它们是有思想的物体，是人类的意识……那么，如果这些眼睛观测的正好是自己的大脑，又会发生什么呢？"

这次换薛定谔回答他："按说系统应该会在内部爆炸，但实际并非如此。我可以从数学角度论证这件事不会发生。"

牛顿摇了摇头，好像是在说："你说的是哪门子数学？"所有人都看着他，随后荣格打断了他。

"请先别说数学问题！我们还是先说说我称之为'同步性'的这种心理现象。简单来说：两个不相关的偶然事件同步发生。没有任何原因可以解释这种现象,即便牛顿比起这里的所有人都更有发言权,这种现象还是会发生……没有偶然性,准确说就像是量子世界一样,这也是薛定谔您提出的量子纠缠的基本原理之一。"荣格在桌子上敲着拳头,薛定谔点着了烟斗。

但戴森又继续说道:"我们回到起点,不要跑题。既然你们每个人都在谈论自己的观点,那我也说说我的看法,和我更为熟悉的话题。在尝试将现实的两个层面统一,并建立大统一理论的过程中,我定义了量子场论或者 QED 理论,我从保罗·狄拉克教授的思考和研究出发,亲自制定了这一理论,并且和理查德·费曼教授一起写出了数学模型。"

戴森朝牛顿转过身,看看他有什么反应,但这位伟大的老人不动声色,沉着冷静。

薛定谔接过话题,他直接转向牛顿。怕牛顿没听懂,他用授课的语气向牛顿清楚地解释:"我们物理学中的场是一种张力或压力,在没有物质的虚空状态下依然存在。它通过对场空间中的物体的作用力显示出来。"

牛顿应了一声,所有人都看着他。

戴森接着说:"量子场论是一个描述性而非解释性的理论。换句话说,它描述基础粒子的运动,但并不解释这类运动的原因。无疑,量子场很难被观察或合成,因为它不是一个经典场,很可惜,牛顿不能看到它。"

越来越不受控的荣格继续刺激所有人:"不好意思,请在座的各位允许我更详细地了解这些纯物理问题。根据泡利对我描述的内容,在此,我也先向各位保证我们的友情已经很多年了,我知道量子力学的基础公理之一是不确定性原理:我们愈从近处精确地观测一个物体或粒子,我们的观测愈会干扰它,我们对它随后状态的认知就会越少。这一理论更简单的阐述方式是,原子大小的物体处于不断的波动中,在特定时间内它们不能保持在同样的位置上。"

薛定谔没有让他继续说下去:"准确来说不是这样,您刚刚的表达很不精确……"

荣格回答:"菲杰弗·卡普拉说,场一直存在,且无处不在,永远不能被限定。它是所有物质现象的载体。它是质子创造介子 π 时的虚空。粒子的存在和消失都仅仅是场的运动形式。"

戴森憋不住了,神色变得很激动:"您怎么能引用那位……卡普拉的话呢?"

薛定谔坚定地支持戴森:"一切都是有限的!您继续说,弗里曼·戴森,您的话让我很感兴趣……"

戴森继续说道:"我的理论是,必须考虑一个空间中持续、到处存在的场,物质的粒子和虚空是一回事。所以虚空也不是空的。"

荣格想要重新加入话题:"当然了……有形与虚空无异,虚空与有形无异,有形就是虚空,虚空就是有形。请注意,我这里还是引用卡普拉的话。我还可以补充本我,以及第五维度在监测和维持着每件事……"

牛顿转身看看其他小组,明显有些不耐烦了。所有人都看着他,确实,荣格的话让他感到无聊。

薛定谔接过话题,简单陈述。他清楚地解释了量子纠缠,并创造了让所有人都更容易理解的联系。荣格带头鼓掌，戴森坚定认可。牛顿似乎又产生了兴趣。

薛定谔总结道："两个电子处于相同的能量层，相同的轨道，相反的旋转方向，但可以被同一个波函数描述。这两个电子相互纠缠，相互缠结，一个电子的内部属性和另一个电子相关联。所以它们不能被认为是两个分开的物体。换句话说或许更好理解，这样每个人都能听懂……如果两个粒子因为某种原因至少耦合过一次，即便将其分开很遥远的距离，在对其中一个粒子进行观测时，定义这种状态的波函数确定会坍塌，粒子的属性之一，比如旋转方向也会得以确定。然而，与此同时，不管两个粒子相隔多远，对第一个粒子的观测操作也会同时影响到另一个粒子，它的波函数同样也会坍塌，可以得知和第一个粒子相同的性质，比如旋转方向。"

戴森补充说："1982年，法国物理学家阿兰·爱斯派克特在实验室中做了一个伟大的实验，证明了这一现象。"

牛顿转向薛定谔，对他点头示意，表示认可。

荣格受不了自己被孤立，忙插话说："是我，和沃尔夫冈·泡利一起，把量子纠缠和'同步性'现象联系到一起。我和泡利见过多少次面，这种思想交换是那么美好……"

"又说一遍？"戴森很不耐烦地说，"您刚刚不是说过了吗？"

当荣格说话的时候，牛顿好像在他那巨大的假发套下打起了瞌睡。薛定谔感觉是时候接过话语权，让讨论重新焕发活力了："每个物理学的基本原理，比如我的方程，或猫的思想实验，或量子纠缠，都呈现出一种哲学的性质。它可以是本体论的,也就是与具体科学认知的主体有关,而与观察者无关;如果研究者是实验主体的话,也可以是认识论的。量子物理对认识论有关主客体之间关系的变化尤为重要。"

在众人的吃惊与质疑中,牛顿第一次开口说话:"动者,亦为不动;远者,亦为近;万物之内者,亦在万物之外。"说完,他便沉默了。

沉默降临在这张桌子四周。在场所有人思考了几分钟。大家相顾无言。全是空话,爱丽丝心想。

这时,戴森打破了紧张的氛围:"当然了!牛顿说的是亚里士多德哲学中古老理念'权能'中概率波的一种量子雏形。他介绍的是事物理念和事物本身之间的关系,这是正好介于概率与现实之间的一种奇怪的物理现象,也可以和能量的概念相对比,创造基本粒子时,能量以有形的方式传导到现实中。电子只有和其他物质相反应时才会显现出来,电子在撞击后有一定的概率会形成物质。两个层级之间的量子跃迁只是它们的另一种存在形式。当电子不受干扰时,它既不存在于一个确定位置,也不存在于任何位置。"

薛定谔插了一句:"这一切都与经典力学所表述的完全相反……"同时,给牛顿挖了一个大坑。

爱丽丝一直在旁边的围栏里,聆听他们讨论,但她对自己小组的成员完全不感兴趣。她脑子里出现了一个念头,那就是去普林斯顿,找弗里曼·戴森。她已经预订好了一场加利福尼亚的旅程,故事将在美国大陆结束。这个梦慢慢展开,她越来越坚定这个想法。

薛定谔为这次令人满意的讨论做了总结,并收获了一众小组成员的掌声:"没有量子物理,就不可能发明现在我们每天都要用到的晶体管和半导体。然而,量子物理的整个体系不能解释系统运行的原因,只能解释其如何与其他系统进行交互。"众人鼓掌。牛顿也加入其中,对这一结束语很满意。随后他转过身,离开了。一群小猫在阳光下散步。爱丽丝越来越坚信,牛顿之于宏观世界正如薛定谔之于微观世界。他们的方程讲的是同一回事。此时,太阳与月亮交相辉映。闪回。

* * *

我听过 1950 年 BBC 转播的无线电广播节目,内容很有意思,这是推动我撰写本章内容的动力。那次节目的标题:"电子会思考吗?""认识的未来"和"终有一天我们会挑战上帝的存在"(通过 ESI 收录)。薛定谔在布鲁塞尔参加的所有索尔维会议中的讨论和报告(通过索尔维档案收录)在很多文件中都有记载。

薛定谔宝马车的名字,灰熊和本章其他细节(比如,薛定谔真的参加过选美比赛),都是我在 ESI 文档中查阅到的。

第十三章
有知总好过无知

2020年1月28日

傍午时分，我在维也纳中央墓园慢跑。我饿了，纳闷自己怎么会在运动的时候饿呢？没关系。我在脑海中认真规划着去往美国的行程。昨天，我和彼得·格拉夫在图书馆又研究了一通，草拟了一个去到美国要见的人的名单。旧金山是一站，在那儿我要见很多人，然后是纽约，这样我就能很容易去普林斯顿见弗里曼·戴森。几个晚上之前，薛定谔与我谈及一个取共轭形式，它解释了字母 Ψ 上面加一个星号的含义。取共轭形式……什么是取共轭形式？一个解释，一个引申，有时只是一个隶属符号，一份页码和作者的烦琐清单，一个引用——取共轭形式是一个证据，为了证实所言皆正确。但什么是签名的取共轭形式？或者说，什么是希腊字母的取共轭形式？薛定谔的波函数也有取共轭形式吗？我要把它写下来。我停下脚步，环顾四周。我找到一块漂亮的石碑，它看起来就像一块黑板。死者是一个陌生人，好吧，我就不念他的名字了。

不管你是谁，亲爱的死者，你的墓碑得被我征用一下。我捡了一块小石头，在墓碑上写下了世界上最美的公式——我这是在帮你的忙。

$$H\Psi = i\hbar \frac{\delta \Psi}{\delta t}$$

薛定谔的方程式，量子物理的基础方程。量子纠缠也由此诞生，包括随后的量子心灵传输、量子密码学……以及其他很多东西。

我开始和死人聊天。反正也是自言自语。亲爱的死人，不管你是谁，你要知道这个方程定义了一个系统，如一个粒子，一个原子或一个分子随时间变化的状态。埃尔温·薛定谔在1925年制定出这一方程，并在1926年将其发表。我在维也纳大学档案馆查阅了薛定谔演算这个方程的草稿纸，上面的内容很有趣。这要归功于彼得·格拉夫，是他帮我查到的，他是个很厉害的人。我也很喜欢档案室那个地方，里面装满了大盒子、文件夹、信封，信件均按照年份及寄信人来分类。我在那里一待就是很长时间。

薛定谔的方程……一个偏微分的、线性的、复杂的、非相对论的差异方程，它作为 Ψ 波函数而隐姓埋名。薛定谔从路易斯·德布罗意的物质波假设出发，发明了这个 Ψ；为了扩充爱因斯坦认为光实际上是一种物质的观点，薛定谔又创造了波函数。哥本哈根学院诠释认为，波函数的理论框架与在空间的特定点上发现粒子的概率有关。

i 是一个虚数单位；

Ψ 是波函数，也就是不同系统配置中的概率范围；

ℏ 拔是约化普朗克常数，也就是 h 除以 2π；

H 是哈密顿算符，属于哈密顿……我在这儿就不细讲了。

波函数如何变化，也就是波函数的动态发展，是由薛定谔方程定义的。波函数的理论框架表示固定时间范围内位置状态的概率密度……虽然这个专门术语使用了一些矢量，我们在这里不做过多描述……但我想问的是，你觉得这个公式复杂吗？这些东西每个人都懂。但我还是对有些事感到困惑。有些东西总让人想薅头发，当然，如果你还有头发的话。我有很多头发，但我还是会抓狂。我要整理一下目前所有的发现，剔除不相关之事。现在这个时代，有太多东西围着量子物理打转了，而我只需要把握最重要的内涵。为了保留本质，我必须从薛定谔出发，毕竟方程式是他创造的。那么，我们开始吧。

方程式，好的。Ψ 是波函数，好的。方程解释了量子体系随着时间如何运动，它们之间如何交互，随着时间如何发展。先等一下！量子系统随着时间如何发展……或许这是重点。物体的时间演化，也就是随着时间如何变化。但量子世界是一个无限小的世界，因此不是我们的世界。但在猫的思想实验里，薛定谔将一切都带回真实世界中，虽然他并不想展示这一点。他想用这个实验打破哥本哈根理念下的量子力学，但偏偏就在哥本哈根，玻尔利用自己的喜好解释了猫的观点，所以现在的大家听到是玻尔的解释。当然，是皮特施曼给我解释了其中的关键……

我又开始奔跑，因为思绪转得太快，令我不能呆坐在墓碑后面。我在想我自己，这是我最擅长的事。我是一个自由的粒子……一个在空间中移动的粒子……现在我不能说自己有一个位置和一个速度，这在量子物理中是不存在的。但我可以说我是一个有位置和速度概率分布的粒子，没错。噢，是的。我们假设要观测这个粒子的位置——当我观测它时，波函数瞬间坍塌，随后的观测也是相同的，因为概率是确定的。但如果我们使用海森堡的不确定性原理，那么一旦我知道速度，我就不会知道位置，反之亦然。

我想，幸好海森堡没有被埋在这个墓园里，不然他和薛定谔的争论即便到了墓地也不会停止，这儿也不会有片刻安宁。不久前，我也去看了在摩纳哥迪巴维埃拉的海森堡的墓碑，想起了他的碑文："他长眠于此地某处。"果然，他把不确定性原理一直带到墓里。我笑了笑。

我突然停下脚步，看见一只猫从我面前经过，是比尔。现在它躲在一块花岗岩墓碑的后面，在我的 11 点方向。我朝它走过去，它跑了，我在后面追。我停下来，气喘吁吁，顺势弯下腰，捡起一块石头；起身后，却看不到它了。它怎么这么快就跑没影了？

"比尔！哎……我告诉你，你这个坏家伙！你以为我是傻瓜吗？你做不到！你别想了！傻猫！"

我喘着粗气，感觉胃疼，便坐在地上。我得让自己冷静，拉伸一下，没错，冷静思考。

我拉伸，推理，又想起了薛定谔的猫的悖论：他会来帮我的，我很确定。薛定谔的这个实验只在大脑中上演，从没有实际操作过，因为实际操作也没有意义：他只是想证明，按照哥本哈根学院的诠释，量子物理原理如果应用到宏观世界中，会得出荒谬的结论。他想参与爱因斯坦—波多尔斯基—罗森悖论的公开辩论，给玻尔的反对者们以有力的支持。

薛定谔首先创造了波函数，然后是量子纠缠。但完全自相矛盾的是，他支持爱因斯坦对玻尔理论的怀疑态度，并让人们注意到另一方面。他假设将一只猫和有放射性核衰变的装置关在一个盒子里。当核物质衰变时，释放的粒子会触发装置，打翻盒内致命的毒药，瞬间杀死这只猫。

但一般来说，放射性核物质的衰变时间是不能准确预测的事件之一；只能说在一段时间之后，存在一定的衰变概率。

薛定谔认为事情会这样发展：在我们打开盒子查看猫的健康状况之前，不知道它是死是活，它同时处于生和死两种状态。这只猫或生或死，打开盒子并不会影响结果；只是我们不知道盒子里面发生了什么。这是薛定谔的推理。而有知总比无知好。

这种推理再现了双缝干涉实验，这是爱因斯坦已经解释过的另一个思想实验：让电子通过双缝，电子从洞中通过之后，会留下干涉条纹，虽然发射的是电子，是物质，而不是波，不是光波。这是最著名的，也是在实验层面被证实过的案例。对此，薛定谔和爱因斯坦给出的解释：只要我们不进行观测，电子就不会只穿过一条缝或另一条缝，而是同时穿过两条缝，这不是一个数学问题，而是屏幕上形成干涉条纹的唯一解释。玻尔和海森堡说的却是另一回事，也就是猫不可能同时生和死,只要不打开盒子看,那只猫就不可能成为一个独立实体。他们的推论是:只要盒子不打开,我们就不知道猫的真实状态,因为在不观测的情况下,我们不能够描述现实。当我们打开盒子时,波函数坍缩,此时便可以准确地描述猫的状态;在此之前则是不可能的。

"听懂了吗?你这只笨猫?你最好以后别再露面!"我的声音太大,把周围人都吓了一跳,纷纷转过来看我。很明显,我现在已经恢复了体力。我又继续开始跑步。

在大学档案馆里,我和彼得·格拉夫一起穿越回薛定谔构思盒子里的猫的思想实验的那个时刻。这个实验诞生于薛定谔 1935 年写给爱因斯坦的一封信里。当时,薛定谔任教于牛津大学,而爱因斯坦生活在普林斯顿。他们的通信,就在我手里。我一封接着一封,读完了所有的信。

那是 1935 年,薛定谔旅居英国。他是怎么去了英国的呢?薛定谔出生在奥地利维也纳,后来在 1927 年,他接替马克斯·普朗克,成为柏林弗里德里希·威廉大学的一名教授。但是 1933 年,阿道夫·希特勒上台掌权,颁布了一道法律,规定所有犹太师生都要离开校园——德国就这样失去了一位最强大脑,同样的命运亦慢慢降临随后不久被纳粹占领的其他地区。美国和瑞士首先接受了这些天才头脑。比如,马克斯·伯恩,德国人,在哥廷根大学拥有教席,离开了德国后前往美国避难。莉丝·迈特纳,奥地利人,她同样来自维也纳,先是去投奔玻尔和海森堡,随后前往瑞士,因为 1944 年,哥本哈根也被纳粹占领了。1933 年,爱因斯坦已经搬到了普林斯顿,并决定不再返回欧洲。同样身为犹太人的薛定谔，因为纳粹带来的焚书事件等大为惊恐，于是决定离开祖国，接受牛津大学提供的教职。

有一天，当薛定谔坐在牛津大学办公室书桌旁，邮递员来了，他把5月的一些信件递交到薛定谔手里。其中还有一本《物理评论》。薛定谔翻了翻，然后读到了EPR联合署名的文章。

这篇文章由波多尔斯基誊写，内容是爱因斯坦、他自己和内森·罗森之间的科学讨论。主要描述了一种耦合粒子，比如，在一个系统中有两个电子，在系统坍缩之后，它们沿着不同的轨迹移动。即便将两个电子分开，我们通过量子物理也会得知，共同波函数描述的依旧是包括两个电子在内的共轭系统。

文章认为，假设研究人员观测到第一个粒子位置，发现其自旋方向为上旋，其系统内部的波函数坍缩，因此，即便没有观测第二个粒子，也可得知其自旋方向为下旋。虽然只观测第一个粒子的速度，但作为结果，第二个粒子的速度也可得知。因此第二个粒子，虽然相比第一个被观测的粒子处于暗处，却已经拥有了两种状态，也就是位置和速度，但这也否定了不确定性原理。文章这样总结道："量子物理不是天衣无缝，而是矛盾的结合！"这句话的结尾加上了感叹号。

现在，精彩部分来了。薛定谔对这篇文章很感兴趣，他拿起笔纸给爱因斯坦写了一封信。他描述了两个纠缠电子，也就是耦合电子的系统，而且为了方便描述，他发明了"量子纠缠"这个术语。薛定谔在信中还提醒爱因斯坦，这个话题他们曾在柏林讨论过很久。在众多话题之中，薛定谔在给爱因斯坦的信中写道:"你们好像让量子力学因坍缩而变得教条了!"

在普林斯顿大学高级研究所办公室里的爱因斯坦,刚一收到薛定谔的来信,就拿起纸笔给他回信,他也很激动,并在回信中进一步论证了自己的推理。他提醒薛定谔"波多尔斯基是用他自己的手写下了这篇文章,但呈现出来的内容并不完全符合我的期待;他的博学湮没了事情的本质"。

对此,爱因斯坦坚持与薛定谔就其所写的其他不清楚的话题进行深入探讨。尤其,他不希望这篇文章强调推翻海森堡不确定性原理,而是能够提供完备和定域性描述的自然规律。爱因斯坦在回信中写道:"物理学是对现实的描述,但并非所有描述都是完备的。"他还举了一个例子来深化这个观点:他设想有两个盒子,可以把盖子掀开查看里面的内容,两个盒子中只有一个里面装着球。好的,在对两个盒子的内容进行观测之前,可以说在第一个盒子里发现球的概率是 1/2,在第二个盒子里发现球的概率是 1/2,也就是对每个盒子来说,可以在内部发现球的概率都是 50%。这不是一种对现实的完备描述,因为它并没有告诉我们什么是事实,而只是告诉我们一个已知的现状。事实是,这个球要么在第一个盒子里,要么在第二个盒子里。而玻尔认为,这个球有 50% 的概率在第一个盒子里,这种描述已经是完备的,即以教条化的量子物理为基础,爱因斯坦和薛定谔并不支持这种观点。也就是说,对于教条化的量子物理而言,这个球并不在一个盒子或另一个盒子里,只有我们往盒子里看时球才会出现。

"这种说法是荒谬的，因为违反了分隔定理。此原理认为，第二只盒子里的东西是独立于第一只盒子存在的，这是定域实在论。"爱因斯坦继续惊讶地写道，在教条化的量子力学中，"盒子打开之前的状态只能用数字 1/2 来描述"。

两个月后，爱因斯坦给薛定谔寄了另一封信，包含了其他一些类似的内容。这就是他们沟通的方式。

爱因斯坦认为："我们假设有一小堆火药，一年时间内有一定的概率会爆炸。我们能推断出它的波函数 Ψ 是已爆炸的火药和未爆炸的火药的叠加态吗？不能！荒谬至极！量子物理不适合用来描述现实，但一些诠释却将类似的函数看作对现实的完备描述。"

这件事后来愈发复杂。因为沃尔夫冈·泡利也加入了通信。泡利和薛定谔一样，都是维也纳人，他在 1945 年获得了诺贝尔奖并嫁接了尼尔斯·玻尔的哥本哈根学院的观点。他和薛定谔彼此熟悉，都参加了 1927 年布鲁塞尔的索尔维会议。泡利在杂志上读到了 EPR 的文章，并写信给薛定谔："爱因斯坦正在落入以往的窠臼，那就是将波函数 Ψ 看作类似于气体的数据理论。毫无疑问，那是概率问题，但只是因为它需要大量的数据。而量子力学则排除了确定论和实在论的抽象化概念。EPR 的文字完全是傻瓜言论。"泡利在信件结尾如上写道。他在这本杂志下一月的文章中重申了这一观点。与此同时，薛定谔在爱因斯坦的支持下，全副武装地准备回应他的科学宿敌泡利。

他很可爱地将自己的回信命名为"大忏悔"，于 1935 年 10 月将信的内容发表，并傲慢地将文章命名为"论量子物理的整体现状",在这篇文章中首次出现了薛定谔的猫。我们终于说到这个话题了。

我停下脚步,不再跑步。我站在长椅之前,就是我和汤米——那个记者认识的地方,面前则是海蒂·拉玛的墓碑,她是我心中毫无争议的女英雄。我认为这并非偶然。这一次,我决定面对她。我坐在她的墓碑前,她肯定也想听这个故事。说实话,海蒂,我可以在这和你待一会儿吗?我知道这些话题总会很吸引你,而且你肯定能够听懂。

21岁时,你在维也纳的城堡剧院饰演了茜茜公主,与此同时,和你一样都是维也纳人的埃尔温·薛定谔,他提出概率是否会对代数量的变量、存在与否产生本体论的影响,抑或其只会对认识论,也就是对我们了解事物的能力施加影响。根据玻尔的诠释,第一个是正确答案。但薛定谔认为,在热力学中,概率只会对认识论有影响。在热力学中,最重要的不是一个系统精准的运动,而是其大致的运动。而量子的世界并非如此:有一些变量不确定,也有一些变量确定。但是,因为函数 Ψ 与亚原子世界有关,不确定变量无伤大雅,即不确定性在原子核内部不造成干扰。而在现实世界中,事情会发生变化。当人们注意到不确定性触及一些十分明确或明显的事物时,就会出现一些严肃的问题。比如,人们可以提出相当荒谬的案例。把一只猫和盖革计数器一起关进一个钢制房间里,计数器保证不会受到猫的任何干扰。另一探测器中含有少量的放射性物质,在一小时内,或许其中一个原子会发生衰变,其概率等同于没有原子衰变的概率。如果一个原子衰变,计数器就会产生一个电荷,继而通过继电器触发小木槌，打碎一瓶氢氯酸。如果一小时内没有原子衰变，猫就还活着。整个系统的 Ψ 函数通过将活猫和死猫（原谅我这种表述）这两种状态混合在一起的方式来表达以上情形。

海蒂，这里的意思是，在城堡剧院演出开始前的一小时，你可能在化妆间或不在化妆间里，只要我们不看，那么你同时在和不在。你明白这有多荒谬了吗？薛定谔总结说，在不确定的现实中，没有任何隐藏或矛盾的内容。一张不聚焦的模糊照片和一张云雾遮蔽的照片还是有区别的。量子力学就类似第二种情况。微观世界的不确定性只有通过观测，也就是将其宏观化才能得到解决。正是出于这一表达，薛定谔首次提出了术语"纠缠"，也就是一种缠结状态，用来描述量子体系被干预后依旧彼此互相作用，这个定义因违反了定域性原理，而成功抨击了 EPR 发表的文章。薛定谔将这种量子违背称为"量子纠缠"。他认为在经典物理中，交互的两个主体在分开后，我们对二者的认知一分为二，但总能对应上我们对个体的认知相加之和，因而符合爱因斯坦的"定域实在论"。而在量子物理中则相反，两个个体之间的交互组成了由函数 Ψ 控制的系统，只要不执行观测，个体就不会分开。在个体分开前，我们对二者的认知是缠结在一起的。

最初，所有人都忽略了猫的思想实验，它就像薛定谔随机编造的一个荒谬故事，一直留在薛定谔与爱因斯坦的通信中。对他们二人而言，这只猫是一个实际案例，证明了玻尔和海森堡错得有多离谱，并且在通信中，他们让这只猫做了很多荒谬的事，以证明玻尔和海森堡错误地诠释了量子物理。而这只猫在他们二人的通信中也存在了很多年。

你想啊，这只"著名的猫"诞生于 1935 年，而到了 1950 年，他们还在写信讨论它。1950 年，海蒂，你那时 36 岁，生活在美国，已经是众所周知的好莱坞明星，开始了全新生活，而且已经嫁过了六个男人！但不管怎么说，你的转变很有意思，尤其是当你转变为一位科学家时……我要好好想一想。我刚刚说过，自己读过 1950 年爱因斯坦写给薛定谔的那封信，此时，薛定谔已经回到祖国奥地利，并在大学里任教。而爱因斯坦则已进入他人生的最后五年，一直生活在普林斯顿……真不知道他有没有来纽约的剧院里看过你演出。

回到正题。1950 年，爱因斯坦写信给薛定谔，给予这只猫一个更完备的描述，并说真猫要么是活的，要么是死的。这就是爱因斯坦认同的真实主义，从那之后他没有再改变过立场。他在信中写道，不管被观测与否，这只猫都有权生或死。相反，对于玻尔和他的支持者而言，在微观世界中无法存在真实主义，这只猫不能与微观世界接轨。对于这两个阵营而言，这只猫过去曾经是问题的象征，现在依旧如此。这只猫对我来说也是个大难题！量子纠缠已经成为另一个让所有人绞尽脑汁，且现在依旧苦思冥想的话题。其中也包括我！

我起身，对海蒂表达了感谢。我想，如果没有她，今天的世界不会是这样的，是她发明了无线和蓝牙的技术，如果没有她，就不会有手机。我又转身看了看她："和你聊天真的很有意思，亲爱的海蒂，我们找机会再聊。现在我要和你告别了，我真的该走了。"

我起身朝着墓园的出口走去，同时还止不住地思考。说到底，我始终没有办法明白经典力学和量子力学的边界在哪儿，也就是经典物理适用的宏观世界与量子物理统治的微观世界之间的界限在哪儿。关于这个边界问题，有很多争议，所以这只猫是一个问题。或许，我可以用粗暴或循序渐进的方式跨越这个边界，有一个词正好可以用来描述第二种情况，那就是量子退相干。一个实际应用的案例就是量子计算机，这是薛定谔思想的杰出应用之一。量子计算机可以尽量长时间地维持量子系统稳定，阻止量子退相干出现。

我停下脚步，又看到了那只猫。它就在大门前面，一动不动。它就那么直勾勾地盯着我看。脸皮真的太厚了。

为什么它这样盯着我看？是挑衅吗？

"比尔，喵喵……比尔，过来找我，你过来，比尔，喵……比尔，我在这……你过来……比尔……过来……看我口袋里有什么……给你的……"

我正要从口袋里掏出刚刚放进去的小石子，谁知有人突然叫出了我的名字，我的反击计划就这么被打断了。

"哎呀！"

就在我转身看是谁叫我的一瞬间，用余光看到那只猫逃跑了。我感觉这个声音很熟悉。再看看那张脸，我认识他。

"罗博，我的天，你在这干什么？"

我们第一次的亲密接触，2008年的夏天，意大利，海边小镇，一棵松树下。

"你给我发信息说你之前经常在这个墓园散步，所以我想特意给你一个惊喜。"

这个意外相遇真是太荒谬了。他走上前来和我说话，我就那么怔怔地看着他。

"我们去你家……好吗，小薛薛？"

"去你的吧，最多你可以叫我伯尼……"

✾ ✾ ✾

本章中，我解释了1926年诞生的薛定谔方程的含义，并研究了它的书写形式。此外，得益于1935年薛定谔的一篇名为《量子力学的概况》的文章，我还解释了薛定谔的猫的思想实验，介绍了EPR思想实验的背景，并再一次参考了爱因斯坦—薛定谔对尼尔斯·玻尔及哥本哈根学院的论战。参考书目见文献。

第十四章
当我们未看此花时，
花寂与不寂皆在同时

2020年1月30日

　　电脑，沙发，家里，维也纳。我看了美国人和英国人新上传的视频。现在我迟到了。我必须要跑着奔赴汤米的约会，汤米就是那个记者。或许，我可以把薛定谔的海报一起带去美国，万一我想和他聊天，而他却不在呢，所以我把它从墙上取下来，而这又用去了十分钟。我慌忙把它卷起，放入行李箱里。我洗脸，穿上套装，出门。我开始奔跑起来，拼命地跑。跑步的人生，这到底是什么没用的人生？我们约好6点在银行街喝一杯开胃酒，我有点气喘吁吁。我在想我怎么总是气喘吁吁的。气喘吁吁的人生。我加速奔跑着，还有两条街就到了。我闯了红灯。红绿灯真没用，就像我的人生一样。我终于到了。汤米正在帝沃利咖啡厅门口等我，我的胃又开始疼了，有点想吐……好吧，全都是没用的仪式感，我知道，今天就是没用的一天。我们进门后，我迫不及待地将目光落在钢琴师身上。他像阳光一样灿烂。我选了离钢琴最近的一张桌子，就在钢琴师左侧，我还和汤米撒谎，说因为这儿没风。

"所以，你的日子过得怎么样？"他问我。

"挺好，我一直在做研究。"

"我能问问你具体是做什么的吗？"

什么都不做，我想。

"生活……"我说。

"你忙着生活？忙着思考怎么生活？忙着思考什么是生活？"

"生和死。"

"那是从什么时候开始的？"

这叫什么问题？

"一直以来，也是从现在起。"

"那你现在感觉怎么样？"

"我感觉同时生和死！你肯定不是个很棒的记者吧？"

"我问错问题了吗？"

是的，我想。

"没有。"我回答。

"我的工作就是提问，而你是一个很会回答问题的人，每次你给我一个答案，我都会对你产生好奇。"

他让我心软了。

"那你继续，说吧。连着给我提五个问题，一连串的。"我说。

"为什么你总是说反话？你想一件事，然后又想它的反面。你从来不排除矛盾。为什么呢？"

"好的，我们偏偏从你问出的最难的问题开始了，非常好！我有几天时间来回答这个问题？"

"这个问题冒犯到你了吗？抱歉，我不是故意的。"

"不是，不是……是我不会做选择，所以我一直停滞不前。我不相信外面的世界。我逃避。我徘徊。我浪费时间。我逃跑。以上。"我说。

这时，服务员走近了："晚上好，来点什么？"

"给我一杯茶，伯爵红茶，要热的。再来一杯水，加两块冰。"

"真是切合主题！给我一杯鸡尾酒，谢谢。"

"那么，你在忙什么工作呢？"我问。

汤米在回答的时候，我走神儿了，转身看了看我的音乐家。

"你走神儿了……你在看那个音乐家？怎么了？你认识他吗？"

他看透了我的心思。是的，我爱他。

"不认识，我感觉好像认识，但实际上不认识。"我回答。

我又看了看那个钢琴家。他正在和服务员说话；我朝他们探身，想努力听清他们在说什么。汤米什么都没有意识到，他还在一个劲儿地说。那两个人也在说话，但言之无物，他们在讨论亲戚、七大姑八大姨、表哥表弟们过得怎么样……钢琴家不也是正常人吗？听罢，我转身朝向汤米。我试图重拾和他之间的对话，对他随便说了一句话，那种什么时候说都行、适用于任何场合的话。

"我明白了……真有意思……"

其实，我甚至都不知道他刚才在说什么。于是，我让他把问题再重复一遍。

"好吧……现在你可以给我好好解释一下薛定谔的猫吗?"

我被什么东西呛到了,开始咳嗽。他问的这是哪门子问题?他为什么要问猫的事?这个人想干吗?

"有什么不对吗?我说什么啦?"他问。

我紧张了。

"你,别说了。你,认真听我说,可能有些女孩不想听到有关埃尔温·薛定谔的问题,而我就是其中一个。"我非常生气地回答。

"好的,好的……对不起!"

"别说对不起!别跟我道歉!"我对他大喊道。

"好的,好的……嗯……我们点的东西到了,你看。我们刚才都没注意到……快乐的时光总是过得这么快……"

这句话让我觉得好笑。我笑了起来。

"好吧,我什么时候和你谈薛定谔,这是由我决定的,清楚了吗?"我对他说。

"清楚,清楚。"他听话地回答。

我在思考,同时假装自己沉浸在音乐的旋律里。当我没有思考薛定谔的猫时,一点也不希望有其他人提出这个话题。我不想。因为如果一会儿那只猫出现,我就要放弃生活。事情总是这样。我不希望那只讨厌的猫毁掉我在帝沃利咖啡厅的这个夜晚……或许,它会出现在这里。我不想让它靠近那个音乐家,没错!

我看着音乐家。他没瞅我一眼,就在那儿弹琴。好吧。

他的电话响了起来。他停下音乐,道声抱歉,然后开始接电话。我听得很清楚,他是在和一个叫保罗的人聊天,有时还会喊他作兄弟。电话打完了。他把手机调成静音模式,回来接着弹琴。以上。

汤米接连提问。

"第三个问题,可以吗?"他问。

不可以,我想。我看着他,他表情很让人同情。

"可以。"我说。

"你喜欢海蒂·拉玛吗?那天我们在展览上看的那位科学家?"

我回答是的,当然了。她是美丽和智慧的最佳代言人,舆论的焦点,只要她想改变生活时,就能改变生活。甚至,她进行了一场生活革命——之前她只对物质财富感兴趣,后来她放弃了一切,投身于科学。之前她被一群谄媚的男人包围,后来她让他们全部去见鬼。之前她很美,后来她很丑,但是谁关心呢?之前她什么都有,后来她什么都没有。总之,充实的人生。这是我们所有女性都应该追求的人生。"现在,我来回答第二个问题,前面那个问题。薛定谔正在引导一场知识变革。最近有一篇文章说,如果一个电子可以在四个不同点的其中一个点上,那么在有人确定它在四个点的哪一个点之前,它就像是在四个点上,清楚了吗?"

"不清楚。"他带着疑惑的表情回答。

"这确实是一个很奇怪的想法,让人摸不着头脑。所以薛定谔想把它说清楚。他说:我们假设一个封闭的盒子里有一只猫,并且有一种放射性物质和猫关在一起,它有可能释放有毒物质，也可能不会。你听懂我说的了吗？"

"到这我听懂了。"

"量子物理认为，只要没有观测，一个电子会处于所有可能的点上。所以，只要没人查看，这只猫应该是同时生和死的。而且你要知道，薛定谔从来没有做过这个实验。这是一个思想实验，所以没必要去折磨小猫。他压根儿也没有猫。他只是想说有一只同时生和死的猫是荒谬的。这是一件不可能的事。"

"但谁持相反的立场呢？"

"其他物理学家。经典力学让我们相信，自然界是可以被完备描述的。每次观察都会获得一个数值，也就是说，所有的变量都有值。而在微观世界，也就是量子力学中，却并非如此：海森堡的不确定性原理告诉我们，变量不可能全部获得具体数值，或者说，如果知道其位置，就不知道其速度，反之亦然；如果知道其能量，就不知道其时间，反之亦然。你听懂了吗？"

"或多或少，而且是同时或多或少！"他说。

他可真幽默。

"事实上，薛定谔自己也在想，观测的基本概念在量子世界中是否失去了意义。也就是说，如果观测一个变量，其他变量就会丧失真实性，或者不再聚焦；又或许所有变量都是真实的，只是不可能同时认识所有变量。以上。"

"我觉得并不是不可能。我总是在想，如果我不看一件东西，就好像它在现实中并不存在一样。也就是，它好像既存在又不存在。在我们所有人的盒子里，都有既生又死的东西，它们在等，等我们打开盒子。"

"是的。而且我意识到也是因为这个原因，我从来不会真正需要一个现实中的人。我会执行自己为自己设定的规则，而不是努力对抗放纵的我。

"好的，现在我感觉听懂了。"他温和地说。

"到了第四个问题。"

"你从哪里获取信息呢？你在哪里读到这些东西？谁告诉你这些事的？因为我不知道去哪里找这些内容。你怎么选择信息源，怎么知道哪些信息可靠呢？"他问我。

我承认，当汤米做记者时，他整个人都变得有趣起来。在我眼里，他具备了另一种气质——独立，努力，对人生负责。

我回答他："我会在电脑前待很久。我检索、查阅很多专业网站，翻译权威科学杂志编辑的文章。我读很多书，主要包括物理学家撰写的文献和书籍。还有一些科幻类的书籍。现在，我不想给人很死板的感觉，但是薛定谔的猫确实是你问过我的最好的问题。我总会谈起这个话题，即便我一个人的时候，也会自言自语。所有人都在讨论薛定谔的猫。我感觉被讨论这个话题的人包围了，这个话题真是让我上瘾。在70年代，这只猫不再是一个笑话，它变成了一幅所有人都能接受的画，里面容纳了量子纠缠、量子叠加、观测问题、Ψ波函数。简单来说，薛定谔的猫象征着量子力学对传统真相发起的挑战。"

"我一点都不怀疑它会让所有人产生兴趣，因为小猫软萌萌的，让人感到安心、温暖、听话。不管是谁，都可以用它来阐述现实……"他说话时，带着一种让人消气的安全感。

"是的，你可以读读加里·祖卡夫的《物理大师之舞》，它曾轰动一时……这本书将东方神秘主义和量子物理完美结合。此外，还有其他科学家写的一些书：约翰·格里宾写的《寻找薛定谔的猫：量子物理与现实》，或者海因茨·佩格尔斯的《宇宙密码》。但整件事中最让我头疼的是，普通人也总会提到薛定谔的猫。他们的语言并不严格按照技术来解释，常常从自己的用法和习惯出发，将科学术语转换概念。"

"是的，比如我有时会听到有人用'量子跃迁'来表达一种突然或大幅的转变。所以薛定谔的猫和他的方程一起，成了实验过程中不确定性被观测行为或与外部世界的交互而被关注、澄清或改变的一个理由，成了事物对立、矛盾共存、两个相反事物同时存在的最佳诠释。现在我有点理解你了，亲爱的爱丽丝……"他说话的语气听起来很自豪。

服务员又回到我们的桌子旁。我们向她要了两杯喝的，两杯一样的。我看了看音乐家，他依旧在弹琴，就只是弹琴。

我再一次地被汤米打断了。

"我们继续吧，求你了。我越来越喜欢这个话题……而且，我越来越喜欢了解你。"

他说服了我。

"好的，那我给你讲一个笑话。苏珊和史蒂夫在一个有名的酒吧里调情。他们的见面愈发有趣，愈发亲密，随后两个人开始一些亲密行为，但是这种亲密行为是他们分别完成的，二者并不兼容。比如说，两人中一方在上，而另一方也在上。但是因为浓烟密布，酒吧服务员也不明白这两人在干什么。一个醉酒大汉问服务员他们在干什么，服务员则回答说：'不知道，但看起来挺美好的。'而醉酒大汉实际上是一位物理学教授，于是说道：'啊，那应该就是叠加态吧。'"

"啊，那为什么他们处在分开的两种状态，而在观测时却看不出他们处于什么状态下呢？"他问。

"或许……我们的大脑在量子不确定性的世界中不运转。量子力学是一个数学公式，它将不兼容的两个选项组合到一起，分配给两方各自的概率。"我说。

"我明白了……那幅薛定谔的猫会不断吸引新一代年轻人……因为世界对我们而言是复数的、异质的、不完整的实体。一切都是事物与其反面的结合。对于年轻人来说更是如此。东方和西方，基督教和东正教，抽象和具体，阳性和阴性，不同和相同……很多时候，它们采取的形式并不总是非此即彼，而是根据情况来变化……"

他说得对，但是我没告诉他他说得对。

"我不知道与世隔绝之后再次与世界建立联系意味着什么。因为可能会出现一些不可逆转的变化。我只会在不同个体之间周旋，但不能强迫自己做出选择。这是一种很难描述的感受。但我每天都在经历。大部分传统或常规的表达方式，都无法描述我的这种感受。"我说。

"而量子纠缠表达的就是这种矛盾的感情，冲突的个体，内在的冲动……"他说，同时想象着不知道怎样疯狂的结论。

"不完全是这样。事情还要更加复杂。你不要因为突然有了这种直觉冲动而沾沾自喜……"

"我不觉得自己足够聪明到可以面对比这更复杂的事。等服务员给我拿来这杯以后，我想再点一杯鸡尾酒。"

"时间不够了，我要回家了。"

"可现在还不到 9 点。"

"没错。"

明天要去美国，我该睡觉了。但即便我明天不出发，我也该睡觉了。

* * *

本章中我第一次明确了猫的隐喻含义。这只猫是用来阐述生活碎片和生活本身的不确定性。汤米和爱丽丝正在走近这只猫——好戏马上开始了。我也是第一次提到叠加态，这是薛定谔在 1937 年写给爱因斯坦的信中描述的。

第十五章
一切仍处于争议之中

如果你们一直读到这里，说明这个故事让你们感兴趣，至少和我一样感兴趣。但我作为梦神，比你们多一项特权——我已经知道这个故事的结尾了。所以可以总结说，我的工作完成得不错。但无论如何，现在故事还没结束呢！我精心挑选，重新裁剪，组合拼装，否则你们不会读到这里的——要不是我，你们早就迷失在爱丽丝梦游仙境里了。梦神偶尔大驾光临，他不是一位可以随意召唤的固定嘉宾，甚至有可能他几个月都不露面。只有在我们对任何事都不确定，且对所有事都感兴趣时，我们才能依靠梦神。爱丽丝现在就处于这种情况。她的生活中正在发生一些事，或者什么事都没发生，又或者这两者同时存在。要弄明白这件事的是她，不是你们。

如果你们同意的话，我们继续回到她的夜晚。爱丽丝正在睡觉。我们正在经历她睡眠中的 12 个小时。她有点兴奋。一般情况下，当一个人兴奋的时候，就会冒出一些不可思议的梦，各种元素顺序凌乱地充斥在梦境里。这是梦的第三定律。爱丽丝已经陷入她的幻想之中。她正在家里，或者看起来像是家里的地方找着什么东西。她怎么都找不到这个东西，但她必须要快点找到，因为水槽里的水正在上升，如果她找不到正在找的东西，那么水可能会溢出，漫到整个家里；但这儿不是她的家，是酒店的一个房间，而且有人正在敲门。闪回。现在爱丽丝在大学的花园里。这里有一个大喷泉，呈长方形，大约15米，大理石材质，里面有她的狗，安托万·多内尔，就是它，她的黄金猎犬。这是它被淹死的地方，也是为什么它没有陪在爱丽丝身边的原因。安托万·多内尔把大学的喷泉当作游泳池，在里面泡澡。闪回。现在是在卡车上，道路并不平稳，她坐在副驾驶的位置上；开车的是那个英国视频博主，来自利兹的伦纳德·斯宾塞，大卡车司机本人。从仪表盘的指南针上可以看出，他们一路向北；他在开车，也不怎么说话，她则努力地说话，但是却发不出声音，这是为什么呢？虽然她有很多话想和他说。闪回。

爱丽丝在桌子旁边。她坐在那儿，在餐厅占了一个位置。桌子预定的是四个人。但目前看来，其他人还没到。爱丽丝走到门口，四处张望。她认出这里是维也纳西北部的韦灵区，韦灵区是一个邻近阿尔瑟格伦德和约瑟夫城的居民区。乘坐维也纳的40路环线公交可到，路线环绕整个韦灵区大街。距离中央咖啡厅大约3千米。爱丽丝回到桌子旁，继续等人。没过一会儿，两个男人来到桌子旁边，他们各自把外套交给服务员，然后坐了下来。

爱丽丝看了看和她一同坐在餐桌旁的人：在她右边的是阿尔伯特·爱因斯坦，在她左边的是埃尔温·薛定谔。他们没有交谈，而是左右张望，很明显，是在等第四位朋友到来。

他们起身,说要在晚餐前去洗一下手。爱丽丝指给他们洗手间的位置。这家餐厅她很熟悉,名字叫"罗马的味道",老板是意大利人,在他的介绍下,爱丽丝认识了一位维也纳的意大利书商。爱丽丝想着,或许她以后会来这里给自己的研究订购一些书。她看了看周围:发觉自己坐在房间的尽头,背靠着墙;薛定谔的座位后面有一扇窗户朝街开放。木头桌子,装葡萄酒的酒柜,环绕整个餐厅的托架上面放着葡萄酒,白色和红色的餐巾布叠得整整齐齐,啊意大利……她看到那两个人穿过大厅,回到桌子这里来,但有些事分散了他们的注意力。啊,是的,他们看到有两位女士独自进餐,就上去和她们打招呼。爱丽丝看到他们亲吻女士们的双手,看到他们有说有笑,还是老套路,薛定谔甚至还摸了摸其中一位女士的头发。爱因斯坦点着了烟斗。但餐厅里不允许吸烟,爱丽丝想或许应该走上前去告诉他,让他立刻把烟熄灭。她正要起身时,却看到这两个人回来了。他们走到桌子旁边,爱因斯坦坐下来,而薛定谔还站着,和大厅另一边的一位漂亮女孩打招呼,他对她示意说"一会儿见"后,终于坐了下来。

一位服务员走到桌边,拿来了一瓶红酒,然后把酒倒进大玻璃瓶的醒酒器里。爱因斯坦探身闻了一下,对服务员说了一句"非常好"。爱丽丝就这样观察着阿尔伯特·爱因斯坦的每一个细小的举动。

"您可不能习惯性地饮酒,小姐,我劝您,可别落得和沃尔夫冈·泡利一个下场……但是今晚可以是个例外,好吗?我可以倒酒吗?"爱因斯坦对爱丽丝说。

"好的,多谢。"爱丽丝回答道。

"很好，你和我的朋友一起，很快就可以摆脱困境……"薛定谔对爱丽丝说，在桌子下面轻轻拍了拍她的膝盖。

薛定谔和爱因斯坦开始聊了起来。

"概率化的量子规律并不适用于人……"爱因斯坦说。

"我对泡利、海森堡和玻尔所表达的内容感到担忧。用量子来掷骰子不能解释拥有感知的人所做的选择！我们举个例子：我们坐下来吃一顿正式晚宴，要是和一些重要嘉宾一起，就会非常无聊……"薛定谔说。

"就像所有的正式晚宴一样！我都尽量避免这些场合……"爱因斯坦打断他说。

"那我就更别提了，就连1927年索尔维会议的闭幕晚宴我都没去，那是科学史上最重要的一次晚宴。"

"量子物理学家们不可思议的晚宴！"爱丽丝兴奋地插了一句，但她的评论完全没有被两人听到。

"好吧，那次我出席了，因为当时有比利时的女王在场，我之前就认识她，也想再见她一次……而且我的位置就在她左手边，这是一项殊荣，而且当时我对面坐着的是居里夫人。"爱因斯坦敏捷地回答。

"我当时在布鲁塞尔逍遥自在……一整晚都和泡利在一起，但后来我就去睡觉了。那一晚，我认识了两个漂亮姑娘，还邀请她们来酒店大厅喝一杯香槟。后来，那两个人都来了！"

"我的天！一次两个吗？"爱因斯坦饶有兴致地问。

"两个一起。"薛定谔说，同时对着手指甲轻轻吹了口气。

"也是，你早习惯了……对了，你的婚姻生活过得怎么样？"

"一直都不错。所以，我刚才在说，假设我们坐在一场正式晚宴中，会极其无聊。我们可以瞬间从桌边跳起来，踩碎这些杯子和盘子，只是为了找点乐子吗？或许，我们可以这样做，也许我们想这样做，但事实上是我们不能……换句话说：如果我们了解个体的行为动机和背景，一般来说，我们可以预见其在特定场合下可能会做的事……"薛定谔说。

"我们是在准确预测个体行为，还是错误预测，取决于我们有多了解他们及其所处的环境。"爱因斯坦回答。

"当然……我正在试图证明这种观念的荒谬性，海森堡的方法可以被解释为计算出人们频繁采取某一行为的概率是多少……"薛定谔说。

这时，服务员过来问大家是不是想要点菜。爱因斯坦赶忙解释说还在等人，而且是一位女士，所以她没到之前还不能点餐。爱丽丝很好奇，听见一位女士会到来让她很兴奋。她开始提问：是居里夫人要来吗？爱丽丝开始了一连串的假设。她很希望能和居里夫人同坐一桌。又或许是莉泽·迈特纳？爱丽丝也想认识她。而且，她也是维也纳人，薛定谔和她很熟。一定是她，所有人都在等莉泽·迈特纳，爱丽丝兴奋地坐立不安，薛定谔则继续展开话题。

"我们再举一个例子：早餐前要不要抽一支香烟？"

"这也太堕落了！"爱因斯坦打断他的话，开始笑了起来。

薛定谔继续说："如果用海森堡不确定性原理来论证早

餐前要不要抽支烟，不确定性原理将在两个选项之间确定一个具体数值，而我可以用明确的行为使这个数值失效。或者，如果我们否认上述观点，那么如果我做错事情的频率是由海森堡不确定性原理决定的，那我为什么还要对我所做出的行为负责呢？"

这个问题悬而未决。但所有人都分散了注意力。万众期待的女嘉宾走进了餐厅。来人并不是莉泽·迈特纳。她穿过大厅，像伊丽莎白女王一样和所有人招手致意，还收到了两个服务员的飞吻。她优雅地将皮草外套交给老板，终于来到了餐桌前。女士们先生们，现在站在爱丽丝面前的，竟是海蒂·拉玛本人。爱丽丝喜出望外。她梦想成真了，一个人做梦时总是可以许愿的：爱因斯坦死于1955年，他从1933年起便定居美国，所以他应该见过海蒂；薛定谔曾经到美国拜访爱因斯坦，所以三人应该互相很熟悉，这并非胡乱安插的历史；唯一对不上的一件事是，为什么此次见面地点是维也纳，因为爱因斯坦再也没有回来过，而且自从搬到美国定居，他便再也没有回过欧洲。爱丽丝不禁思考起来，想象着所有她能想到的原因；而我们完全可以毫不在意，因为这只是一场梦，而在梦里任何人可以想几岁就几岁。这是梦的第四定律。

海蒂隆重登场了："我很高兴和你们一起，科学研究给我的人生带来很多意义，在艰难时刻支撑我前行……自从我为我的SCS系统申请了专利，我就变成了另一个人……"海蒂举起酒杯，同时，薛定谔为她的杯中斟满红酒，致敬这位无线技术的发明者。

四个人都举起了高脚杯。爱丽丝像做梦一样看着海蒂·拉玛：她那完美的秀发，长至披肩，梳成大波浪，肤色白皙，眉毛似两道完美的弯月。她太漂亮了，靓丽夺目。爱丽丝看着两位科学家，发现他们的眼睛盯着海蒂，就像口渴的行人面对一井清泉。而另外一边，爱丽丝也在想：这个女人是怎么做到的呢？

"秘诀就是改变。"海蒂对她说。爱丽丝突然意识到自己竟把内心的想法大声说了出来，就像她经常做的那样。海蒂听见后答道："不要久处于你无法绽放之处。跑起来，去寻找你可以表达自己的草坪……"

爱因斯坦和薛定谔向服务员又要了一瓶红酒，随后开始点餐。爱因斯坦点了牛眼肉烩饭，薛定谔点了烟熏鲜乳酪和蘑菇，而海蒂点了一份章鱼鲜虾沙拉。爱丽丝不知道选什么，她想浅尝一下其他人点的菜。

"用我的朋友尼尔斯·玻尔的话说，你现在是在做一个非选择……"爱因斯坦对爱丽丝说。

"而这是一件非正确的事……"薛定谔用责备的语气说道，"不管是任何事情，你总要做选择，哪怕是暂时的选择……"

海蒂插话说："您可以随心所欲，但是你们男人不要干预……亲爱的，你别担心，你做的是对的。男人们总是愿意给别人上课。"她转过身来，对他们继续说，"你们总要进行大男子主义教育吗？你们还没说够吗？这是一种典型的权力滥用，是你们应该改正的一个缺点。"她发着脾气继续说。

"埃尔温，你怎么总喜欢给别人上课！"爱因斯坦也转身对薛定谔说。

"好的,我学到了教训!但我们刚刚是在讨论物理……我们想了解一下您关于我和爱因斯坦多年来一直想制定的大统一理论有什么看法……"薛定谔转过去对海蒂说。

"当代物理学最伟大的数学公式有二,一是在座的薛定谔的波函数方程,二是同样在座的爱因斯坦的广义相对论方程。这两位权威非同常人,亲爱的,你可别被骗了。"海蒂·拉玛转过来对爱丽丝说,"就像他们的理论一样。薛定谔的方程描述的是物质和能量在时间和空间中的分布和表现,而爱因斯坦的方程则展示了空间和时间如何在物质和能量分布中建模。对于薛定谔而言,空间和时间是被动的,而对爱因斯坦而言,却是主动的。如何把两个概念结合到一起?保罗·狄拉克在1928年已经思考过这个问题,并将薛定谔方程与狭义相对论结合。而将广义相对论与量子物理放入同一个屋檐下则更为困难。例如,除了你们二人之外,埃丁顿也曾做过此类尝试。埃丁顿分析了因为重力扭曲的空间时间,引入了一定程度的模糊理论,从而得出了海森堡的不确定性原理。但由此诞生了一个悖论:你们会一直想这样做吗?你们作为量子物理的创立者,现在反对海森堡和玻尔的正统量子物理观念,你们真的想这样做吗?或者这只是知识分子的一种消遣?不是吗,埃尔温?还是你更喜欢被叫作温茨?来吧,你们回答我……谁来先说?"海蒂狡猾地发问。

"我来。埃丁顿在我的建议下,将波函数看作复函数,而不是一个基本函数,因此需要我的广义相对论来定义粒子群的位置、速度和其他数量分布。多年来,他的研究目标一直是展示时间和空间的规律,如果你们通过人类有限而模糊的方式来执行观测,就会得出量子力学的等式……"爱因斯坦说。

"我并不认同埃丁顿的思路,也曾给他写信请他说明普朗克常数的运算,但他的回答并不能使我信服……"薛定谔说。

"我记得很清楚,你在意大利的时候,我也在那儿宣传一部我的电影。那是1937年。意大利是奥地利的盟友,所以过来很方便……"海蒂插了一句。

"是的,我当时去罗马是为了成为教会科学院的一员。几个月后,在博洛尼亚的一次学术会议上,我做了一篇关于亚瑟·埃丁顿的理论专题演讲……"

"内容还被发表在报纸上,这也吸引了我的关注。当然了,当时的媒体在六个专栏中,用整整两页配图内容报道我,但依旧给你留了一小部分版面……据说,在场的还有玻尔、海森堡和泡利,他们向你提出了一些问题,而你却无法作答。你当时陷入了一种困境,那就是为一个其实你并不了解的理论而辩护。"海蒂回答说。

"但我立刻恢复了精神!我开始进行新的运算。我和爱因斯坦之间的通信证明了这一点。"薛定谔回答。

"当然了……但是,尽管对埃丁顿的理论存疑,我们也同时在研究大统一理论。"爱因斯坦评论道。

爱丽丝全神贯注地聆听一切,出神地看着海蒂,想象着海蒂在女性主义大会上坚定的样子。她不禁微笑起来。

薛定谔的一言一行确实在报纸上刊登出来了,很可能海蒂·拉玛也读到了这些内容。20世纪所有的物理学家都被看作摇滚明星。甚至,他那浪荡不羁的生活,和沃尔夫冈·泡利一样,为记者们提供了更多的新闻素材。但我们还是先回到晚餐的话题上来。

现在,爱因斯坦正在为海蒂·拉玛表演诗朗诵。他从歌德读到了艾米莉·迪金森:"在黑暗中,我将你看得更清楚,我不需要光明……

"世间最美好的莫过于我们的不完美,每个人都有不完美的原因,而不完美也很美好……当然了,坐在这张桌子旁的女士们除外。她们不管做什么都是对的!"

"你怎么知道我的衣柜里有没有藏人呢?不管怎么说……你刚刚也说了:细节不完美使一切变得完美。"海蒂回答,随后继续说道,"人非圣贤孰能无过。这就像是回到了卡鲁扎-克莱因模型[①]更高维度的统治!"意思是说,爱因斯坦想要通过这一途径创造出大统一理论的努力是徒劳的。

"我要终结这个循环。"薛定谔说,他在一张餐巾纸上做着笔记,并补充道:"我决定再试一次,利用五维提供的额外空间来拓展广义相对论,这样可以将电磁学理论与万有引力结合到一起。之前我没有这样做过,但现在我决定引入一

[①] 卡鲁扎-克莱因模型是将引力和电磁力统一起来的五维模型。1919年由德国的西奥多·卡鲁扎首先提出,1926年瑞典物理学家奥斯卡·克莱因考虑量子理论的要求而加以改进(卡鲁扎和克莱因从未在一起工作)。这个模型可视为用四维时空描述引力的爱因斯坦广义相对论方程式的五维等价物,它给出的不仅是描述引力的爱因斯坦方程式,而且还有描述电磁辐射的詹姆斯·克拉克·麦克斯韦方程式。

个物理学中的补充维度,而不仅靠数学运算来解决。补充第五维度可以强化广义相对论的方程,为其额外增加了五个独立元素。"

爱因斯坦接过话头:"加入这些补充要素之后,我就可以描述粒子的完整行为——将电磁表现与重力表现结合,将量子力学与经典力学结合。而且,我已经知道谁能帮助我完成这项艰巨的任务,彼得·巴格曼和华伦泰·巴格曼,我觉得应该立刻给他们写信,这样明天我们就可以开始计算。"

"爱因斯坦先生,我最欣赏您身上的一点,就是您的坚持不懈。您面对问题从不会停滞不前,这就又回到了我们之前的话题。"海蒂开心地说。

"当然不能退缩。跨越障碍是我的首要目标。一旦我发现自己走错了路,我会立刻开辟一条新路。失望和惋惜是弱者的行为。重要的是拥有跨越障碍的信息——这只是个时间问题。"爱因斯坦说。

"好,你谈到了时间问题!这可真是个好……"薛定谔插了一句。

"当然,这里不是绝对概念上的时间!"爱因斯坦大笑起来,笑声如此响亮,以至于同桌三人也深受感染,同他一齐笑了。

后来,不知出于什么原因,大家在餐桌上开始聊起了爱尔兰。海蒂·拉玛已经开始设想去那片辽阔的土地旅行,阿尔伯特·爱因斯坦也远距离地感受到了那片土地的无限可能,这一点很吸引他。而埃尔温·薛定谔作为唯一去过爱尔兰的人,开始描述那里的颜色、声音、味道……所有人都被他的讲述吸引。

"是的,我搬到那里居住……也是因为普林斯顿没人要我!"薛定谔说。

"他们之前给你提供了一个位置,但你拒绝了,因为你觉得那个职务配不上你……你对我是这样说的。"爱因斯坦提醒他。

"对呀,那又不像你的职位。"薛定谔回答说。

"但至少我们可以在同一个城市,你本来应该接受的!这样我们就不用成千上万封地写信……还可以一起从美世街112号散步走到研究院!我还可以介绍你认识我的朋友库尔特·哥德尔……"爱因斯坦说。

"好吧,但实际上我接受了前往都柏林做你的替补,我觉得这个安排也不会太差。"

"你会做得非常好。你那时候和我很像,就是比我小十岁……也是因为你身边总围绕着无数美女!"爱因斯坦说。

"又是每个男人都会犯的错误……嗯……女人们就只能是漂亮,而不能是聪明的吗?"海蒂恼火道。

"当然不是,不是,抱歉!很明显,在我心里最看重的是她们的品质……这一点是肯定的。"薛定谔辩解说。

"那时还是希特勒统治时期……你肯定会表现出对他的厌恶。一开始,你订立了浮士德式的条约,而这件事情惹怒了爱因斯坦,他立刻给你写了一封信;而当人们明白了你在伪装自己时,就把你开除了。"海蒂机智地评论道。

"Dev!我的救世主拥有姓名,他叫埃蒙·德·瓦勒拉,爱尔兰共和国的总理。是他给了我都柏林高级研究所所长的职位。

于是，我便出发了。我当时在苏黎世，安妮将我的信读了三遍后就一把火烧了。其实我本来是想回牛津的，但是当时资金不够，而就像你说的，亲爱的海蒂，我的浮士德条约有点惹了众怒。"薛定谔说。

"多亏马克斯·伯恩！你别忘了是他做的中间人，不然这些信息就全丢了……要知道，这些信不会这么容易就送到，当时可没有电子邮件！"爱因斯坦插了一句。

"关于大爆炸理论，他也有很多观点……或许是太多观点！"薛定谔说。

我们来整理一下顺序，这里的讨论好像有点混乱。

1938年9月14日，埃尔温和妻子安妮从格拉茨出逃。在担心出租车司机拒载的情况下，安妮自己开车将行李拉到火车站，并将车留在车库内，声称要留下洗车。但她再也没有回来取车。在口袋里只有十马克的情况下，夫妇二人登上了去往罗马的火车，并在那里见到了罗马智慧大学的教授恩利克·费米。费米建议他们去梵蒂冈避难，因为他是教会科学院的成员，并建议从梵蒂冈写信是最稳妥的，这样不会有审查的问题。与此同时，德瓦莱拉给他们寄来了从瑞士转机去往牛津的票。在英国，他们备受冷遇，因为薛定谔与纳粹签署了协定，当然，薛定谔本人对此也很后悔。先做一件事，然后，再做一件相反的事，似乎是薛定谔生活的常态，也是爱丽丝的常态，这个团队的常态。但我们还是先说回到薛定谔那火热的年代里。

薛定谔搬到比利时的根特，因为刚刚成立的都柏林高等研究院为他提供的教职正虚位以待——其实，当时学校的开幕仪式还未准备好。在根特，薛定谔帮助了一个名叫乔治·勒梅特的男人，他既是理论物理学家，也是一位神父。他首先提出了一个观点，认为宇宙是由一个致密炽热的奇点于一次大爆炸中产生。很快，这一理论便得名为大爆炸理论。薛定谔受到了激励，为展示某些宇宙爆炸的模型如何影响物质和能量的产生，他开始疯狂地计算。其结果是预先提出稳定状态下的宇宙学理论，以及现如今的观点，即构成宇宙的大部分物质均在早期膨胀过程中形成。薛定谔也参与了这一理论，可谓一直是物理学现代信息洪流的源头。

爱丽丝对这一切都很清楚。她查资料，阅读，研究文献，搜索网站，翻阅档案；也正因如此，你们也应该了解这一切。她求知若渴，孜孜不倦，这一点尤为值得肯定。而且，我们也不要忘了，爱丽丝家里的海报描绘的正是在根特旅居时期的薛定谔。但是她最大的疑问还没有被解开。别忘了，那只猫还没有死。我们现在继续回到晚餐上来。

"我的朋友，你当时还一度想借反对马克斯·伯恩立足。你到都柏林的时候带着轰动一时的手稿。我的研究结论是：自然秩序汇聚为一种类似爱因斯坦宇宙教的原理。"薛定谔说。

"爱因斯坦宇宙教，我喜欢这个名字。"爱因斯坦笑着说。

"所以，在介绍一个科学问题时，另外一位玩家是上帝。只有他有权坐在桌子旁边。他不仅设置了问题，也了解游戏规则。但这些游戏规则并非所有人都熟知：规则当中有一半是留给我们来理解或推导的。"薛定谔站起来，用庄严的语气大声说道。

爱因斯坦和海蒂带头鼓掌，整个大厅中掌声雷动。

薛定谔坐下来，用没那么夸张的语气继续说道："不管怎么说，都柏林很漂亮。1940年，我搬来这里，克瑞亚路26号，在克伦塔夫安静的郊区，一个靠近海湾的好地方。作为一个勇敢的骑行者，不管我骑到哪儿，都可以上演一场自行车比赛。高等研究院机构的建成是一个时代性的事件，而我则一直留在梅里安广场校区上课，直到年老糊涂。"

"我对你大统一理论的文章记忆犹新，亲爱的温茨，你还因击败爱因斯坦，撰写出自己的理论而扬扬得意。"海蒂一边说，一边笑得别有深意。没错，她在拿这位朋友开涮。

"别提这件事了，那件事我一直都想从我的人生中剔除。最初，我忽略了他们在美国对我说的，你刚刚提过的那件事，我得好好算算这笔账，你为什么要直接提到我呢……你这干的是什么傻事！"爱因斯坦说。

"我相信，阿尔伯特。我当时以为自己成功了。"薛定谔回答说。

"你可是文艺复兴代表人物哇，古希腊哲学家的继承者。你做的一切都可以被原谅！"海蒂插了一句来缓解尴尬。

"但后来我发表了这本伟大的《生命是什么》，那些年，我收获颇丰。"薛定谔说。

"我在普林斯顿的时光也是，自传里也记录了那段时间。有些自传着实该更新了！"爱因斯坦评论说。

"1946年的2月，我读过一篇文章，出自一本爱尔兰出版社的《原子人类》。当你骑着自行车在克里河上兜风时，我读到了一些非常辛辣的评论：人们谈着你的重婚生活，还有你那盛大的香肠派对……对了，你为什么从来没有邀请过我？"海蒂不怀好意地问。

"哈哈哈……你要来的话就是宴会女王了!"薛定谔开心地说。

"后来,爱尔兰出版社回应了《泰晤士报》的文章,他们也提到了我。那也是踢皮球,从我传给你,又从你传给我……但我们只是在做我们想做的事而已。"爱因斯坦边笑边说。

"唯一把这一切当真的人是沃尔夫冈·泡利,他从来没有一次放松过自己的论战之魂。他总是在批判……我和他之间写了有两百封信!他也来都柏林找过我两次,我也很感谢他能来。"薛定谔说。

"他喝了多少哇?"爱因斯坦问。

"他能喝多少喝多少!哈哈哈!他们还发表了一篇名为 *Cruiskeen Lawn* 的文章。也就是满满一瓶威士忌,实际上,文章里讲述的是我关于偶然性的理论和思路。"薛定谔说。

"你又自相矛盾了!"海蒂说。

"如果一个人在生活中从没有过自相矛盾,那他应该强烈怀疑自己是否言之无物。"爱因斯坦说。这句话再次引起了整个大厅的轰动,他提议再干一杯,在座的人们纷纷举起酒杯,起立,鼓掌。

"等一下,等一下……我想提醒你,就是你说过的那句话让我很受伤。研究院里的所有人都像歌颂新的哈密顿一样对你高唱颂歌,而你也很快抓住了机会。"爱因斯坦说。

"我打断一下,为了岔开一个小话题,因为我常年阅读报刊,你们的学术交流在《泰晤士报》上是这样被定义的……"海蒂站起身来,待大厅里安静下来后,她拿起一张餐巾,佯装报纸宣布,"这两位最强大脑之间的信中写满了神秘的代数公式,它们比拉娜·特纳[①]更有魅力!"海蒂举起酒杯,整个大厅里爆发出雷鸣般的掌声。

海蒂对所有人表达感谢后坐下来,而爱因斯坦继续捡起话题:"你是这样说的:'哈密顿原理已经成了现代物理的支柱,这一观点符合物理学家们的期望,任何自然现象都应该是一致的。而不久以前,当爱因斯坦提到一个并没有运用哈密顿原理的理论思想时,不禁引起轩然大波。实际上,这揭示了一场失败。'你就是这样说的,还当着众人的面,扬扬得意。你明白自己干了什么事了吗,埃尔温?"爱因斯坦严肃地说。

"是的……是的……我知道,确实很差劲。但需要讲清这些话的背景,不能按照报纸上说的来断章取义。我当时所处的局面很紧张,因为有人散布谣言说我和我的团队会成为全世界的笑柄。面对诽谤者,我要做出反击。"薛定谔说。

"你仍旧不担心诽谤者所说的那些话吗?我说的话难道就没给你一点教训吗?"爱因斯坦问。

"你说得对。"薛定谔承认道。

此处,我们得再说清楚一点,因为爱丽丝不了解这些事情。当时,薛定谔持有一种意见上的叠加态——他把爱因斯坦对海森堡的意见与海森堡对爱因斯坦的意见结合到一起。薛定谔与爱因斯坦一道,对抗那些像海森堡一样相信概率的人,因为他们脱离了常规的经验。而猫的思想实验就是这类批评得以延续下去的一个伟大案例。当薛定谔认为爱因斯坦不明白这一点时,

---

[①] 拉娜·特纳(1921—1995),出生于美国爱达荷州华莱士,美国影视女演员。

他便会暗示爱因斯坦如今年事已高,理解力正在下降,这也正是海森堡支持的观点。爱因斯坦需要四年时间才能把这一切都搞清楚。

"你那时就是墙头草。"爱因斯坦说。

"是泡利将我带回正轨。他这辈子就做了这一件好事,就是来找我。"薛定谔说。

"当然了,1943年,我和泡利联名发表了一篇文章,至今仍在被用来研究。"爱因斯坦说。

"可以删了。"薛定谔说。

"没错,是可以删了。"爱因斯坦说。

根据理论或公式是否应该被保留,爱因斯坦习惯在他的文章或黑板的公式旁边标注"可以删"或"不可以删"的笔记。最开始,这只是写给保洁人员的话,因为他们会整理他的书房,晚上还会来擦黑板。待爱因斯坦过世后,这便成了秘书海伦·杜卡斯有用的一种归档方式。实际上,海伦·杜卡斯遵照着那些笔记,花了十年时间才整理出爱因斯坦所有的思想财富。

"各位,我想给你们朗读一篇发表于1943年之后的文章,是温茨的《从爱因斯坦之后》……你们准备好了吗?大家听着,这可是一个重磅炸弹。"海蒂说。

说罢,整个大厅里的人全都聚焦在她身上。她站起身来,从丝绸蛇皮包中拿出原版报纸,读道:"'一个意义如此重要而深远的科学理论,可与爱因斯坦著名的相对论比肩,它革新了物理学家对宇宙本质所持的现代观念,这就是埃尔温·薛定谔教授研究的理论。爱因斯坦给人类的大脑打开了新世界。薛定谔教授,以自己对广义相对论强大结构得出的结论为基础,现在又向前迈出了重大的一步。这一步如此重要，很可能使这一理论在未来发挥出类似爱因斯坦理论在今时发挥的作用。'文章到此结束，各位。"大厅里爆发出雷鸣般的掌声。

"什么玩意儿……为什么总是拿我作为参照？媒体总是喜欢做这种事。是你想让他们这样做，对吗？太傻了。"爱因斯坦说。

薛定谔耸了耸肩。

"等一下，还有件事要解释一下。薛定谔在 50 年代写出的内容帮助生物学家詹姆斯·沃森和弗朗西斯·克里克设想出 DNA 双螺旋结构模型。可以说，他是一位优秀的科学传播者……《泰晤士报》写道：'薛定谔擅长此事。他的语言欢快而活跃，微笑高冷而迷人。有这样一位诺贝尔奖得主与他们生活在一起，每个都柏林人都感到很自豪。'这些话说得非常好。科学传播者中或许会诞生一些科学家，但是却不会被发现……而女人们呢，我们连提都不被提到！爱丽丝，是时候说说你的看法了，不是吗？"海蒂说。

爱丽丝耸耸肩，和薛定谔的姿势一模一样。这两个人好像拥有相同的镜像神经元似的。但这个话题我们先放在一边比较好。虽然此刻爱丽丝已经想到了这一点。

"各位，请允许我岔开一个小话题，我刚才提到了 DNA，因为我想让你们对历史上女科学家的亏欠感到懊悔……实际上，罗莎琳德·富兰克林才是 DNA 背后的科学家……她和她那 51 张精美的照片被当时的男权社会隐藏了多年！"海蒂愤怒地说。

大厅内的女士们纷纷起身，全部来到桌子前，尤为赞赏她提到那位在 20 世纪被不公平对待的伟大女科学家以及许多像她一样的人。

爱丽丝好像越来越喜欢海蒂了,甚至无法将眼睛从她身上移开。但现在告别时刻已经来临,因为她是第一个离开晚宴的人。只见海蒂起身,餐厅老板为她拿来皮草外衣,并贴心地为她披上。在收到了所有同席者的告别吻后,海蒂在欢乐的人群簇拥下离开了。

爱因斯坦接过了话题,转身面向大厅里的所有人。"我想讲完这件事。你们刚才也都听见了,我亲口讲述了我和今天在场的薛定谔教授之间不和的言论。因为我希望这件事就此打住:'这种耸人听闻的沟通会给并不专业的观众造成科研方面的误导性言论,他们会产生一种印象,即科学革命每5分钟就出现一次,就像一些不甚稳定的小共和国政体中爆发的政变一样。实际上,理论科学有一个发展过程,世世代代中最优秀的大脑孜孜不倦地努力,推动了科学的进步,这种进步过程会慢慢得出对自然规律更深刻的认识。公正的报道应该忠实于此类性质的科学工作。'"爱因斯坦总结道。

"把金子滴在树上。"[①]薛定谔评论道,并带头热烈地鼓起了掌。

根据报道,1950年,爱因斯坦和薛定谔之间恢复了联系,并一直保持到爱因斯坦在普林斯顿去世。两人之间的交往友好如初,思想相映生辉。而薛定谔也学会了不再炫耀自己理论的优越性。在一封日期为1950年9月3日的信件中,爱因斯坦写信告诉薛定谔自己已经很接近大统一理论,虽然他也承认:

---

① 意为关注点放在科学问题上。

"一切都带有老堂吉诃德的味道。"他用数学的方法讲述了正在研究的内容,并补充道:"但如果一个人想要展示现实,那他别无选择。"

薛定谔在 1952 年发表了一篇很有趣的文章,名为"存在量子跃迁吗"。在文章中,他将量子不可持续性与托勒密的天文学相对比,后者当时已被哥白尼的理论所被抛弃和替代。在 1953 年的回信中,爱因斯坦拆解了自己的数学方法,同一年薛定谔给他回信,并在开头说:"请不要因彼此意见不一而生气。"他们的交流这样一直持续到 1955 年。最后,在几次愈发讽刺的通信中,爱因斯坦对他的朋友薛定谔说:"我们已经讨论了很多,但始终未触及理论的本质。只有上帝才能凭直觉做判断。就像最高法院的某些部门一样,他也不应该处理这样的上诉。"

后来,就有了后面这些故事。

海蒂的寿命要比这两位长很多。她死于 2000 年 1 月,爱因斯坦死于 1955 年,薛定谔死于为 1961 年的 1 月。而此时,在爱丽丝的梦里,他们都活着,和她一起穿越时空。说到这儿,你们猜猜谁是第一位构思出时间旅行的人?很明显,是薛定谔。

"那泡利做了什么呢?"爱因斯坦问道。

"什么时候?"薛定谔问。

"当我在参加 1927 年'量子物理学家们不可思议的晚餐'时,你们却在会议结束后在布鲁塞尔逛街。"爱因斯坦提醒他。

"啊,我就直接睡过去了,而泡利整个晚上都流连于风月场所,喝威士忌,还让我在第二天 12 点叫醒他,说自己要赶火车。"薛定谔开心地回答。

"你想想看,我整个晚上都留在大都会酒店的大厅里和尼尔斯·玻尔争论……当他要出发去赶火车时,我假意要回房间,但随后我沿着站台找到他,并对他说:'上帝不掷骰子,但偶尔也会有例外。'我给了他短暂的胜利。"爱因斯坦说着,同时吃完了桌上散落的面包屑。

阿尔伯特·爱因斯坦从未放弃直面尼尔斯·玻尔和他的正统量子物理学。即便是1933年至1955年在普林斯顿期间,他也在很多场合下找过玻尔。而尼尔斯·玻尔终其一生,除了和爱因斯坦吵架,无事可做。在美国,玻尔多次找过爱因斯坦,两人见面和争吵期间发生了不少趣事。那一句"上帝不掷骰子",在1927年正式开启了二人之间的论战。然而直至今天,这场论战也未有定论。当然,除非爱丽丝能杀死那只猫。

爱因斯坦去世六个月前,在美世街112号的家中接受的最后一次拜访,来人是维尔纳·海森堡。爱因斯坦当时已知自己时日无多:他胸口有一颗定时炸弹,一个随时有可能坏掉的主动脉瘤,正如那枚骰子一样……时为1954年年末,海森堡在美国参加完一次会议后前去拜访爱因斯坦。爱因斯坦接受了拜访,并与他一起讨论。一次,海森堡想要说服爱因斯坦接受在极端情况下大自然的概率,并企图通过告诉他自己也在量子物理基础上写出了大统一理论来诱惑他。但爱因斯坦不为所动,并最后一次向海森堡重申了自己的格言:"尽管我这次见到了你,但我越来越相信上帝不掷骰子。"据说,爱因斯坦去世前的一小时,手里还拿着纸和笔,计算大统一理论。最大的一次纪念爱因斯坦的活动由沃尔夫冈·泡利在博尔纳组织举行。随后不久,薛定谔回到维也纳。他患了哮喘,死于1961年。

让我们回到晚餐上来:现在是爱因斯坦告别餐桌的时刻了。

他起身，告别了薛定谔，又吻别了爱丽丝。爱丽丝看看自己的手，并把手放在胸前。她就是保持这个姿势醒来的。

"再见了，拜拜。"薛定谔对爱丽丝说，同时把餐桌上散落的一些东西装入塑料袋里，这里面有海蒂·拉玛的餐巾，她刚刚大声读过的那页报纸，还有爱因斯坦忘记的烟斗。

"可我还有很多话想问你呢！这张桌子旁的你们都经历了相似的事情，全都经历了改变，你们全都既是自己也是自己的反面……我真的一点都不了解人了！"爱丽丝说。闪回。

***

本章中记录的对话均引用自薛定谔与爱因斯坦的通信、报纸上的文章、二人的出版刊物和学术会议。1943年，薛定谔发表了一篇文章，名为《自爱因斯坦以后》，通过ESI收录。因为这篇文章，爱因斯坦一直与薛定谔争论不休。多年以后两人才和解，并一直用友好的语气互相写信，直到生命的结束。

第十六章
当我不能拥有时，我便想要拥有

2020年2月3日

　　我在跑步。这是一个新的墓园里。我辨不清方向。我在旧金山，前天到的。这个墓园是国家公墓，很大，特别大，感觉像是无限大，应该有维也纳墓园的两倍。所有的墓都一样，每座之间的距离也一样；墓碑呈完美对称。我在跑步，也在思考。我的父亲之前是建筑师，现在他退休了。从建筑师的角度来说，他一定会赞赏这里完美的秩序感。想到我爸爸时，我不会感到丝毫痛苦。这些年来，我已经学会了接受一个无情、物质、自私的父亲。自从我与他和解，我放下了一切怨恨，虽然我有充足的理由恨他，因为他抛弃了我，让我和一个像我妈妈那样的女人生活在一起。但我已经原谅他了，因为自从第一次对他提起那个女人带给我的伤害，我便总能从他眼中看到愧疚。从那时起，他便不再拒绝我的任何要求。当然，或许有人会说，我应该有点自尊，不能每次需要钱就找他要，但是培养自尊心不是我的首要任务。找到那只该死的猫的答案，才是最重要的事。

昨天，我前往伯克利大学去做调查研究，前几天我还去了一趟洛杉矶，来去匆匆。在帕萨迪纳的档案馆里查阅资料时，我还遇到了三位教授；甚至意外地，得到了一个研究员的面试机会：时间被定在四天后。我还计划去一趟硅谷，但只作短暂停留。这些行程结束后，我将乘坐飞机去往纽约，并在普林斯顿落地，在那里我有一个重要的约会。最后，我会回到维也纳。

我开始加速奔跑，这里的墓碑全都一个样儿，令我烦心不已。还是欧洲的墓更有魅力，我们拥有更旺盛的想象力。这里的人们做梦都想拥有一块阿尔普巴赫那样的墓地。但这儿也有它的好处，我在这里看到了不同的名字，终于有新人了。我注意到了一位欧文·麦克道尔将军，从没听过这个名字。他墓前摆满了鲜花，比别人前面的都要多。我突然朝那个地方小跑过去，想看看他的墓碑上写了什么——日期，等等，他还在美国内战时期领导过联军。再看看照片，是一位很英俊的将军！我继续跑步，同时思考。

我的研究正沿着一条新的赛道前行。这条赛道在美国很有影响力，但却完全被欧洲人忽略了，虽然它现在正重回巅峰。这一切要从40年代爱因斯坦与普林斯顿在读博士休·埃弗雷特三世的一次见面说起。埃弗雷特在12岁时就写信给爱因斯坦，询问他宇宙是偶然事件，还是符合统一规律。就像回复所有给他写信的孩子一样，爱因斯坦告诉他说，他为自己构建了一个宇宙，并通过哲学思考成功走进了这个世界。从这些往来书信中，埃弗雷特也建构了自己的世界。他写出了量子力学中著名的《多重世界诠释》，取代了正统量子力学。

布莱斯·德维特后来在 70 年代又重新提出这一学说。德维特出生于加利福尼亚，而他的骨灰就在这个墓园里。我拿出墓园的地图，一边跑一边看。按照地图的指示，他的墓就在这附近，应该离这里只有两个区，在右手边……我加快步伐。我找到了，美国地图的精确性无可非议，这一点是阿尔普巴赫做梦都想拥有的。

我伫立在他的墓前，围着这儿继续奔跑。这里应该还有一些其他的提示。所有信息都将我带到他这里。面对尼尔斯·玻尔的理论，爱因斯坦和薛定谔被碾压稀碎，而这位德维特的理论对于解开猫的谜题最为行之有效。所以，亲爱的布莱斯，现在我和你坐在一起，一起推理试试吧。薛定谔的猫面世之后，你的诠释给很多领域提供了一种明确的分析方法。你的研究认为，每次量子观测都会表现出现实层面的一个分支，而现实中有多条道路并行，却从不相交。在你之前，埃弗雷特已经尖锐地分析过决定论和观测者的角色，暗示观察者的意识存在与现实分支相割裂。所以每一个观察者都会认为自己看到的场面是真实的、预先确定的现实，就像我们所有人认为我们在同一现实里！因此，无所谓波函数坍缩，因为观测者对观测对象的影响已经被移除了。所以，把一只猫与同放射性装置相关联的毒药放在一个盒子里，将会引向一个因衰变概率导致的分支。因此，在一个现实分支，放射性元素衰变，小猫被毒死，观测者很伤心。而在另一个分支里，元素未衰变，小猫活下来，观测者很开心。

所以呢……所以？我停下来，停止跑步。我直面他，德维特……你帮帮我！快给我一个答案！你的墓碑上写了什么？上面脏兮兮的，根本看不清楚写了些什么。我用黄色卫衣的袖子把墓碑擦干净，墓碑呈棕色。现在，我可以读出来了：不——朽——之——人……这里写的是：不朽之人。不朽？他们给你写的这是什么墓志铭啊？不朽之人？你只有通过自己的理论才能保证不朽！你明白了吗……不朽，当然了！这才是原因！现在，一切都合理了。当某种导致死亡的机制被触发时，另一种导致幸存的机制也会同时被触发。这就是平行时空。在一个时空里，所有人都可以活下来，而你也不例外！当然。所以，那只被关在盒子里一小时的猫，应该有另一个版本，即它一直活到最后，直到永远。

但如果这种永生是可能的，我们就不会知道另一个时空中不幸的我们要去面对的那些残酷命运。我们永远看不到其他平行时空里的哀悼场面。但我们会看到我们爱的人去世，至少在我们此时的时空视角下，我们会这样想。

真是说不清楚这种永生究竟是一种祝福还是一种诅咒……这就是我正在经历的事……发生在我和我爱的那位音乐家身上的事。我和他都一样！你值得拥有一束鲜花，布莱斯。我看了看周围，发现旁边的墓碑前放着两束鲜花。我走过去，拿了一束放到德维特的墓碑前。我站起身，拿出手机，找来一些音乐。这个连墓碑都长得一样的地方让我有点心慌。这个墓园太刻板了，我有点喘不过来气了。我需要一点音乐。我找了找，Hugo Race、捉刀人，把音量调到最大，放至耳边。我看着地图。这首歌放完了，又找到了尼克·凯夫和坏种子乐队……我选了六首歌，包括《去他×的世界》。我继续跑步，朝着出口方向跑去。我得快一点儿，一个约会正在等着我，他叫帕特里克，是一位电台节目解说员。

我在酒店里。我看着海报，我把它贴在正对床头的墙上。看着它，我发现薛定谔的小臂很有力，还有他的肩膀，肌肉也不错。我打开电脑，更新了社交状态，还转发了一条七个月前的状态。当时的我还有工作，那是写给班上孩子们的一句话：

@伯尼：说到摇滚明星，实际上牛顿可以连续开发任何函数，计算出一些尴尬数字，不必担心一致性的问题。#摇滚明星

我又读了一遍这条状态，有些不满意。我开始用薛定谔的视角来审视牛顿。我决定再写一条——

@伯尼：好吧，这意味着当时牛顿同时表现出了他的计算能力和不拘一格，得到的结果虽不严谨，但是能用。#二次幂的摇滚明星

需要先说一件事，再论证其反面。不要给出确定信息。以上。我听见有人在敲门。肯定是帕特里克到了。

我请帕特里克来酒店帮我查东西。他之所以接受了邀请，因为自己很无聊，纯粹就是想帮我。在美国经常遇到他这样的人，这是在欧洲我们做梦都希望的事。

"好的。我们有两台连接电影档案的电脑，另一台电脑

连上了国际科学档案馆,一切就绪。我们可以开始了。"

我们设计了一次只有傻瓜才会参与的电影马拉松,连《生活大爆炸》中的主人公们看了都会相形见绌。

"《兔子洞》,一部妮可·基德曼2010年主演的电影。还有一部《另一个地球》,迈克·卡希尔2012年执导的电影。要先看哪一部呢?"

"两部同时,在两个屏幕上,快开始吧。"

难以置信。电影中的内容是我一直所幻想的。一部电影的主人公是罗达,刚刚被MIT解雇后,开始研究天体物理学。失业令他的生活充满可能性,她从不选择,直到命运为她做出决定:她引发一起车祸,造成多人受伤。被关进监狱,而后被释放时,外面已是未来世界,出现了另一个地球,她赢得了一张出发前往新世界的门票,却把它留给了因她去世的逝者家属。而在另一个地球上所有人都活着。这就是平行世界理论。简直难以置信。在另一部电影中,一位科学家发现了一个可以穿越到其他世界的网格,她努力寻找着那个她的爸爸还活着的世界。跟前者是同样的故事。

"你看,我找到了一些很适合你的漫画。一部1960年的《狄克崔西》,里面预测了未来世界,这部作品中的主人公在金属罐内移动,而金属罐则借助磁力能实现飞移。还有一部1950年的作品,名为"学戴格伍德如何分裂原子",里面的魔术师曼德雷把戴格伍德带到了亚原子世界,并向他展示了铀在核反应中的链式表现。在1970年的《守望者》中出现一幅画,展示了人们如何构想波函数!"他说。

"难以置信!太棒了!"

"现在我们回到电影,退回到过去的时间。我在一边放上 1922 年的《如同众神的人类》,在另一边放上 1941 年的《花园里分岔的小径》。"

"来,给我电脑上也放一部。反正这些老电影的节奏很慢,我们可以的。"我建议说。

"好的,那我就把《杂乱图书馆》加进来,它改编自博尔赫斯的小说。三部一起放。"

威尔斯的电影很疯狂,它将平行世界用作社会批判,以对人们的行为发起警示。他是个天才。另一个世界很哲学,或者我觉得太哲学了。这是在平行时空中对他人身份的想象力训练。第三部电影也是一样,故事从图书馆藏书中记录的信件和数据出发,尝试想象所有决定带来的结果共存。

"我觉得我们可以找一本科学目录,翻一翻,让眼睛休息一下。所以……我们从库尔特·冯内古特写的《第五号屠宰场》开始,这个我来。你呢,在你的电脑上看我给你发的这部罗伯特·谢克里的《世界仓库》。我们开始吧。"

时间流逝,我们未停歇片刻。

"我们继续吧。现在我们看看电视剧,我从这台电脑的《神秘博士》开始,已经选好了最精彩的几个世界重合的那部分。然后在那边呢,我先放《格里芬》,随后再放《生活大爆炸》。开始吧!"

"同时,我翻一下你在科学目录上找到的这本书《芸芸众生》,拉里·尼文的科幻小说。"

"那我看看尼尔·斯蒂芬森的《驱逐者的圣歌》。对了,想来点爆米花吗?"我问。

我们之所以做这些,只是想更准确地说明一件事:一方面是平行宇宙,也就是和我们的世界一样,但发生的事情是颠倒的;另一方面是代替宇宙,也就是与我们的世界不同,只有改变我们在现世界中做的选择才能进入那些世界。量子力学可以帮助我们看到平行宇宙,用想象遨游,实现愿望,做梦。我不用向帕特里克解释,他都清楚。

"我们之间太合拍了。我们之间只有一个问题……我不能拥有你,所以我不惜一切代价都想得到你!"我说。

"哈哈哈,你做不到,除非……"

"除非我进入一个平行宇宙,颠倒你的需求。"

说罢,我们大笑起来。

"可为什么不是进入一个颠倒你需求的平行宇宙呢?"他问我。

"因为那样我还是不能和你在一起。"

"啊,也是。"

"规律就是:正正得正,负负得正,正负得负,负正得负。"我解释说。

难以置信,他明白了。

"对呀……厉害!"他说。

我爱他。

"我恨你。还是回到平行宇宙里吧。我们再捋一遍:每一次新的观测,观测者的状态都会在状态系统中产生新的分支。每个平行宇宙则会呈现不同的现实和不同的观测结果。在给定的观测序列结束时,所有未经探索的平行宇宙依旧存在,且同时存在。"我说。

"都很合理,我觉得。"

"你想要牛奶吗?如果要的话,加不加糖?"我笑着问。

"不好意思,我不想分心。"

"没错!从现在开始如果我们不想做选择,我们就可以这样说。我觉得我以后会经常说这句话。"我说。

"但如果想知道埃弗雷特或德维特的理论是否站得住脚,我们需要再经历一次头脑风暴。所以,从理论角度来说,所有叠加的平行宇宙都是真实的;我们不能错过其中任何一个。每个平行宇宙都符合薛定谔的波函数,而独立于其他宇宙存在。"他继续说。

"而且其他宇宙做的事也不会影响到这个宇宙。"我补充说。

"是的,没错。实际上每个观测者都不知道其他宇宙中在同时进行其他观测。"

"总结一下,薛定谔的猫也可以从盒子外部观测。这是唯一的方式,可以看到两种结果共存。"

"当然,因为在宇宙中我们都与猫的境况相同。从动物的视角来看,现实只有一个。"

"那么,波函数并不会告诉我们猫是死还是活。"

"你说得对,它不会。它只会告诉我们这只猫在某个时间段里处于一个真实系统中的概率有多大。"

"而埃弗雷特和德维特说所有结果都有可能并且是叠加的。"

"而且从一种状态中看不到另一种状态。"

"没错,就像是从两边看一个隐形世界。"

"但是我有一个疑惑：位置呢……位置是分开的吗？位置在哪儿？"帕特里克问。

"不，位置是相同的。在盒子里同时有一堆活猫和死猫！"我敏锐地回答。

"空间—时间，对所有平行宇宙来说是一样的。"

"没错。"

"平行世界在空间上是不可分的。"

我对这一点存疑："你再查一下；试着找一些科学理论证实这个推理。"

他已经找到了："这是埃弗雷特算法。你看一下。"

"这种算法改进了用来计算物流结果的拉格朗日乘数的传统方法。你继续——"我插了一句。

"五角大楼在五六十年代用这些理念制定军事战略。"

"真有意思，快把文章发我看看。"

"然后，我还找到一些他的放射性场论的应用。"

"这也很有意思。"

"最后，埃弗雷特曾效力于东电化兰达株式会社，一家与美国军方有关的智库。"他总结说。

"都发给我。"

"发了。现在我要走了。马克在家里等我。如果他看不到我回去，就要打电话叫救护车或者报警了。"

"谢谢，帕特里克。你是我在社交媒体上最美好的发现。"

"瞧你说的，这对我来说也很有趣。我们在一起待了一整天，我要说这是我的最长纪录了。我已经几百年没有和女人在一起玩儿得这么开心了。"

"你想想平行宇宙里我们现在在干吗……"

"我不想想,快别说了!"

我们互相告别。如果我只会爱上那些我注定得不到的男人,肯定是有原因的。我走到电脑前,浏览网站。我的状态评论令人失望。

我又写了一条:

@伯尼:成年是当你打开盒子,给莱昂纳德·科恩的《我的心里不再有钻石》的歌词赋予意义时开始的。#我开始理解了我爸爸的礼物

* * *

对很多人来说,本章中登场的埃弗雷特和德维特的理论代表着薛定谔理论的自然延续。有些美国人正在探索这一领域,科学界对其研究很感兴趣,例如理论物理学家肖恩·卡罗尔就是其中一位代表人物。在我的美国之旅(持续六个月,而非爱丽丝的一周)中,我深入研究了这一课题:平行宇宙,多元宇宙,多元世界……这就涉及观察猫的另一个视角和薛定谔喜欢的永生话题。

第十七章
玻尔—海森堡与爱因斯坦—薛定谔之量子大战已经结束，后者胜

2020年2月5日

  我在帕洛阿尔托。我今天一早乘坐火车从旧金山过来的，很方便。再过一会儿，我约的人就会出现。我要承认，这让我很兴奋。一会儿要见面的是一位量子物理学家，闻名于全世界，也是业内的一位重要标杆。他同意与我见面。我们的邮件沟通非常高效：一个人越是重要，沟通起来就越是简单。我请他给我一个机会闲聊两句，然后我就出现在这儿了。我说的这个人是李奥纳特·苏士侃，世界上最伟大的人。我们见面的地点是他家。我朝着那里走去。我坐了一个半小时火车到达帕洛阿尔托，又在车站外打了个车。为了表现得礼貌些，我在离他家一百多米的地方下车了。而且我也想走几步。这是薛定谔每次赴约时的习惯，他总是走路去，人们常常看到他从街上走来，背着双肩包。即便路程有100公里，他也喜欢走路，一步一个脚印的。以上。

  我穿过铁门，按响了门铃。门开了，是他。当我见到他的时候，一波惊喜弥漫全身，我不禁战栗；之前，无数次设

想他会如何出现在我面前。在他身后我看到一个影子,但立刻就消失在椅子后面。我很害怕,那是一只猫。我进门后,他对我表示欢迎——我仔细看看椅子的方向,那只猫又出现了,它眼睛没有黑斑,也不是棕色的,我说服自己努力平静。我对他说我对猫过敏,苏士侃转身朝着猫,上前捉住了它,把它抱在怀里,带上二楼,然后把门关上,用一道台阶将我们和它分开。我依旧能闻到家里有猫的气味,但努力忍着。我们坐到桌子旁,开始聊了起来。我的注意力不能集中,或许如果我忘掉那只猫,我就不会过敏了。如果我一上来就全身肿胀、身体不适,那可太丢人了。

"苏士侃教授,我很荣幸能够与您交流。感谢您接受我的邀请,让我有机会能与您就我的研究闲聊几句。"我颇为正式地说。

"我很高兴认识你,你的邮件令我很好奇,而且我觉得你的研究很有意思。开始吧,我准备好了……"

我很激动,也很兴奋。我也不知道是激动更多还是兴奋更多。这不仅是因为他对我说话的语气平易近人,也是因为他对我的研究感兴趣。而且他说话和年轻人一样……他比很多大学生还要朝气蓬勃。我想说,他是一个活着的神话,是一位科学传播的巨人,对我们这些量子物理爱好者来说,他是唯一的绝对权威,他写的书令人惊叹,他的地位正如斗兽场之于罗马,埃菲尔铁塔之于巴黎,他就是李奥纳特·苏士侃。

"同时,我想和您深入探讨一下弦理论与多元宇宙的概念,据我的理解,它与平行宇宙是完全不同的。"我说,同时努力克制自己,但这只是表面现象,我的内心已经燃起熊熊烈火。

"当然了,那是两回事,虽然我知道在这一点上有很多误区。多元宇宙是这样的:因为弦论运动中的量子涨落,宇宙在小范围内诞生并形成,随后爆炸。弦的初始形态认为,偶然性决定物理参数,由此形成了完全不同于我们习惯思维的具备质量、能量和电荷值的宇宙景观。所以存在一些宇宙,其粒子与我们的完全不同,并非与我们的粒子相反,而是截然不同。与我们相比,这些宇宙中的生命是另一回事。所以我们和我们的宇宙,只是广袤无尽中的一个偶然事件。"

"也就是说,因为我们是人类,我们才能感受这个被人类居住的宇宙。"

"是的,这是人类基本性原理。"

"那么,用弦理论也能解释大爆炸吗?"

"这是目前很多研究团队正在做的事情。"

"但弦理论的量值是不是太大啦?"

"哈哈哈……对谁来说太大啦?太大会吓到你吗?"

我们笑起来。我想回答他不会,甚至我很喜欢大的量值。

"或许我应该重新提问:量子波动是什么?为什么是它们决定了宇宙的存在?"我问。

"人们正在研究答案。我们正在观测它。量子涨落是非常局部的,它们波动,快速膨胀,创造了宇宙。"

"那么,宇宙还在膨胀……"我惊讶地评论道。

"没错。"

"那为什么最初的波动是局部的?"

"因为只有特定区域满足这一理论的初始条件。"

我同意。

"也就是初始条件只在那儿有效。"他对我解释说。

我同意,但我并不信服。

"也是从那儿开始创造出余下的部分。"他继续说。

我同意。

"我明白了。就是,现在我感觉自己明白了,但等我回家以后,当我反思的时候,我一定会有其他疑惑……"我坦白说。

"那你已经走上了成为一名伟大科学家的正确道路!"他欢快地对我说。

我很激动,还有激动的能力。真是难以置信。不仅因为他对我说话的感觉像面对他最偏爱的孙女,还因为他说这句话的前提是他相信我。我心里再一次燃起火焰,因为这个世界上还有人相信我,我爱他。

"哦,不,我才不信……"我回答说。

"为什么呢?"他失望地问。

"不,不,没有……我没时间解释!"我边笑边说。

"哈哈哈,你让我很开心,你知道吗?"

那我们结婚吧?我在心里说。

"那我已经走上了成为一名伟大搞笑女的正确道路!"我回答。

"没错!我刚刚都没问你,想不想喝点茶。"他关心地问。

听到这儿,我要感动上天了,我要突破障碍。

"当然想要……我们结婚吗?"我建议说。

"哈哈哈……可我都 80 岁了!"

"其实我也不是说立刻结婚,再过几年也行……等我到了这个年纪!"

他笑了,我也笑了,我们一起笑了。总之,我们笑得很开心。

"我感觉自己内心差不多有130岁了。"我解释说。

"是什么让你有这样感觉?"他好奇地问。

"社交。"

"我知道,我知道,我也是社交纸老虎。"

这个男人到底有多酷,简直无法形容!可去哪里能找到李奥纳特·苏士侃这样的男人呢?

"您不把那只猫放出来吗?"我问,不是在比喻。

他转身,看看门,那只猫正在后面挠门。

"不,还是不了。我在你的社交动态上看到,这些猫除了让你过敏之外,都快把你逼疯了!"他回答。

他看了我的社交动态!我写了什么,我做了什么。我头脑风暴了一下,想想最近有没有写什么污言秽语。糟糕,我完全想不起来。我努力想象他在我的社交软件上查看了多少内容。两年前,我在网上写过什么呢?真是羞愧,大脑瞬间一片空白。在那一刻,我决定再也不在社交账号上写什么傻话了。或者,我应该写一些李奥纳特·苏士侃赞同的观点。

"您是我的真命天子。"我对他说,现在已经刹不住车了。

"哈哈哈,你真是非常、非常可爱。"他重复对我说。

"您在网上了解信息吗,您经常浏览社交软件吗?"我问。

"当然了，但要会甄别。"

"最近您对什么感兴趣？有什么新闻吗？"

"我完全被学习机和它多样的应用迷住了。我每天上午去大学，然后和学生们讨论这些话题。"

"我昨天就在斯坦福。正好听了一节学习机的课，企业里的人们现在好像只谈论这个话题，他们组织了很多以'学习机'为题的学术会、研讨会、酒会、晚宴……为什么呢？"

"学习机现在研究的是我们几年后将见到的一些实际应用。"

"第二次量子革命！我就是因为这才来的加利福尼亚。"

"没错。美国正在这一领域经历一次伟大发酵，有很多的工作机会——企业竞相录用那些毕业于物理专业，想要将人工智能和认知科技结合的年轻人。为什么你不想一想呢？实际上，学习机利用人工智能，让系统在不需人为干预的情况下，从经验中自动学习，指导行动。它拥有不同的算法类型。被监督的算法从人类贴好标签的数据出发，教机器按照预定标准，评估其他没有标签的数据。当然，这一过程中也会遇到一些问题，因为，如果人类预定的标签有限，或包含错误，学习机只会将错误放大。不被监督的算法给机器提供未分类的信息，让机器以所有可能的组合方式将信息自由分类，最后得出自己的结论。还有一些混合算法，可以自动定位到第一类或第二类算法，例如在某种情况下，机器应识别出一组图像中的特定物体。此外，还有强化算法，可以预测机器在出现误差和反馈后，在一个环境和系统内部的交互性，比如在游戏中。其实，学习机具有无限的应用潜能，我甚至无法想象它影响未来的所有方式。或许未来还将会诞生一种量子学习方法来学习量子……以及其他很多你在网上很容易找到的东西。然后还有量子心灵传输,量子计算机……"

苏士侃继续谈论了这些话题,聊了两个小时,我则在一旁记笔记。

"所以我们可以说,虽然 8 个量子比特只能像量子处理器一样工作,但这件事足以使我们震惊……因为它将我们带回埃尔温·薛定谔的世界观。"他总结道。

"这就是我想知道的!谢谢你,教授。"

我们起身。收拾东西的时候,我看了一眼手机,想到了另一个问题。

"1927 年召开的第五次索尔维大会结束时合影的物理学家中,您最喜欢哪位物理学家?"

"让我看看那张照片。"

我让苏士侃看了看我的手机壳,里面放着 1927 年的那张合影,这是历史上最强大脑们最重要的一次集会。

"所以呢?"苏士侃的眼睛里闪着光。他用温柔和自豪的目光盯着我的手机壳整整看了 5 分钟。但这丝毫没有引起我的尴尬,那张照片也让我有同样的感受。我的心里又燃起火焰。

"从来没有人做过这件事,您知道吗?"我说,后又补充说,"您看,这是薛定谔。他目光看向旁边,对体制内的聚会漠不关心,而且他是唯一一位和别人穿着不一样的人,戴着搞笑的蝴蝶结,穿着轻薄的亚麻双排扣上衣。"

他笑了。

"这是沃尔夫冈·泡利,他正在用余光观察其他人在做什么。这是维尔纳·海森堡……他还上了发胶,他离镜头更近一点,自我感觉良好。"

"这是阿尔伯特·爱因斯坦,居里夫人……马克斯·普朗克……亨德里克·洛伦兹……"他说。

"对,这些人最好认了!"

"哈哈哈,这位是谁?"

"这是马克斯·伯恩,奥莉维亚·纽顿－约翰①的外祖父。"我解释说。

他笑了。

"可能是这张照片拍得不好,所以您认不出他来。这位是路易斯·德布罗意,他是一位法国贵族……你看他们把阿尔伯特·爱因斯坦和尼尔斯·玻尔隔开多远!"

"哈哈哈……为了不让他们吵起来!他俩一见面就掐……不过如果能看到他俩互相攻击应该也挺有意思的……"他评论说。

"是的,没错……为了拍照,主办方把他们像小孩子一样分开!不然就达不到他们的目标。"

他停止了笑容。

"这位是谁呀?"他问。

"您居然不知道?我不告诉您。您可以自己猜出来。"

"哦,天哪,这会是谁呢?让我想想……应该是……没错!是保罗·狄拉克!"

---

① 澳大利亚流行音乐歌手。

"对的!"

"好的,我选他。"

"所有人都选他,您知道吗?"

"所有人?"

"每次我问能听懂的人这个问题的时候。"

"真的吗?"他看上去很惊讶。

"是的,大家都喜欢狄拉克……要我就选另外一个……薛定谔,他很帅,不是吗?"

"当然,薛定谔肯定是我最喜欢的人之一……"

"那么,在玻尔和爱因斯坦之间您更喜欢谁呢?"

"可能是爱因斯坦。对,是爱因斯坦。因为我正想告诉你一件事……你从别人那儿都不会听到……而且你会很开心……你准备好了吗?"

他探身靠近我,就像是告诉我一件机密一样。我的体内似有一阵快乐的情绪在奔涌,仿佛在广阔的草原上翩翩起舞。

"什么事?"

"今天我们可以最终确定玻尔—海森堡对爱因斯坦—薛定谔的论战……那场论战终于走到了决战,而且是后者取胜!"他庄严地宣告。

……

"老天爷……现在,第二次量子革命,爱因斯坦和薛定谔赢了……确实,您说得对,战争已经结束了!"说话的同时我张开双臂，就像是费德丽卡·佩莱格里尼[1]在世界杯上的动作一样。

"而且，我还要告诉你。玻尔非常非常顽固。当批评的声音传来时，他把脑袋埋在沙子里，或者干脆拒绝回答爱因斯坦提出的那些艰深的问题。我说的是爱因斯坦，当然，也包括薛定谔。但是今天这些都是核心问题，不可忽略。有关量子纠缠的问题，有关波函数坍缩的疑问，有关可逆转的事实，和有关观测行为和不同观测者之间的关系。因此，今天我可以确定地说，在这场著名的论战中，爱因斯坦派赢了。战争已经结束。薛定谔可以将胜利者的奖杯高举过头顶了。"苏士侃说道。

"您和我说的这些太难以置信了。您确认了几个月以来我脑海里盘旋的想法……"

"那，我们就一起上岸了。"

我看着他，与他明亮的目光相遇。我再也控制不住自己的内心，五脏六腑都在高唱着莫里西[2]的歌呐喊庆祝。

我们起身，朝着门口走去。

"还有最后一件事……"我努力争取再和他多待几分钟，不想就这样离开。

"当然了，你说。"

"您知道薛定谔是怎么签名的吗？"

---

[1] 费代丽卡·佩莱格里尼，1988年8月5日出生于意大利米兰诺，意大利职业游泳运动员，效力于意大利罗马CC Aniene俱乐部。
[2] 20世纪80年代英国著名殿堂级歌手。

"怎么签?"

"用两个Ψ符号,右上角加一个星号。"

"真的吗?"

"是的,这是我在维也纳查阅档案时发现的。"

"你知道吗?就你告诉我的这件事,我们的见面就很有意义。"

"很酷,对吗?"

"对的。"

"您觉得,为什么他这么做呢?"我问道。

"这个Ψ很好解释。"

"对的,那星号呢?"

"我要好好想想。你给我几天时间,然后我给你发邮件。"

我们走到门口,可并没有跨过门槛,担心这辈子的见面就这样结束了。我还在和他说话,就像上瘾了一样,根本停不下来。这是我心底里发出的请求,是它不想离开。

"我还要向您透露一个秘密,这个世界上,我只对您一个人说过……"

"薛定谔签名那件事吗?你抬举我了……"

"现在,我要毁尸灭迹。"我明确说。

他笑了,我也笑了,我们一起大笑起来。

"一个小丑,我就是个小丑,我知道。"

"不,不,相反,我祝你能实现所有愿望。你万事俱备,值得……"

但怎么才能实现所有梦想呢?

"但是怎么做呢?"

"什么怎么做?"

"如何实现梦想?"

他对我笑而不语。

我又回到了旧金山,酒店房间里,电脑前。我在和汤米聊天,就是那位记者,他给我打电话。

"你有时间吗?"他问。

"我刚才有,但现在没有了。这么急着找我聊天有什么事吗?你有什么着急的事?"

"我正在读一本特别好的书!"

"也就是说,你大老远地给身在美国的我打电话,就是为了告诉我你在读一本书?好吧,我们可以聊一会儿,但是得有意义才行!"

"这本书讲的是两个处于叛逆期的少年。他们对自己的身份存在疑惑,就用薛定谔的猫来比喻自己!你明白我发现什么了吗?"

"给我说说情节,但是你得好好讲。别大喊大叫,你小声说话我能听见。"

"好的。就是,这两个人对自己的身份感到疑惑,有时候他们会身份对调,完全对调,没有过渡。比如说,两人当中的男孩在酒吧约会后,而女孩在某人要吻她的时候……"

"你觉得,同时发生在这两个人身上的事验证了量子纠缠吗?"

"不仅如此。这两个人各自过着自己的生活,并且试图给各自的经历赋予一种意义。"

"这有什么奇怪的呢?"

"是他们做的事情很神奇!"

"所以呢?他们做了什么?"

"他们试图给自己的人生赋予意义,给每天与世界冲突的经历赋予一种意义……因为他们是两个少年!不是两个已经定型的成年人。"

"我不觉得成年人都已经定型了。"

"对,是这样,但他们是为这个游戏量身打造的。"

"这不是个游戏。"

"对于这项技能来说,我们这么叫吧。"

"我还是不明白你为什么这么高兴……你为什么因为这本书如此兴奋?"

"因为无法理解人生,这两个人开始寻找一个理念来引导自己。因为找不到任何有用的知识,他们自觉就像走进了死胡同——前一百页是这样写的。"

"一百页?一百?就这?迷失自我?是不是有点太夸张了?大部分人看完十页就把这本书扔一边了!"

"不是的,其实这本书很有意思,会吸引你一直读下去。而且你会想看到最终结局。一切都是在最后……或者说在接近尾声时揭开的。"

"那最后揭开什么啦?"

"帮助他们的是那张猫的画。他们觉得那只猫验证了自己的经历。他们需要这幅画来给他们的社会关系赋予意义。"

"他们知道自己不是微观世界的两个粒子吗?"

"他们当然知道了。但他们对量子物理并不感兴趣,对微观世界也不感兴趣。"

"那这两个傻子对什么感兴趣呢？"

"他们只是两个迷茫的少年，生活在对立和矛盾且未知的感受中，高兴又难过，疲惫又活跃，美好又丑陋，善良又邪恶。他们总是在两个对立面中反复横跳。"

"而这只猫给了他们一种可能性，交换身份或同时处于两种身份也没什么不好的……"

"没错！"

"那故事怎么结尾的？"

"怎么结尾的我不告诉你，我可不想剧透。"

我结束了和汤米的对话，坐在电脑前。我在社交媒体上浏览了一些视频。那个美国人上传了一个新视频，英国人甚至上传了两个。看完视频后，我打开社交软件，盯着要更新的状态看了足足2分钟——我在想现在无论我写什么，苏士侃都能看到，没错，我要找一句让他觉得好笑的话。我又想了5分钟后，方才写了下来。

@伯尼：莱奥帕尔迪错了，他看的角度不对。#你转身

更新完毕，我笑了，想象着苏士侃正看着我的动态。我关上电脑，拿起那幅画，注意到后面的"学习机"，准备上床睡觉。我关上灯，想起了对欧文·麦克道尔将军的承诺。

* * *

本章中，我讲述了我与美国的理论物理学家李奥纳特·苏士侃在他帕洛阿尔托家中的会面。他对我讲述的所有内容都散落于字里行间。苏士侃与爱丽丝的谈话只是我们谈话内容的一部分节选；苏士侃在故事的结尾，指明了量子物理的现状，并且给我带来了意想不到的发现，这为我的美国之旅赋予意义，并启发我写下了这本书。我在本书的封面部分也提到了这一点。

苏士侃对我的手机壳后的那张1927年的照片感到好奇，那是我人生中最激动的时刻之一。关于这张照片我还创作了一部独幕剧，每五年会巡演一次，迄今已经演过500余场。汤米读的那本书则标注在文献目录里。我囫囵吞枣地读完了苏士侃发表的所有文章，在此由衷地推荐大家阅读。本章里，苏士侃讲述了多元宇宙和弦论、量子波动、学习机和量子学习。

爱丽丝需要了解一下量子心灵传输和量子密码学，其实在接下来的章节里，我们也会深入探讨这些话题。

第十八章
物理创造独立

2020年2月7日

  我在街上走路。旧金山的路很容易弄清楚，一共有三条主路，其他的路都是相互平行的分支。这样看来，还是欧洲的路更具想象力。今天是工作面试的日子。为了到达面试地点，我穿过了两个街区，走路到这儿用了40分钟。现在我到了市场街与比尔街的交叉口。我走进大楼，门口有一位门卫。我对他问好，他没搭理我，不搭理拉倒。我坐上电梯。七层，走了十步路后看见一个房间，门上挂着"工作面试"的牌子。没错，就在这里。我进门，坐下，面试官对我说的第一件事，是在我回复确认面试时间的那封邮件最后，有我和两个记不住名字的男孩的聊天记录，上面的内容是我正大肆嘲笑着要去面试的这家公司……我蓦地回想起回复邮件的那个时间：我同时登录在别的社交软件上，我弄混了！我满脸通红，无地自容。我告别后连忙起身，离开了。我快速冲下楼梯，疾步行走，穿过整个市场街，然后左转，走到内河码头路，继续以我最快的速度飞奔。我跑了起来。我不想回想起我刚才经历的事。我极度羞愧。我想遁地，想找把铲子挖个洞把自己埋起来，然后在里面等待生命结束。墓地我太熟悉了，我可以给自己选择一个最合适的。

我觉得自己这辈子都不会再参加工作面试了……够了。再不参加。我突然停下脚步，走到了探索研究院门口，这里是旧金山的科学博物馆，一个神奇的地方。我打量着这里，内心汹涌澎湃。我常听人们提到这里。这是一个具有较强互动性的科学博物馆，非常未来主义。我想如果心情好的话，就买上一张票，把自己关在里面待3个小时，把所有的游戏都玩一遍。但我现在心情不好。我看到一群西装革履的人从里面走出来，偷听他们说话，尽量装得不那么刻意。我明白了，这里刚刚举办了一场会议，我在人群中认出了加布里埃来·韦内齐亚诺，一位伟大的意大利物理学家，弦理论的创始人。我本能地靠近他，不敢相信自己的眼睛，想离近一点看看他，就像观赏一只金色羽毛的孔雀。我刚刚经历了一件非常尴尬的事情，按照概率来说，短时间内应该不会再发生一件难堪的事了。并没有深思熟虑，我开口对他说了一句话。

"您好……"我说。或者是我听见自己在说"您好"。

"您好，您刚才也在量子大会上吗？"他问我。

"没有，没有。我从这里偶然经过，然后认出了您。我在网络上面上过您的课。您是大名鼎鼎的韦内齐亚诺，构建了弦理论的物理学家，太厉害了！"

"谢谢您……但我并不认为自己这么有名。告诉我，您是谁呢？"他说话时向我伸出手。

"我……我谁也不是。我呢……嗯……没什么……我是做研究的。"我回答，同时紧紧握住他的手。

"稍等，我先要叫一辆车，如果您愿意，可以和我一起过马路，这样我们可以交谈两句。您稍等，我和同事告别一声。"

我假装对着我的智能手表说话，我问它："艾莉克萨，告诉我，怎么才能在穿过一条八车道马路的时间里，问完所有我想问的事。"这个问题很傻，我知道。他转身回来，我又恢复了正经。

"您能和我说说你们在大会上讨论的最有趣的话题吗？"我问。

他一点都没有架子，平易近人得让人瞬间卸下防备。我发现，伟大的人都是这样。

"我们现在的家用电子计算机使用二进制代码 0 和 1 进行运算，当处于 0 或 1 时波函数就会坍缩；而量子计算机以比特和比特的叠加态为单位，波函数不会坍缩，可以同时是 0 和 1；我们把 0 和 1 称为内存。"他说。

我很吃惊，他不仅立刻回答了我的问题，亦正好解释了我这些天来正在思考的问题。"这就是镜像神经元，"我想，"我们的思维是连接在一起的。"

"是薛定谔的波函数吗？"我问。

"当然了。"

"那这些内存必须是相互纠缠吗？"

"是的，这样一组被称为量子比特的数据，可以同时处于 0 和 1 的状态。"

"那么，一个量子比特可以是一个偏振的原子或光子吗？"

"没错。所有这些都意味着量子计算机的功率，相比普通计算机会呈指数倍的增加。一台使用 n 量子比特的量子计算机，要比使用 n 比特的计算机强 2^n 倍。最重要的是，现在量子计算机的运行，验证了包括量子纠缠在内的量子物理的规律。"

"薛定谔之前说的是对的。"我评论说。

"没错。当薛定谔提出波函数、量子纠缠和其他内容时，他确实是对的。除了他对量子物理本质提出的质疑之外……但我们今天正在落实薛定谔的世界观，这已成既定的事实。"

"量子计算机执行的运算将把我们带向何方？所有人都想知道答案，所以人们才会提出第二次量子革命。这种推论还得到一个结果，就是多元宇宙，我们打开量子计算机的瞬间，会出现 10^{256} 个完全相同的宇宙。也就是在执行运算时，多元宇宙的每个宇宙里，都有同一位实验者在做相同的实验。这种非坍缩概念非常接近薛定谔在 1952 年提出的观点，虽然后来这一点被归功于埃弗雷特。"我补充说。

"所以关于量子计算机的运行，最令人满意的解释是，薛定谔认为的波函数永远不会坍缩，而所有现实都在叠加状态下共存。"他继续说。

"您利用弦理论将量子物理与广义相对论结合到一起，成为近年来科学家们一直在研究的众多创新理论之一。实际上，在您的理论假设中，所有粒子都处于弦振动中，而弦构成了物质中的最小微粒，是质子的几十亿倍之小。弦振动创造了物质和能量。是的，说到这里……我的问题是：您有没有想过未来有一天,您的研究会被认为是无效的?"

"当然,但这就是科学。我和我的团队也同样在研究这个问题。"他直截了当地回答。

"但如果世界上出现一个人,有了新发现,能更好地解释弦理论呢?"我坚持说。

"那样更好!我希望能认识他!我现在必须得叫个车了……"

"您为什么总是这么乐观呢?这个世界就是一坨屁屁!"我忍不住说了出口。

"因为物理教给我们独立思考,远离偏见和教条。物理创造了独立。"

他叫的车到了,伟大的物理学家韦内齐亚诺离开了。我看着他渐渐淡出了视线,直到最后消失不见了,就像电影里的一幕。或许我就在电影中。我转过身,我看到一个影子,仔细一看,是那只猫。那只超级讨厌的猫,这次是它,没错。它离我很近,我本能地把它踢到一边去,同时希望没有人看到,反正我附近一个人都没有。它离开,跑掉了。我转身回来,穿过马路。当我想要穿过太多路时,总会有点迷茫不安。我做到了,安全了。我决定走进探索研究院博物馆。我在里面发现的东西远比想象中更精彩。这样的博物馆我在欧洲从未见过。从这个意义上讲,欧洲永远赶不上美国。我在展厅内转了4个小时,里面太大了,我得还和小孩子们争抢,把所有能玩的科学游戏都体验了一遍。

酒店房间,旧金山。我又坐在电脑前面了。我打开社交软件，播放一个视频，当然，是有关物理的视频，关于弦理论。

"很多天才头脑从弦理论中得到了一个思想精深的广博世界，弦理论认为生命体存在其他形态，即所谓的'空间维度'，且我们的四维时空其实也并不是四维，而是我们无法看到的超维度在现实中的蜷缩——奇妙的微观几何图形，我们称其为卡拉比—丘流形。这一观点会让历史上的原子学家们大为震惊，弦理论认为，不仅可以用基础模块描述整个世界，世间万物其实都是由相同模块构成的，因为这些细微物体如吉他弦一样以不同频率振动，正因振动频率不同，它们才获得了我们认识的粒子的外观和性质。我觉得，弦理论就像是戈尔贡佐拉奶酪一样，诞生于酒馆主人因粗心所犯的错误。我们现在还无法设计出实验，证明范式描述的微观层面的物理表现与弦理论的预测一致。尽管如此，在弦理论中得到的成果，现如今被广泛应用在物理和数学领域中……"

我一口气听完后，手里拿着电脑，移到床上。我盯着天花板思考。每天早上，当我看向窗外，我都会想到我生活的世界与科幻片里承诺的不一样。那种生活还没实现。我现在也看不到其操作的可能性。但不管怎么说，我的机器人还是会按照设定的时间点为我准备茶，多谢 Java 小程序。周围的世界一直向我证明，量子物理被应用于我们生活中使用的一切——接电话、发 TAC、收邮件、看社交媒体。但我也在想，什么时候才能有一架自己的喷气飞机。我想尽早飞起来。是的，但即便我会飞，我能飞去哪儿呢？那时保持静止可能会更难。在二维空间里我都不知道走哪条路，更不要说其他多维空间了……

总之，平行世界是存在的，这是我一项新的、伟大的发现。平行世界是存在的，超越了恐惧。我想到了同步性，就在我遇到韦内齐亚诺的那一刻，我在地球上唯一想见到的就是韦内齐亚诺。这些巧合经常发生在我身上。但这些事为什么会发生？同步性……这就是荣格说的……这就是泡利说的！又是他。又是量子物理……真让我着迷。如果韦内齐亚诺说错了呢？如果隐藏变量才是正确理论呢？戴维·玻姆……他也很有趣。我正好就出生在戴维·玻姆去世的那一年！如果这还不算是难以置信的偶然事件，那又是什么呢？按照这种推理，我发现有一条规律将我带回时间轴里：爱因斯坦出生在麦克斯韦去世的那一年，牛顿出生在伽利略去世的那一年。戴维·玻姆就是我人生的答案，没错！帕特里克留给我的这些文件里肯定有一些有用的东西，我连忙把它们放到床头柜上。我试着大声读出来，让内容更好地灌进脑中。

薛定谔抨击量子物理的哥本哈根学院诠释时，戴维·玻姆支持薛定谔的观点。在普林斯顿时，玻姆曾经和爱因斯坦对话，也正因如此，他定下了自己的思想路线。1927年，在路易斯·德布罗意的建议之下，他曾有过一个天才想法：设计一个更完善的引力波版本。可惜并没有人听取这个建议，因为那一年玻尔赢得了和爱因斯坦的论战，并将其思想清扫一空。实际上，玻姆认为物质是由波引导的粒子，这种运动符合薛定谔方程，就像是冲浪运动员乘风破浪一样。但问题是引力波必须了解每个影响粒子轨迹的因素，也就是要了解宇宙的各个方面。但这些方面是隐藏的变量。如果我们知道隐藏的变量是什么，我们就能用它们确定电子和其他粒子的量子表现，而不用依靠波函数坍缩。所以这是一种非定域理论，理论中涉及的因素会在时间和空间中传播，但实际上不会穿越空间……也不会穿越时间，因此这是一种即时传播！在玻姆之后出现了约翰·贝尔，他从 EPR 实验出发，回到关于非定域的争议源头，将玻姆的理论深化，旨在弄清楚非定域性是不是所有隐藏变量理论的基础。这是朝着新变化迈出的第一步，也是新量子革命将要完成的目标。

我感觉大方向是对的，继续翻阅资料。贝尔研究的出发点是玻尔关于 EPR 的理论观点，他并没有考虑动量、速度或初始位置，而是考虑自旋方向。在有些情况下，量子活动会产生两个电子，它们朝着两个方向互相远离，且自旋方向总和为零。因此，如果一个电子自旋方向向上，另一个自旋方向则向下，反之亦然。此外，还存在额外的变量，因为自旋可以在任意方向上被测量，比如水平、垂直或介于两者之间。如果一个电子的自旋是沿着确定方向被测量，可得另一个绝对方向上的电子自旋相反。我在想：另一个电子是怎么知道的呢？我在资料里翻阅答案。

或许，电子按照各自的轨迹运动时就已有了确定且相反的自旋状态。但如果一个电子的自旋方向以固定方位被观测，另一个电子的自旋方向以不同的方位来观测，那情况就没那么简单了。因为量子力学，被观测的电子自旋方向之间的关系可以被精准预测出数据，但这种预测并不符合常识。当贝尔计算量子关联性中的相应数值时，他揭示了量子力学的预测与基于定域性和隐变量的预测之间的区别。随后，他明确阐述了这一问题，并把这一关系称为"贝尔不等式"。"贝尔不等式"认为,如果局域条件有效,一组明确的实验数据应该比另一组实验数据要小。伯克利大学的约翰·克劳泽曾做过一组实验,发现了一些有趣的结果,与量子理论的预测一致,且与定域性假设矛盾,后来阿兰·阿斯佩加入,证实了这一切。今天,我们已经进入下一个阶段,那就是探索量子密码学和心灵传输的应用。量子密码学和心灵传输……

我停下来,听到一声猫叫。是它。错不了,是比尔。声音是从窗户下面传出来的,我起身,抄起一支瓶子,打开门,下楼,冲下台阶,走上街道。我看到它了,它逃跑了,我追上它,把瓶子朝它扔了过去。我没抓住它。我回到门口,我上楼,进门,看了看表——9点了,我该睡觉了。

* * *

与韦内齐亚诺的交谈是本书中浓墨重彩的一部分。作为弦理论的创始人,他向我解答了弦理论背后的故事,而弦理论是理解宇宙科学规律的一项重大进展。他发表的文章在网上很容易找到,而我与他的对话也是基于那些内容。

他向我解释了量子计算机和薛定谔的波函数方程为什么如此重要。他不仅一次向我提到了量子纠缠,和现代量子计算机代表的通往第二次量子革命的伟大转折。

在伯克利档案馆的帮助下,我找到了爱丽丝翻阅的那些量子理论的历史资料。

第十九章
此时此处（一）

我敢打赌，你们基本上不需要我了。现在你们可以自行畅游在爱丽丝，又名伯尼的奇妙世界里了。非常好。但梦神想在就在，并不取决于你们。现在，你们还要继续忍受我的唠叨，所以乖乖听话吧。

爱丽丝刚刚睡着，我们给她一点时间，让她进入一个新世界。现在，她正经历一些交替的闪回瞬间。一只搞笑的狗正在水里游泳，而她也在旁边，他们一起游泳，她看上去很开心。这时，她想到了她的安托万·多内尔。他们互相注视，互相喜欢。闪回。一些纽扣散落在地上，爱丽丝想把它们捡起来，但始终做不到。她努力把手伸长，但还是够不到，纽扣太多了，散落得到处都是。闪回。现在是冬天，很冷。爱丽丝穿着雪具，她的腿动不了，不，是她的脚卡在什么东西里面了，但是是什么东西呢？她也看不见。闪回。

爱丽丝在乡下的一座房子里，温度适宜，不燥热。客厅里有两个和她一起生活的机器人，气氛很轻松，爱丽丝感到舒服又平静。机器人，或者她口中的合成体，是一种新的生命形式,是科技正在跨越的一个新台阶。爱丽丝走近其中一个机器人,那个男孩,请他帮忙查点东西。他动动手,然后出现了一幕彩色的全息投影,其上有很多窗口,他用手指输入了什么东西,一秒后,爱丽丝寻找的答案出现了。机器人男孩走进厨房,沙发上坐着机器人女孩。爱丽丝走过去,坐在她身边,问她是不是在等什么人,她回答说埃尔温·薛定谔要来了。等待是漫长的,但爱丽丝很清楚自己要做什么,并不焦虑。她走进花园,躺着晒晒太阳,在大自然中散步。她回到环绕房子的柱廊下,坐在摇摇椅上,静悄悄地在那里玩了一会儿后回到客厅。这时,机器人女孩走了过来,预告客人的到来。爱丽丝朝门口走去,看到了客人,来人不是薛定谔,而是让－卢克·皮卡德,《星际迷航》中星际舰队公司的司令。两个人走到拱廊下,坐在白色沙发上,面前摆放着一个低矮的茶几,上面有各色精美的点心。他们一起喝了伯爵红茶,热茶。这是爱丽丝第一次和别人一起喝伯爵红茶。爱丽丝在梦里很兴奋,和皮卡德一起开启了一段心灵旅程——他看到了她的过去,她和妈妈的关系,那带给她安全感的爸爸。爱丽丝踢了一脚。闪回。

爱丽丝在旧金山的街上散步。这是一段上坡路。诺布丘街区就在中国城后面,她刚刚穿过了格林大道,就快到团结大道了。现在,她正在穿越海德大街,该跑跑步了,最近自己缺乏运动。她转身,听到左边有电车沿着街道开过,有轨电车和它那著名的摇铃声,是她在美国电影里听过无数次的声音。车还没停稳,人们就飞速地上下车。爱丽丝看到右边有一个清真寺,现在是一座教堂。她喜欢那座教堂的外观,决定走进里面看看。她走上台阶,推开木制大门,走了进去。教堂大厅中央祭坛旁,一个唱诗班正在合唱福音书。墙壁上贴满了画,四周矗立着巨大的大理石雕塑,窗户上有罗马式和哥特式的窗花。燃香的味道令她有点恶心,她决定往外走。她下了台阶,又回到海德大街,沿着之前的那条人行横道继续走。她穿越了和平大道,左侧的景观非常迷人。这条街一直往下会走到长堤路,沿海堤岸,那里最漂亮,在那儿能看到一排一排的街区,一望无际,应该有十五个街区?或者二十个?看起来无穷无尽,天高海远,叹为观止。

而右侧道路陡直上升,旁边的缆车轨道就像两条永不相交的平行线,直耸入天。真应该在这里取景,爱丽丝想罢,大笑起来,因为电影里有无数个类似的场景。她继续沿着海德大街漫步,坡度越来越大,她穿过华盛顿大街,现在又穿过了企李街,她不喜欢这条路,这里让她回想起一些负面的事:从那条街往下走,左手边就是流浪汉街区了。几天前,在卡尼街交叉口发生了一起惨案:两个男人躺在街头,肮脏至极,他们吸食毒品,已经出现了幻觉,正好在爱丽丝经过的时候,他们站起身来,将爱丽丝团团围住,并对她说一些奇怪的话。爱丽丝逃跑,他们又在身后追。爱丽丝怎么都摆脱不掉他们,他们马上就要将她抓住了。其中一个人用一只手抓住了爱丽丝的卫衣,把她一把拉了过去。她试图挣脱,刚一脱身,又有两个人出现在她面前,她再度被包围了,于是她跑进一扇大门里,气喘呼呼。她想,田德隆区的游民果然比全世界任何一个地方的都令人害怕。在梦里,她瑟瑟发抖。她踢了一下腿。闪回。

爱丽丝在一个巨大的盒子里,上面被封住了,如果上面的人不打开盒子的话,她将永远无法逃脱。她坐在一张桌子上,身后有一个由其他盒子组成的家具;她转向右边,看到薛定谔坐在桌子那头,他也在盒子里面,所能看到的东西都和爱丽丝一起关在盒子里。他面前的桌子上还有一个盒子。薛定谔打开桌上的盒子,从里面拿出一只死鸽子,鸽子旁有一瓶威士忌。爱丽丝身旁有一个商场的购物袋,她把里面的东西掏了出来:是一条红色丝绸连衣长裙,连标签都还没摘。她把衣服叠好,重新放回袋子里。

"你买那件衣服花了多少钱?"薛定谔问。

"三千欧。"爱丽丝回答。

"什么?三千欧!你居然花三千欧买一条裙子?"

"是的。"

"现在我们身无分文了,如果你把那三千欧用来……"

爱丽丝突然打断了他:"我觉得现在问题不是我们有多少钱,而是我们被关在一个盒子里。而且不知道什么时候能把我们放出去……"

薛定谔朝上面看看,盒子的盖子被密封上了。

"除非我们用我的时光机出去。"他说。

"等一下,我有手机。"爱丽丝说。

"太好了,用手机求助……求助,快!"

爱丽丝从口袋里掏出手机,发现手机电池只剩下一格电了。她把这件事告诉了薛定谔，他让她抓紧时间打电话。

爱丽丝看到一块空地，就在这时她接到了一个电话，是她买衣服的那家服装店的店员打来的，作以用户调查。对方询问她对购买的衣服是否满意，在家里有没有试穿，店员还提醒爱丽丝，如果她不喜欢这件衣服，或者穿着不合适，也可以在一周内去店里换购；爱丽丝则回答说衣服还没来得及试穿，因为她被关在一个盒子里了。电话那头开始列举商品退换货的一些政策，薛定谔示意她赶紧挂电话，别浪费手机电量，但爱丽丝不想听他说话，她和电话里客服中心的那个男孩周旋，甚至还把电话公放，想让薛定谔看到自己被这通电话吸引。薛定谔变得很不耐烦，他对爱丽丝大喊说电池马上没电了，还从她手里一把抢过电话，可就在那一瞬间，手机自动关机，黑屏，电量耗尽……于是，两个人大吵一架，互相辱骂。爱丽丝很伤心，她蜷缩在盒子的一个角落里，坐在地上。薛定谔则拿起盒子里的威士忌，在她身旁坐下来，开始喝酒。

"你干吗？"她问。

"喝酒，如果在有人打开盒子之前我们要一直待在这里，那我们还可以睡一觉……而喝酒是能让我入睡的一个好办法。"薛定谔说。

"你能给我喝一点吗？"

"请，随便喝。"

他们把酒瓶子传来传去，两个人喝起酒来。

瓶子里的酒喝到一半，爱丽丝站起身来，开始跳舞，因为她感觉自己想要跳舞。见她很开心，薛定谔也站起身，他说想试试玩一下大象摸鼻子（小拇指触碰膝盖，大拇指触碰鼻尖），以证明自己没有喝醉，还说自己可以保持平衡，结果试了一下，没有成功，摔在地上。爱丽丝说她想打耳洞，或者只打一边的耳洞。薛定谔对她说，现在不是做这种决定的最佳时机。爱丽丝拿起那件红色连衣裙，找到衣服上的价签，摘下上头的曲别针，把衣服放回桌子上，将曲别针拿在手里。她看了看这个针，将它递给薛定谔。薛定谔把针拿在手里，问爱丽丝是不是想用这个针来扎耳洞，她回答说是的，紧接着，薛定谔机智地想到用威士忌给针消毒，随后拿起针，扎过爱丽丝的耳垂，嗒的一下，耳洞就扎好了。现在，鲜血从爱丽丝的耳垂一直流到肩上，此时，她那黄色套装的卫衣变成了另一个颜色，棕色。衣服上脏了一块，爱丽丝看着这个斑点，但并不当回事，她想反正自己还有二十件这样的衣服，可以换着穿。

"我看起来怎么样？"爱丽丝问。

薛定谔坐在地上，拿起酒瓶，喝了一口。

"你看起来很美，表现得很勇敢。"他对她说。

在薛定谔身后的墙上，有一张海报，爱丽丝刚才并没有注意到。她读出墙上的字。

"《对猫低语的人》，这是什么？"爱丽丝问。

"这是一部由小说改编的科幻电影。"他回答说。

"那是讲什么的？讲你的故事吗？"

"里面有一个人一直在讲要活在当下。因为猫就是这样生活，猫就是活在当下。"薛定谔回答说。

"可这要怎么做到呢？"

"你的生活要有一个目标,每天都要有仪式感,就像猫似的。它们会出于本能这样做,并且心满意足。"

"和你交谈,还真是受益良多!"爱丽丝评论说。

"我们从猫身上能学到很多东西。"薛定谔说。

爱丽丝起身,拿起那件红色连衣裙,把裙子围在脖子上,因为她感觉有点冷。薛定谔让她把裙子拿掉,告诉她总要适应环境才行。两个人都处在半醉半醒的状态中,又开始争吵起来。

"你觉得你的意见对我有那么重要吗?"爱丽丝愤怒地说。

"当然对你很重要。"

"你不过是我身边一个可有可无的人,所以我告诉你……"她说。

没过一会儿,两个人便互相殴打,扭作一团,薛定谔在互撕中停了下来,说看到了一个能救他们出去的东西,就在他们头顶,盒子的一面墙上有台开着的摄像机,就隐藏在抽屉柜的盒子中。爱丽丝站起身来,挥舞着胳膊,想引起人们注意,两人大喊起来:"我们在这儿,这里有人,快来人救救我们!"

"喊是没用的。就像他们刚刚听不到我们说话,现在也听不到。"薛定谔说。

爱丽丝表情突然变了。她想到了一个办法,于是高兴地大声说:"我的天!我懂了……我们就在社交平台上!我们正在出演某一部电视剧!"

但薛定谔并不像她那样激动。"这也太丢脸了。"他说道。

爱丽丝看到这位朋友并不是特别想理这个话茬儿，于是她想爬到盒子组成的抽屉柜上，用力把摄像机从墙上拽下来：她揪，使劲揪，终于成功了，现在电线耷拉在墙上，没人可以再录什么了。

与此同时，薛定谔似乎平静下来。他依旧坐在地上，手里拿着一本书。

爱丽丝坐在盒子正中央，一边做起瑜伽和普拉提，一边努力回想在维也纳上过的那些课。

"你不觉得无聊吗？"他问。

"不会。"

爱丽丝做完了动作，回到桌子旁边来，她在口袋里翻找东西，只留下一个背影。

"你在干吗？"薛定谔问。

"我吃块巧克力。"

"什么？你有吃的都不说？"

"我们刚才没聊这个话题。而且在你看到巧克力之前，你同时拥有它和不拥有它……"她一边笑，一边回答说。

"你能给我一个吃吗？"薛定谔问。

"要什么口味？"

"焦糖。"

"我可以给你一个草莓酸奶口味的。"爱丽丝回答说。

"可我不喜欢草莓酸奶味。"

"那你就不能拥有它了。"

"那好吧，给我一个草莓酸奶的吧。"他妥协了。

"给你这个焦糖味的吧。"

这两个人又坐到了一起，吃起了巧克力。

"你有想过要自杀吗？"爱丽丝问。

"有啊，当然了。"

"这正常吗？你觉得。"

"我觉得正常。"

"给我举几个科学家自杀的例子。"

"路德维希·玻尔兹曼，维也纳大学最伟大的物理学教授，他当时在体制内，对原子的研究无人能及。他和我一样是维也纳人。"

"再给我讲一个。"

"埃伦费斯特，维也纳人，他与爱因斯坦关系很好，和玻尔也是朋友，这是一段很难维持的友情。他人很幽默，总有现成的段子，喜欢开玩笑。我在布鲁塞尔的第五次索尔维会议上认识了他。尽管他朋友很多，他自己却从没得过诺贝尔奖。他的儿子患有精神问题，他把儿子带到公园里，拿出一把手枪，先对儿子开了一枪，然后结束了自己的生命。你还想听我继续说下去吗？"

"不不，够了……我明白了。天有不测风云。"

"对于与生活斗争的人来说，这是很正常的事。可以帮我们找到出路。"

"但是手枪……用手枪也太暴力了。"她说。

"这是最快的方式。"

"那你也感到不幸福吗？"爱丽丝问。

"不幸福，但还没有到这种地步。"

"现在我们已经互相信任了，我想告诉你一件事，我从小就讨厌我的妈妈。但那只是一个计划。一个伟大的计划,十分伟大。在我沮丧的时候,在我受够了她的时候,我躺在床上,在被子里蜷缩成一团,设想着怎样才能把她送走。"爱丽丝讲道。

"我理解你,这很正常。你不用为此感到羞愧……你经历的一切都没有什么好羞愧的。"薛定谔说。

"好吧。"她说,"我试试看。"

"你只想今天,只想现在。你就只想此刻。只想此时此处。这种感受很重要。但你要经历这种感觉,相比用大脑思考,你应该在心里放下这件事。"

"这是你寻找自我时,庇护内心的哲学吗?"爱丽丝问。

"对,也是。"

"那是因为这一点,我们才被关在这里的吗?"

"你说的这里是这个盒子,还是这个世界?"

爱丽丝起身,朝着购物袋走去,在里面翻找着什么,随后她转身回头对薛定谔说:"你是唯一让我感觉生活可以忍受的人。"

"我记得你刚才说,我不过是你身边一个可有可无的人。"

"我刚才只想让你受伤,谁让你之前让我受伤了呢……其实,你是我身边最重要的人。如果没有你,我会迷失自己。"

"才不会呢,你怎么都能应付过去。"

"不,不是这样的。我一点都不关心别人的事情,我只关心你。你是我唯一在乎的人。"

薛定谔笑了:"那好,谢谢你。"

"我很欣赏你。也可以说,真的喜欢你。你在我心里。在我的内心深处。甚至说,或许,我觉得自己……已经爱上了你。就像是爱上了一个人,只是因为没有这个人,你会活不下去。"爱丽丝说。

"我也爱你。"

"你给了我的人生一个目标……或许这就是一个朋友能带来的最伟大的馈赠。"

"谢谢你。"

爱丽丝坐回薛定谔身边,手里拿着一盒豆奶。她把吸管取下来,然后插进去,问他要不要一起喝,他回答说好的。

"现在……嗯……你想把你正在看的书大声念给我听吗?"她问。

"好,可以,这是一些诗歌。"

"我喜欢诗歌。"

爱丽丝把头靠在薛定谔的腿上,蜷缩着躺在他身边。薛定谔把一只手放在她的脚上,然后开始朗读起来。

闪回。

(未完待续)

* * *

在这一章里,爱丽丝的勇敢逐渐展露,虽然这种改变是在梦中开始的。薛定谔以猫做比喻,不是一只猫,而是很多只猫，就为了阐述他人生哲学的基本点之一：活在当下。此外，他们所处的空间，一个大盒子，指代了爱丽丝在那幅画上看到的画面，折磨她的存在问题从那里产生。"一个盒子装着另一个盒子，里面还有更大的盒子"，这句话引自薛定谔写给爱因斯坦的信。这场梦是通向最终结局的前提。

第二十章
此时此处（二）

从旧金山动物园到金门大桥是一段很漂亮的路，即便在梦里也是依旧。爱丽丝自觉状态不错。现在，这个梦进入了另一个阶段。爱丽丝，在走路。她看看周围，前面一段是滨海路。她很喜欢。大海在左手边。海上冲浪的人激起阵阵波涛。她看了看地图，沿着兰兹角走过去差不多有七英里。爱丽丝可以走过去，预计两小时可以到达，毕竟她走过更长的路线。比如，在哥本哈根的安徒生墓园，走完全程之前，她经历了三个多小时的艰难考验。没错，哥本哈根，她去那里寻找玻尔的墓。那也是一次难忘之旅。她在尼尔斯·玻尔研究所查了一些资料，那儿的大男子主义档案管理员，还不让她进去查资料……但这些都比不上在耶路撒冷的阿尔伯特·爱因斯坦档案馆的经历，那可能是她人生中经历过的一次性别歧视，她真应该把那件事写在女性主义大会的问卷调查里，爱丽丝心想，海蒂·拉玛曾经抗议过这类事情。但爱丽丝觉得她抗议得太晚了。又或许性别歧视的问题会随着时间浮出水面，人们经历多了也就忍受不了。爱丽丝觉得自己正在经历的痛苦着实无解。世界上充满了抗议。所有事都在朝着这个方向发展。但这一切爱丽丝还全然不知。不过，请放心，她最后会知道的。爱丽丝有些紧张。她看了看周围，此时此刻她在旧金山，不是哥本哈根，更不是耶路撒冷。世人都知道，这是梦想成真的理想地点。一波又一波的海浪纠缠在一起，海盐浸入爱丽丝的皮肤。她深吸一口气，尽她最大所能呼吸，使劲地深呼吸。大海是多么美好。海水涨涨落落，在岸边卷起"泡沫海浪"，宛如茫茫白雪。

爱丽丝一直走，没有停歇。她想在海岸上、在沙滩上，撒欢地奔跑。她还想沿着大公路的沿海路线再走一走。她经过大洋滩，右边正好是金门公园。她从这里经过，沿着罗布斯角大街跑了一段，就快到达最高点了，也就是悬崖屋的位置。她停下脚步。从这里的露台垂直向大海看过去，景色令人瞠目。阳光炽热，爱丽丝身心舒展，长发随风飘扬：这正是她需要的。冲浪的人们已经在海滩上做好了准备，不想错过任何一波海浪，人们从海滨线仔细观察，瞄准海浪，瞅准时机，投身入水。他们很厉害，也很擅长这项运动。爱丽丝用目光追逐着每个人的表演，甚至还给每个人取了名字，冲浪的人越来越多，今天应该是适合冲浪的好天气。她继续往前走，根据地图的指示，还有一半路程就到金门大桥了。

爱丽丝决定选择一条小路，就是远足者们常走的那条路。她从悬崖屋出发，算是中等难度，不过，她需要一双登山鞋。爱丽丝在树枝间穿梭，选择了一条石头上做标记的路线，身上穿的黄色套装总是被充满荆棘的丛林剐绊住。她不知道这些植物的特性，只知道衣服被撕碎，应该换一件衣服了。她继续走，途中遇到了其他登山者；大家向她打招呼，用各种语言，这是规矩。这是全世界通用的规矩，她想。她继续往前走，这段路是连续的上下坡。很棒。正好在路的左侧，朝向海边悬崖处，能隐约看到红桥，远远望去甚是庄严。多么崇高的感受，多么疯狂的建筑。爱丽丝想到人们应该在这里拍电影，不禁大笑起来。她披荆斩棘，越走越快，兴奋到了极点，她不能停下来，马上就到终点了。现在，她奔跑起来，跑哇，跑哇。她看到了金门大桥，它就在那儿……但她怎么也跑不到。桥还在那儿，爱丽丝还在跑。闪回。

作为文学的一个组成部分，旧金山的嬉皮士在美国文学中是一个妇孺皆知的群体。在过去几天里，爱丽丝和杰克·萨法蒂通了很长时间的邮件，这位科学家还在电影《回到未来》中客串过角色。爱丽丝在电影场景里见到了与嬉皮士科学圈有关的许多角色，她对周边混乱的信息流感到十分困惑和失望。阅读了人们发表的很多不知具体该如何分类的文章后，爱丽丝发现他们谈论的观点抽象、晦涩、毫无意义，有一些文章表面像在谈论物理，其实内容只有荒谬。一开始，她努力让自己相信，努力用自己的物理知识来理解，后来才发现不对，这群人一整个谈论的都是荒谬。于是现在，她现在身处一个完全无意义的梦境中。

这个男人在介绍自己，他说他叫布莱克，就坐在爱丽丝面前。他们坐在蓝瓶咖啡厅外激动地聊天，这里是纳托马街和第二大街中间一个叫东切口的街区。门口的水泥空地上，一群男孩正在玩滑板，他们跨越障碍物，沿着倾斜的矮墙滑去，灵活地滑下台阶，全程脚不离板。滑轮的声音清晰可闻，它们敲击地面,在水泥地上滑行,在起跳的时候,轮子发出特殊的声音——这是一种靠耳朵能辨认的运动,爱丽丝想。爱丽丝和一个名叫布莱克的男人走进酒吧,她点了一个帕尼尼,但菜单上没有按照她期待的那样把原料列出来。布莱克要了两个甜甜圈,一个甜甜圈上有融化的棉花糖,另一个里面是巧克力豆夹心。他们坐到一张桌子旁,那儿有一些高凳,桌子边没人,两人便坐了下来。旁边的玻璃门正好朝向水泥空地,这样他们可以继续看那些男孩玩弄滑板。

"我们以前是物理界的嬉皮士,就是那些独立思考的人。我们开启了一条崭新的道路,想找人资助我们,在70年代这一切都很艰难。冷战开始时,我们都快要解散了,但里根政府对科技感兴趣,于是给了拨了我们一笔款。第二次困难时期始于90年代,我们还是坚持下来了。人们当时管我们叫'基础物理学小组',后来我们来到伯克利。瑜伽、有机食物、网络计算机、身份政策……甚至当时美军的口号都是'你就是你想成为的人'。最开始,我们也经历了丑闻,后来才恢复正常。我们的世界观一直是非主流式的,直到'新时代'到来。如果要我选一件值得被铭记的事,我会选量子密码学。我们那个时代谈论的都是不可能的物理,什么心灵感应、心灵遥感、心灵传输。不过,今天这些也都成为正常的话题了。我们在70年代是非主流,是巅峰。"布莱克说。

"是的,但你们是物理学家……"爱丽丝努力去理解这些事,虽然很难,"因为当时周遭环境很混乱,有用意念弯曲勺子的通灵人、东方神秘主义、LSD 跑法、阴谋论和思想控制……总而言之，就是所有对我们今天社会有害的事情。你们当时为什么相信这些东西呢？"爱丽丝问。

布莱克起身，拿起手机，打了个车，两个人一起走到街上。

很快，司机就到了，他们上车，前往旧金山教会区。爱丽丝可以从司机的车载屏幕上看到布莱克给出的地址：格雷罗大街，41号。他们下车后，站在人行横道上交谈。他问爱丽丝要不要回家和他喝点东西，她欣然接受。穿过大铁门，走过九级陡峭的台阶，一扇带玻璃窗的木门出现在两人眼前。布莱克插进钥匙，轻轻一转，门开了，他们走了进去。爱丽丝立刻闻到了一股强烈的焚香味道，比她在教堂里闻到的还要熏人。她努力忍受，眼睛里有一种灼烧感，眼泪止不住地流了下来。门口有一条长长的走廊，地上铺着割绒地毯，右手边有一个房间，右手第二个房间是客厅，他们坐在沙发上。爱丽丝问能不能打开窗户，布莱克同意了她的请求。音乐从另一个房间传出来，布莱克站起身，让爱丽丝就像在自己家里一样。她跟着他，好奇地转来转去，想看看这个家是什么样。

这里有很多房间。客厅对面就是一个房间，沿着走廊，左手边有一个洗手间，里面有浴盆和水龙头，后面的一扇门也是洗手间，装有花洒和洗手池。没有坐洗器，但这一点人们也慢慢习惯了。毕竟这里又不是意大利。走廊尽头还有另两个卧室，右手边有一扇门通向厨房，而厨房则朝向花园。布莱克说总有耗子从厨房的门溜进来，所以最好把门关上。爱丽丝拿起一个玻璃杯，倒了点水，然后回到客厅。布莱克也这样做，在他身后出现了凯瑟琳和诺拉。凯瑟琳和诺拉是布莱克的两个室友，谁知道是不是只有她俩呢，爱丽丝也不清楚。她们看起来和布莱克年龄相仿，爱丽丝一点也不会准确判断人的年龄，她想或许应该把她们像大树一样切开，数数里面有多少年轮。但这些都不重要，她想。

"你在现实中的样子并不能代表你的全部。"布莱克对她说。他的声音很自信，比起他们刚刚在蓝瓶咖啡馆里自信得多。爱丽丝听到这句话后不禁想到之前她在佛学冥想课遇见的那位通灵大师，这两人的出现仿佛都是为了给她一些人生训诫。

"我们之前主攻一些非常高端的大脑连接研究，力图找到心理学和科学之间的联系。"诺拉一边说着，一边把腿伸到沙发上，然后又弯折回来。

"我们住在一间安逸畅快、与众不同的房子里，这里有我们需要的一切。"凯瑟琳说完，玩弄起她那灰色的长发——一部分头发扎在手绢里，还有一部分松散着。

"我们是和平主义者，但我们要为此复仇。曼哈顿计划之后人们对物理的兴趣就减弱了，而我们想让它保持高涨的热情。"

"你有哪些教育经历呢，布莱克？"爱丽丝问

"我是理论物理学家，在布鲁克林学习，1969年，我在加利福尼亚的曼哈顿大学获得博士学位。之前教授物理学，但后来被解雇了。现在，我想让你听一首歌。"布莱克说着，站起身，推开滑动门，走进旁边的一个房间，然后拿了一个录音机出来。这是一台两边带音响、中间有一个空间放卡式

录音带的老旧录音机。凯瑟琳心领神会地从沙发旁边拿起一个篮子，从里面选出三盒磁带。她看看磁带，读了一下标签，激动地大喊一声："找到啦！"她递给布莱克。布莱克把磁带放进录音机，按下倒带键后开始播放。"你听。"他对她说。

所有人都安安静静地听着这首歌，他们蜷缩在大客厅的皮沙发里，地上铺着割绒地毯，空气中弥漫着香灰的味道，为了保持空气流通，窗户是打开的。这首歌是披头士乐队的《为了凯特先生好！》，但歌曲的开头部分被重新改编了。这首歌的歌词讲的是，Mr.K 挑战世界，而 K 是指玻尔兹曼常数，这个常数与熵有关系，而那个做后空翻的 Mr.H 则指普朗克常数 h，那个让量子物理诞生的最小数值。

三个人开心地唱着那首歌，播完后决定再听一遍，继续聊着天。

"弗里乔夫·卡普拉也是这个团队成员吗？"爱丽丝问。

"是的。"诺拉回答，"1966 年，他在维也纳大学获得了博士学位，在 1975 年加入我们。那时，他刚刚来到劳伦斯伯克利国家实验室。"她补充说。

"我去参观了 Big Sur。"爱丽丝评论说。

Big Sur 是海滩上的一个冥想中心，以令人惊奇的美景、健康的食物、按摩和瑜伽而著名，是一个大型疗养中心，之前是量子神秘主义科学家代表们的大本营。

"希望你从那里获得启发。"凯瑟琳说。

"可能吧……"爱丽丝回答，对此存疑。

布莱克又拿起录音机，装上一盒磁带，找到一首新歌，开始播放。大家姿势奇奇怪怪地躺在沙发上，聆听着。

就像科学文献中记载的那样，爱丽丝不仅陷入怀疑。那一群物理学家奇怪的兴趣并没有形成任何具体成果，他们研究量子物理和意识的方法现在依然被使用，为了向无知的学生诈取钱财——他们总是会沉迷于各种奇怪课程。尽管现在自己在这里，在梦里，爱丽丝却准确回忆起几天前她在现实中经历的那件事，甚至还深入了解了自己之前不曾理解的几个问题。有时，在梦里就会有这种效果，这是梦的第五定律。

客厅里的聊天还在艰难地继续，大家也都心不在焉。爱丽丝是个迟钝的人，但她也受不了了，一心想要把这些人留在他们的世界里。这时，她看到走廊里冒出来三只猫：她对猫过敏，不能和猫共处一室，说得更具体一点，这些猫在打架、追逐——一切都凌乱不堪，闹闹哄哄；爱丽丝很不舒服，她把这一切当作一个信号，告别众人，匆匆离去。爱丽丝出了门，急忙把身后的门关上，冲下陡峭的九层台阶，走到大铁门前，按下左边的按钮。门开了，她终于走了出来，在大街上找回一丝宁静——她刚刚在那个房子里待着实在浪费时间，外面的空气很新鲜，她深吸一口气把整个肺装满，她甚至在想，自己更愿意看到田德隆区的流浪汉们。她笑了，决定朝着巴伦西亚的市场大街走去。

她走进夜猫书店，里面正在进行一场介绍会，或许是一场演讲、一场独幕剧。正在表演的是一位意大利女孩，爱丽丝在最后排的人群中找到一个位置。在经历了刚刚那些混乱的事情后，她终于放松了下来。演讲者的声音听来很热情真实，好像不是在说话，而是在唱歌。还是看不出她多大年纪，爱丽丝想。女孩的英语中夹杂着很重的意大利口音，但也挺好听的,她演讲的第一句话就将爱丽丝牢牢地留在椅子上。

"我要讲的是米列娃·马里奇的故事……"

闪回。

✼ ✼ ✼

关于旧金山物理学家们的嬉皮士社团的文献资料众多,我没有什么更多要补充的了。实际上,我和杰克·萨法蒂通了多封邮件,但他没有给我带来什么重大的启发,只是让我心绪混乱。

第二十一章
想象力比知识重要

2020年2月10日

　　特伦顿，新泽西州。我从旧金山飞到纽约后，沿着第四大道乘火车来到这里。我把行李放置在酒店后出来慢跑。这一次不在墓园，虽然我把这里想象成一个天然的露天墓园，因为我一直沿着德瓦拉河跑，阿尔伯特·爱因斯坦的骨灰就被撒在这条河里。他死在特伦顿医院，死前要求把自己的骨灰撒入这条河里。而我则希望将来把自己的骨灰拌在随便哪一家动物园的饲料里，任何饲料都行，任何动物都行。但这件事我已经说过了，我知道，我就是重复一遍。明天，我就要去普林斯顿高等研究院和弗里曼·戴森见面了。我要保持好状态，谁知道会发生什么事呢。弗里曼·戴森已经96岁了，而我感觉自己也差不多这个年纪。

　　我在这里跑步、思考。几天来，我就像在荡秋千，从确定到迷茫，从确定到迷茫，确定—迷茫。我对此并不感到惊讶，毕竟我的生活一直就是这样。但现在我发现这越来越明显了。我也不知道为什么。当我感到迷茫时，我就会跑步。我一边跑,一边诉说我脑子里那些迷茫的想法。很明显,跑步对这件事很有帮助,有助于整理思绪。我总是重复同样的事情,可我还能做什么呢。

总之,薛定谔的猫完美地解释了人类关系中错综复杂的现实。多年来我一直问自己,如果我真的遇到一个喜欢的男孩会怎么样,但我会继续延伸:那就是说,我与世界上的其他人也能和睦相处,但如果我喜欢一个人,我就会像得了运动型偏瘫一样停滞不前。我常常经历这种事,就像是心里有一个东西被激活了,但却无法控制它,而它亦会妨碍我的正常表现。所以,最后我也不知道我是不是真的喜欢他,因为实际上我从未尝试过,也从没有打开过这个盒子。但只要我处于中间地带,我便同时处在好与不好两种状态里。甚至我整个人生都处在这个过渡阶段里。因为有无数个我应该做,却从未做的决定。这就是我的现实,这并非人们通常理解的那种现实,也不是正常人能理解的那种现实。

我停下来,出于本能地摸了摸耳朵。没有,我什么事都没有。幸好如此,我想。我检查了一下,耳朵上连一个洞都没有,卫衣上也没有血迹。好吧,那只是一场梦。我继续跑。我要活在当下。我终于和皮卡德——发明了下午茶的那个人,一起喝了一杯热的伯爵红茶,不过也只是一个梦。后来,我还梦到自己和薛定谔一起被关在一个盒子里,真是意想不到的事。哦,天哪,我真不希望这是一个什么预兆的梦。尽管我总是做这样的梦。有时,我会梦到未来将要经历的事。虽然形式上稍有些差异,但我常常在梦中预见现实。我不明白为什么会发生这样的事,我们又怎么会被关在一个盒子里?算了,这不可能。

我继续跑。心中的一个想法逐渐成熟:如果我的脑子里有一件事,那么它便存在。至于这件事是否会变成现实,并不重要。这就是我对现实的理解,以上。我好像在论证笛卡尔,且亲自验证了他的观点,但我表达出来的是别的东西,只是我的一部分观点。从另一个角度来说,这是我的人生规律——我从未适应过周围的世界。我想说:我从未实现或放弃过融入世界这件事情。我从来没有为周围环境、为概念、为人们消极地做出过改变。这些远不如换我改变周围环境。这样更好,不是吗?反正这是我的多元宇宙,又不是别人的,所以规则由我说了算。

我的多元宇宙里有什么?有很多薛定谔的盒子,它们按照我创造的波函数理论运行,我的肌肉、我的心、我的肝、我的肺、我自己,在这里什么都可能发生,或两件事情同时发生。在一些平行维度里,我做自己喜欢的事情,这些事虽然不多,但是也有。

第一维度。在这个空间维度里我感觉很好。我可以在这里做让我开心的事。我喜欢看被风席卷的海浪,每逢暮云四合时分,一个人在海边漫步。我觉得,海风吹起的波浪是世界上最浪漫的事物之一。我在这儿一待就是几个小时,只为了欣赏海边的风浪。有一个小房子,很小很小,木头房子,我可以从海边徒步走去,与世隔绝,小屋里有我在维也纳集市上见过的红色木箱,有台灯泛出的微光,有一台留声机,有一盆盆的兰花,有阳光恰好从百叶窗透过来却不过于耀眼，有冬天取暖用的壁炉，有铺好的彩色棉布床单。

第二维度。这里生活着 20 世纪的物理学家们，我们现在生活的世界就是他们创造的，是他们让我们现在随心所用，任意而为。在这个空间里，我与他们一起生活，一起交谈、推理、讨论、争辩。他们是我想象中的朋友。在成长和学习过程中，我们会用头脑或内心接纳许多人；而我接纳了他们。因为这些人是我精心挑选的。因为这个选择，我方才有权和他们共同生活在这个美好的维度中，这儿只属于我一个人。

第三维度。我和温斯顿·丘吉尔。在这个维度中，我是一位漂亮的英国贵妇，嫁给丘吉尔的是我，而不是克莱门汀·霍齐尔。丘吉尔是历史上最伟大的政治家之一，也是我认为最有魅力的人物之一。我应该和他一样出生于 1874 年，一直陪伴他左右，与他一同革命。他有独到的表达方式和天赐才能。他是一位杰出的政治家、军事家。军人总能让我热血沸腾。我们一同构思了欧罗巴合众国，在铁幕上写下宣言，镇压肯尼亚的茅茅起义，共同获得诺贝尔奖，挫败纳粹在英国的进攻。

第四维度。这里只生活着两个人，我和安托万·多内尔：这里只有我们两个人的空间。我们一起生活，一起跑步，一起游泳，一起玩。我把手放在它的身上，感受它的温度。我把头靠在它的身体上，和它一同入睡，每一个夜晚，每一天，每个月，每一年。生活中只剩下容纳一只狗的空间。而它的死令我肝肠寸断。事实上，在任何书里，狗都没有什么存在感。

第五维度。在这个维度里我化身一名环球会议的组织者。我周游世界，在各地举办会议，认识全世界最有意思的演讲者们，悉尼、纽约、多伦多、爱丁堡、东京、巴黎。对了，那天我还在社交媒体上认识了一个人，我想和他生活在一起。没错，在第五维度里，我正在和他交往。他的名字是阿伦·道格拉斯，大约39岁，一位实验物理学家。他是美国人，是世界上首台量子机器的发明者。他能够将超导量子位的量子态转化为宏观机械谐振器。也就是说，他能够将微观世界的特点移至宏观世界中。他对量子力学的测量是对可见物体的运动轨迹量子行为的第一次直接观测。简言之，他在一个真实物体上验证了量子物理的叠加态。

他穿着硅胶外套进入一个黑暗的无菌房间，将设备装到一个容器里，从中抽出空气，将设备降温至接近零摄氏度。金属块在这种条件下可以按照他的想法自由反应，于是，他开始测量其运动。他发现金属以一种非常奇怪的方式移动。金属块非但不是完全静止，反而在振动。那是一种类似于呼吸的方式振动，也就是说这个金属块就像鼓风机一样在膨胀和收缩。于是，奥康奈尔决定给它一个助推力，这样便可以让它同时振动和停止振动，这只可能在量子力学中发生。当他再次将金属块加热，并打开光源，在容器中进行观测，他发现金属块还在那里，很完整，且保持静止不动。于是他推导出，房间内的一切物体都是挤在狭小空间内的量子对象。于是，他就这样把自己关在房间里很多年。他进行观测，每次都有微小变化，他就这样观察并描述了观察到的所有现象。

我停下脚步,感觉有人在跟踪我。我转过身,是比尔,我让它先经过,然后掉转了跑步的方向。

我又坐上了火车,这次它朝着相反的方向开去,我到达了普林斯顿。在枢纽站我坐了一辆从车站开往市中心的小火车。爱因斯坦过去旅行时也经常坐这辆火车——在他那个时代就已经有了。我沿着城市中央大道一直走,然后左转,大约半小时后,我来到了普林斯顿高级研究所门前。爱因斯坦的办公室就在这儿,弗里曼·戴森的办公室也在这儿。我马上就要见到他了。我最近也梦到了他,和薛定谔、荣格与牛顿一起,我还记得那个梦的全部内容。

我浑身发抖地走进研究院,见李奥纳特·苏士侃时也是这种反应。我急不可耐地快走两步。我看见他了,他正在门口等我。他让我跟着他,带我参观了研究所。他告诉我这些房间都分别是做什么的,还让我看了档案。参观结束后,我们坐在大厅的沙发上,开始聊天。

"存在平行世界这个观点非常有吸引力,我要承认自己也被这个推理吸引了。搞清楚我们是不是在做正确的事,想象那些没有做的选择或没有做的事可能带来的后果……我们生活在一些脆弱的气泡里,它们不断地开启闭合,我们也越来越敏感。平行世界的观点会给我们一些安慰,爱丽丝。"他说。

"您是怎么活到 96 岁的?还总能提出有趣的观点和有趣的想法……"我问。

"因为我只和你这样有趣的人交流,爱丽丝。"

"我们参观了整个研究所,我心中对您充满无限感激。我想说,就算我只活到明天,那也是死得其所了。因为,我看到了我想看到的一切。"我说。

"阿尔伯特·爱因斯坦在这里找到了庇身之所,他在这儿度过的人生最后的二十年。这里可以给所有接受能量的人提供能量。"他回答。

"和您这样的人交谈,我心里感到温暖。我们在世界上都是为了一个目标,我们有一个方向……和您交谈让我感觉什么都没错过。我感觉自己充满力量。我知道我说的话可能听起来很奇怪,但我需要把想法阐述清楚。我的人生中遇到过很多不负责任的人,偶尔必须把他们的观点拒之门外;有您作为支柱,我可以这样做,而且不会感觉自己荒谬。比如,我需要搞清楚一些关于量子密码,或关于心灵传输的事……现在大家都在谈论这些话题!"我满怀希望地说。

"关于量子密码存在很多主张。一把随机数字组成的密钥和一些解读密钥的代码。量子物理提供信息传递的解决方案,并且没有必要对代码信息进行保密,因为没有密钥,信息是无用的。因此密钥是最重要的信息。唯一的问题是搞清楚信息从发送者到接受者之间是如何以无法破译的形式传递的。信息是由数字组成的弦,从 0 到 1 排成序列;而密钥只能通过经典的 on/off 途径进行传播。随后 IBM 加入并证明可以用偏振光束来实现这件事。横向或纵向的偏振给问题赋予等级。如果有人拦截信息,也就是有第三方干预并获取信息,为了读懂信息,第三方还需要拦截量子传输的渠道,也就是观测光子的偏振,但是,在观测光子偏振的同时,就会改变偏振本身!光子无法被拦截,除非其在拦截过程中发生改变。"他回答我。

"我感觉这还是在讨论薛定谔的猫……不会是我糊涂了吧?"

"没有,你没糊涂。事实正是如此。并且我向你保证,一旦你看到它,你就会一直看到它。"

"您也遇到过吗!您也经历过这种事吗?您怎么走出来的?"

他笑了。

"没办法走出来。但是,可以适应。只要知道……认知总好过无知。"

这句话薛定谔在梦里也曾对我说过,就在几周之前。这确实验证了梦的预知性:我梦到一件事,然后它就会实现。

"密码学有什么后续吗?"我问。

"很多人都在研究密码传输……他们发现了其他传输方式。比如,在牛津大学,你挚爱的薛定谔曾经任教过的地方,为了得到同样的结果,他们用到了 EPR 实验的一个变形。"

"然后呢?"我连忙追问,不想让他停下来。

"然后你或许会对维也纳,也就是你朋友薛定谔的故乡发生的一件事情感兴趣。大概在十五年前,为了确保数据的机密,维也纳的物理学家们用量子密码实现了第一笔银行转账。后来在瑞士,人们用量子密码来秘密传输政治选票。"

"那最后是怎么结束的呢?"我问。

"现在还没有结束。我们仍身处其中。几个月前,谷歌宣布了量子霸权……这是一次新的革命!"

"那心灵传输呢?我们能看到吗?"我坚持发问。

"心灵传输是这样的:一个光子的属性会被转移到另一个光子的属性上,那么第二个光子就变成了第一个光子,这种变化是同时发生的。量子纠缠便是基于此:量子信息同时从一个点传到另一个点,就像是 EPR 实验中一样。"

"是谁第一次做了这个实验?"

"他们在因斯布鲁克做的,我猜测是在 2000 年前不久;但六七年后,其他研究院也成功复制了这个实验。中国人也做了一项有趣的实验,他们在十六公里的距离外,发射了激光光束。"

"现在轮到量子计算机了。"

"没错。"

"您是如何做到孜孜不倦地学习新事物的?……我也想成为您这样的人。秘诀是什么呢?"

"既然我们在爱因斯坦的办公室里,那么我要告诉你,爱因斯坦曾经说过,想象力比知识更重要。"

我回到普林斯顿的拿骚旅店的房间里。我和帕特里克约好了在网上聊一聊,我们前天才通过电话,现在可以简单聊聊。事实上,我很开心能和他说说话,更新一下我的研究进度。我很信任他。

"你明白我梦到什么了吗?这不是很荒谬吗?"我说。

"能梦到皮卡德船长也太好了……我一直关注着他,他是个……很有型的人!服装界行走的衣架。"他开心地说。

"你觉得我关心他穿什么吗?"

"那你和我说说,那只猫还活着吗?"他问,"看你笑的样子,我猜是的。"

我回到正题:"听我说,我之前问你要的那些东西,你准备好了吗?"

"当然了,亲爱的,我分享给你,就是这些。"

我把他发给我的文档下载下来。

"好的,那么简要概述一下:《星际迷航》中预言了很多发明,手机、平板电脑、虚拟助手、智能电话、蓝牙耳机和视频通话……或许我们也可以说,这些东西被发明出来,正是因为有人此前在影视作品中想象过。不知道从小研究这些发明的科学家们看不看科幻电影。或许没有《星际迷航》的话,物理学的历史都会被改变……"我开始说。

"实际上,《星际迷航》之类的影响远没有结束!我们在不远的未来能看到很多东西,我给你列了一个清单。复制器——电视剧里的复制器能够创造任何材料,包括可食用材料,同时将其转化为一种能量源。而3D打印机——最近几年广泛传播,即接近这一概念,他们要先加工原材料,如塑料丝或金属丝,但最近他们正在研究一种可食用材料的打印机。牵引光束——实际上在分子层面也存在类似牵引光束的现象。这就是实验物理学家使用的激光光镊，但这些尚不能被应用到更大的物体上。例如，在水下可以使用声波移动物体，但在太空中不能实现，因为真空不会产生任何阻力。麦考伊博士那台著名的'三录仪'，本质上是一台多重用途的计算机，它拥有非常复杂的传感器系统，可以探测到人体的所有参数，这在未来很可能成为现实，虽然可能需要很长的时间。目前，许多电子诊断工具都处于测试阶段，其覆盖范围也非常有限。传送舱是《星际迷航》中的另一个象征，也是这个系列电影中最迷人的技术之一。在量子力学中存在两种可能的传输形式：虫洞效应和量子传送。虫洞效应是指粒子像波一样移动：当一连串的粒子被引导撞上一个障碍物，比如一堵墙时，理论上存在这样的概率，根据障碍物的厚度不同，一些粒子会穿越到另一边，实际上电子可以在薄壁，比如 USB 驱动器上形成通道。而量子传输和量子纠缠现象有关系，并且在某些条件下，它可以将量子态转移到给定距离的一个点。2012 年，中国进行了一项实验，将某些光子的信息传输到近 100 公里以外，但这应用到物体或人身上则完全不同。麦考伊博士的另一台有趣的设备，是一个射流注射器，它通过压缩气体输送药物，不需要借助任何针头。早在 1962 年，就有美国研究院为类似设备申请了专利，首次应用在天花疫苗上，后来因卫生问题被放弃了。然而，2014 年，美国批准了一种名为等离子体射流的抗流感疫苗装置，它解决了一开始的卫生问题。激光武器——绝地武士有光剑，《星际迷航》中的角色有相位器，可以调至杀人或使人昏迷的程度。或许这些才是《星际迷航》中最真实的发明,拥有同样设计理念的武器目前已经被美国海军所采用。它们可以引爆无人机或小型船只。此外,在五角大楼的研究项目中,还包括定向能量武器,它们可以扩散100—150千瓦的能量。这一实验目前已经进入高级阶段。"

"这些东西都太有意思了!"

"现在,我正在给你发送伯克利科学档案馆的材料。"

我把这个文件也下载了下来。

"我在这儿只看到一页纸。"我吃惊地说。

"对的,但是你好好看看这张纸!"他欣喜地回答。

我很好奇。

"这是谁写的?"

"亲爱的,这是埃尔温·薛定谔的外孙写的!怎么回事,你都不知道吗?"

我震惊了。

"哦,天哪,真的吗?"

"是的,这是他的理论。所以,伦敦帝国理工学院教授,物理学家特里·鲁道夫展示了在量子纠缠系统中确定时间之箭有多难,并且他建议使用小数量的量子比特组成的系统,与他的工作组一起验证这个概念。在这个系统中,时间可以后退,也就是熵减。用这种方式也可以推导出,大爆炸中没有时间……这太惊人了!"

"是的,你继续说。"

"还有,可能爱因斯坦是有道理的,因为遵循玻姆的推理,量子力学以一种不完美的方式描述了一个潜在事实。

鲁道夫声称，在不确定没有其他选择之前，他不会思考多重世界理论。"他说。

"精彩！这就是往回拧半圈螺丝的思想三连跳！我在这方面还是一个新手……我只会做决定然后改变想法……或者因为害怕出错而不做选择……或者不排除相反的可能……这里我们面对的是亲王，是国王，是所有一切的统治者！"

"你再读读最后他说的是什么。"

"量子力学讲的是事实，而非意识或观测者，或其他别的东西。"

"可是，在爱因斯坦和薛定谔的通信中，关于这一点是怎么说的？你读了吗？"他对我说。

"所以……他说，或许量子力学并没有意识到实际发生的一切。从这个角度说它是不完整的。好吧，谢谢，帕特里克……谢谢！现在我必须要给特里·鲁道夫写信了……不好意思，但我得挂了。拜拜！"我急匆匆地结束了对话。

"再见……祝你身体健康，事业有成！"帕特里克说，同时用中指和无名指做了一个张开的手势。这是斯波克的火神问候[1]，当然了。我也回赠了他这个手势。

我收到一封邮件，是李奥纳特·苏士侃的来信。他信守了诺言，他总是这么伟大。我一口气读完了他给我写的信。谢谢你，李奥纳特·苏士侃。

我在网页中搜索特里·鲁道夫。我找到了他所任教的

---

[1] 出自《星际迷航》中半瓦肯人、半人类的斯波克的招牌动作。

大学信息，给他写了一封邮件，45秒后便收到了他的回复，破了历史纪录。他应该是个半疯子，我想。我读了他的回复。

我将休假到 2020 年 10 月。不幸的是，这意味着我将无法推荐／评审论文／资助／书籍，无法参加／组织会议／暑期学校／座谈会，无法招聘／主持暑期／博士／博士后研究人员，也无法填写任何相关表格。

我仍然会查看电子邮件，但时间并不规律，可能只会阅读质数的电子邮件。如果你需要紧急联系我，请发电子邮件到 tezthe****@gmail.com，星号表示一个你认为合适的四个字母的单词。

祝好，特里

他不是一个半疯子，他就是个疯子。不管怎么说，我喜欢玩游戏。你不是让我去解一个谜语吗？好的，我就是谜语之王。所以……我把他的提示用英语写了出来；为了猜出邮件地址，我把所有的想法写下来，然后发送给彼得·格拉夫，同时抄送给亚历山大·扎尔，我在维也纳大学档案馆最信任的伙伴。在这个微妙的时刻，他们是唯一不需要解释太多，就能给我心理支持的人。甚至都不到 5 分钟，扎尔就回复了我。

第一段明确表示，在接下来的一年里，没有可靠的方式与他联系。是否要引起他的注意，这取决于你，他可能回答也可能不回答。那怎么做呢？这里有一条关于质数的线索。但据我所知，电子邮件中没有任何有意义的编号，所以这里肯定指的是其他东西。我的猜测是：鲁道夫显然是一个非常古怪的人，所以他很可能不用普通的邮件客户端。也许他使用的是一个老式的纯文本程序，比如 Pine 具有这样的属性，即收件箱中的邮件编号从 1 开始。所以这意味着他将只阅读带有数字 2、3、5、7、11 等的邮件。

现在，你无法确定你的邮件在他的收件箱中的编号。如果是我的话，我会尝试用一个引人注目的邮件主题，提到质数，这可以吸引像鲁道夫这样奇怪的人。你可以试试下面的：2,3,5,7,11,13,…2：这个质数对你来说够吗？（2 是最小的质数），2^82,589,933 − 1（目前已知的最大质数），1000000000000666000000000000000001（贝尔菲格质数，它有一些有趣的性质）。如果你有更好的想法的话，或许可以沿着这个方向想。现在来看第二个邮件地址。"四个字母的单词"，如果我没理解错的话，它不是指任何四个字母的单词，而是指脏话。我首先想到的是"fuck""shit"和"hell"。"shit"我排除了，因为我觉得神秘地址里的字母"tez"是"terry"的缩写，所以是"tezshit"。现在我觉得鲁道夫不仅是个怪人，而且有点虚荣，我不认为他会称自己为"狗屎"。（当然，这只是猜测）。但是，在我们颓废的垃圾文化中，"fuck"和"hell"几乎已经变得毫无意义，可以安全地用在任何地方。因此，我最好的猜测是"tezthefuck@gmail.com"或"tezthehell@gmail.com"，并强烈倾向于第一个。

我打开了一封新邮件,把那个我们认为可能是鲁道夫邮件地址的写下来,点击发送。

在不到 5 分钟之后,我便收到了回复。

对不起,XXX,我从来不认识他——他在我出生前很久就去世了,其实一直到我成年,我才知道他是我的外祖父。

祝好,特里

我又给他写了一封信,或许这是一件需要坚持的事,2 分钟之内我收到了回信。

嗨,XXX,我目前住在加利福尼亚州,开了一家公司,我只是偶尔回帝国理工学院。坦率地说,我对谈论我庞大家族的历史一点也不感兴趣。反正我知道的也非常非常少!

你的网站很不错。

祝好,特里

我们就这样聊了一会儿,我觉得这件事很好玩,我可是在和薛定谔的外孙交谈。过了一会儿,我打开帕特里克发来的新邮件,读到了一篇文章题为《量子自杀和永生》,觉得很受启发。

我打开视频网站,我找到那位音乐家,整整听了 2 个小时他的音乐。

我打开社交网站,更新了动态。

@伯尼：我的胳肢窝需要量子治疗。#糟糕极了

一分钟过后，我有些不好意思。想到李奥纳特·苏士侃可能会看到这条状态，不禁考虑要不要把它删掉，我还是把它删了。我又写了一条，这条他一定会笑出声来，即便是他已经看到了前一条状态。

@伯尼：我不想怀疑自己。#所以我怀疑

* * *

在这一章里，伟大的弗里曼·戴森登场了，我在普林斯顿的很多场合都见过他，还同他写过很多邮件。最后一次同他通话是在他去世前的一周，他去世的消息也让我悲痛万分。戴森一直和我谈论量子物理的现状和我们目前生存的现状。他对我提到了爱因斯坦、薛定谔，以及他们的理论。本章中我记录了和故事情节有关的信息，并且还请他评论了爱丽丝最后披露的所有悬而未决的问题，量子密码、量子传输、量子计算机、量子纠缠，当然还有薛定谔的那只猫。

后来，我和帕特里克一起追溯了科幻电影与量子物理共同走过的历程。对了，与特里·鲁道夫的邮件交流正如我在文中讲述的那样。

第二十二章
盒子关闭时，
黑暗中的是你自己，而非他人

2020年2月12日

  我回到了维也纳。没有任何时差的困扰，反正不管在哪儿我一天都是睡 12 个小时，感觉不到差别。我在帝沃利咖啡厅和汤米见面。现在，我们已经坐下来了。

  "然后你还做什么啦？"他问。

  "我和你说了，我去了旧金山、伯克利，然后是帕洛阿尔托、斯坦福，然后我去了加利福尼亚州理工学院的帕萨迪纳……后来飞到了纽约，从那里我坐火车到特伦顿，然后又坐小火车去了普林斯顿。"我只列举了行踪，言简意赅。

  "总之，我觉得这太酷了！"他欣喜若狂，略显夸张地说。

  "我觉得你比我还兴奋……"

  "因为你不会为自己的胜利狂欢！"

  "我以后会……现在我只是累了。"

  我看着那个音乐家。

  "那你的研究进展顺利吗？"他问。

"是的，挺顺利，我和物理界的一些重要学者进行了交流，亲眼见到了他们，他们真的太帅了。李奥纳特·苏士侃，加布里埃来·韦内齐亚诺，弗里曼·戴森……"我回答说。在提到这些人名的时候，我的身上还像触电一般。

"那你找到了吗？"

"找到什么？"

"找到答案！"

"可这不涉及答案，而是思考……物理学既是谜题，又是常识。"

"很难想象这些科学巨人给你传递了多少有用的经验。我一直仰慕媒体界的一些大师，从他们身上我学到了很多东西。告诉我一句他们让你印象深刻的话。"

我想了想。

"想象力比知识重要。"

"哎哟……好家伙……"

我转过身来看着音乐家，盯着他足足看了两分钟，我知道汤米在说话，但我没听他说话，我意识到自己的表情很陶醉，像做梦一样，好像在我面前的是米开朗琪罗的大卫雕塑。而那位音乐家就只是在弹琴，他并不关心我的存在。或许相比之下，米开朗琪罗的大卫更有可能注意到我的存在。

我转身回来看着汤米，就只听到了他的最后一个观点。

"最后我明白了，在盒子关闭的情况下，这只猫并不是同时处于生与死的状态。因为，即便你没有对它进行观测，盒子里流通的气流也会这样做。所以，在盒子封闭时，处于黑暗中的是你自己，而非宇宙。"他说。

当然了,这是他之前告诉我的那本书里提到的观点,我也读到了。里面有一些真东西,很有趣。

"是的,但如果你不打开盒子,你就不会杀了那只猫……"

"我们不是在谈论物理问题,对吗?"

"不谈了。那只猫已经死了,也许活着。也许……"

"那只猫有男朋友吗?"

"如果那只猫有男朋友的话,情况会好一些吗?"

"我不知道,请你告诉我。"

"有可能吧……"

我又转身看了看音乐家,他还在弹琴。我有些紧张,但音乐我喜欢,是雨果·瑞斯的《捉刀人》。我想他可能是专门弹给我听的。或许他在网上搜索过,并发现了关于我的一切?或许他只是用音乐在说他爱我?简直一派胡言乱语,我知道。

"也许吧……"我说。

我的老毛病就是想什么说什么。我看看汤米,他没有听我说话,正四处寻找服务员点餐。

我看了看音乐家。他在弹琴,一边还在唱莫里西的《你杀了我》。我的天!他是爱我的!或许他正在邀请我和他一起去意大利旅行,他喜欢罗马,并且想带我去加富尔广场……这些歌词只可能是偶然吗?

"有可能。"汤米说。

2020年2月13日

　　家里。我从手提箱里取出那张海报，它被揉搓得很厉害。我把它平铺在地上，拿起一个熨斗，把一条纯棉长裙当作抹布放到海报上，然后用热熨斗将其烫平。有一些褶皱被熨平整了。我把它拿起来，重新贴到墙上。我看着它。我注意到在薛定谔身后，在台阶上好像有什么人，可以隐约看到一个男孩的身影，他穿着马甲，白色短袖上衣，一条长度到膝盖的短裤。再仔细看看，那个男孩很神奇。但没什么用。我走到电脑前，打开社交软件，想更新一下我的动态，我在想说些什么能让李奥纳特·苏士侃笑出声来。有了，他会明白的。

　　@伯尼：是时候打开盒子了。#够了

　　所以，我照做了。我在社交媒体上搜索那位音乐家，浏览着他的照片，他的一些表情我在帝沃利咖啡厅里看他弹琴时从没见过；我又翻了翻其他照片，他身边总是有个女孩，那是他女朋友，我推断他们一定在交往，那女孩很漂亮，两人很幸福。从这一刻起，我决定了，放弃了。再见了，音乐家。

　　我坐到沙发上，看着面前的这堵墙。我整整盯着它看了半小时。一声猫叫打断了我。是它来了。我向窗外探出头去——当我内心世界崩塌，当我放弃，当我不想活了，那只猫总会出现。我猜这就是它存在的原因。但它只是我大胆猜测的众多假设之一。这次我确信了。它就是我懒惰的原因。是的，我对此十分确信。

我回到电脑旁，开始阅读有关我动态的评论。

@Alina：有保质期吗？
@Matthew：不打开也行。
@Step90：内容总会让人失望。
@FriscoMusic：你过生日居然都没告诉我们，不能这样子！
@Serendipidy：是亲戚们走了吗？

我关上电脑，打开门，下楼梯，打开大门，检查捕猫器——机关还在，它已经准备好了进行致命一击，我感觉到了。这一次不会失败。比尔时日不多了。

2020年2月15日

阿尔普巴赫，墓园。我在跑步。还有一件事悬而未决。我昨天回到了维也纳，经历了8小时的旅途，乘火车来到了这里。今天我很冒失，我买了一瓶红酒，一个人把它喝光了。现在我在跑步，喝多了也照样跑。这是我第一次这样做。是的，一个人喝多了也能跑步。相比平常，我的想法很混乱、扭曲。我和音乐家已没有任何可能性了，和喜欢我的人也没有。我是个废人。如果我喝多了，那要怪那个音乐家；如果我喜欢音乐家，那要怪那只猫；如果我一直在想那只讨厌的猫，那要怪薛定谔。我要把这件事和他说清楚，埃尔温·薛定谔的墓碑此时就在我面前。我想是时候和他好好聊一聊了。我深吸一口气，开始嘟哝起来。

别人的回忆里留给自己的是什么呢？一个人和他的反面，这就是我。是的，这也曾经是你。在第一次世界大战期间，你曾经是意大利前线的一名炮兵军官，在对战敌军的两发炮火之间，你看着鬼火飘浮在距战壕两英尺远的铁丝网上。你自己是怎么说的？你曾经把搭讪女人作为"你人生中最重要的非科学活动"。谁知道性算不算是一种科学形式呢？在你的《猎艳日记》里我读到很多名字：艾琳娜，艾米莉亚，安娜，安娜，克莱尔，克里斯蒂娜，克拉拉，埃琳娜，埃琳娜，埃琳娜，埃琳娜，弗兰兹卡，汉娜，海伦娜，伊莎贝拉，嘉娜，贾斯敏，汉娜，海伦娜，劳拉，朱莉安娜，凯瑟琳娜，劳拉，拉里萨，劳拉，丽娅，莉娜，莉莉，玛琳，梅勒妮，米娅，纳丁，尼娜……你甚至还把她们按照首字母顺序排列了！你是个走运的男人。以上。但我相信，如果你更接近那些为科学家撰写百科的编者的常规评判理念，那么你在科学百科全书中一定会有更多存在感。爱因斯坦，你觉得怎么样？他和你正好相反，他是科学界的一名自由狙击手，因为天赋能力靠自学登上了科学之巅，他是我们这个时代的伟大良知、和平主义者和素食主义者，他拥有发达的大脑，是一位真正的推广营销天才。而我呢？

现在你试着用两句话向人解释一下什么叫波函数，如果你能做到的话。我们再看一看……爱因斯坦没有善待过他的结发妻子，米列娃·莫里奇，他是个浑蛋！硬币有两面，不应由我来否定他。我想所有人都应该欣赏我的礼貌与慷慨。他们也不应该施加太多外力。而你呢？……你还真恋爱了！你总是在恋爱！你爱上了所有和你在一起的女人们，你发现了吗？你是花花公子的反义词。太讽刺了，你是一位永恒的爱神，喜欢女人的陪伴，你的多愁善感迫使你和她们在一起。你爱着她们，她们也爱着你。

你放弃了美国的职位，只是因为你畏惧美国的清教主义！这才是真相！而且你还害怕被法律追责，惩罚你的重婚罪。你从大不列颠逃跑，放弃牛津的教职，因为你明白自己已经被一帮穿长袍的光棍包围！大家一起共进晚餐，毫无避讳地包容男人之间的感情……他们太过纯洁，或是过于疲惫而不会去真正实践那种感情！他们觉得一个男人和一个女人在一起不是什么好事情……更不要说两个女人了！

你回到奥地利，因为那里让你感觉舒服。不过，你选错了时间，1939年不合时宜。你此前从未参与过政治，大声地呼喊你的反法西斯信条。你是少数几个抗议驱逐犹太教授的人之一，当时德国大学的整个等级制度，都在海德格的领导下宣誓效忠帝国。你有麻烦了，是吗？所以你签字了！你在一封公开信上签字，信中你放弃所有旧有的理念，并宣称毫无保留地皈依新德国的价值观。你的语气如此夸张，如此荒诞，你希望有人理解这种讽刺，对吗？这是一种夸张手法，是一种达达主义的表达。

表达一件事情，然后让人从反面来理解。只有你那有病的脑子里能想出这种事！但那个时代的人们缺少幽默感。于是，爱因斯坦给你写了一封警告信。你本应回复他，而当他继续给你写信时，你已无地自容。他让你感到窘迫，对吗？于是，后来你就改变了……你当时不知道德国人也识字？于是，他们又重新驱逐你。你逃到爱尔兰，在那里重建新的生活。

但是，如果你像烈士一样殉职的话，或许所有人都会铭记你，你不这样认为吗？确定的名誉，波函数的荣耀，种种嘉奖。然而，你从没有过一个确定的职位……这次也是！一件事和它的反面。你，从不会否定事物的反面！人们本来可以给你的方程赋予一种振奋人心的道德和政治意义……但是，你看看自己！你在这里……所有人记得你只是因为你那只讨厌的猫！我们聊聊那只猫吗？那好，我们说说它吧。你构思了猫的悖论，然后用这个理念写下了支持纳粹信仰宣言的那封信！

表达一件事情，然后让人从反面来理解，人们也给了你一个准确的定义，你就是想要更加荒诞。这就是在你身上发生的事！你的猫比你还有名气。一只同时生与死的猫，多么疯狂的想法。事物的反面和正面共存。无神论者和虔诚信徒，遁入空门和陷入爱河，热血沸腾与严肃质朴，物理学家和诗人。这就是你。这是你的双重人生。人可以同时是不同事物的集合。一个人和他的反面。爱上一个人的同时爱上另一个人。但是你去找一个现在能解释你的波函数的人啊，哪怕找到一个。猫的问题所有人都能解释，但波函数方程呢？我们把它放在哪儿？

　　1925年的圣诞节，突然的顿悟。你当时在这儿，在阿尔普巴赫，在一家酒店里。这家酒店还张贴了一张纪念公告，炫耀你曾经下榻于此。你曾在这里寻欢作乐，身边有两个，或者三个女人，她们都在你房间里，一切对你来说突然明朗起来。你脑海中的方程被一种超乎寻常的智慧联系在一起，于是，你开始奋笔疾书，一个接一个地解决了定理，毫无障碍地解决了所有问题，就连最棘手的问题你也找到了答案。你突发奇想地写下了很多材料。在科学界，这不是一件荒谬的事情：经年累月地负重前行，然后突然间豁然开朗！就像拨云见日，就在一瞬间。

　　荒谬的是，你来这里是为了女人们，而不是为了研究物理学。松树林，白雪皑皑的山坡，露台朝向有太阳的山谷，你穿着睡袍不停地与人缠绵。你在与人缠绵时还不停地思考波函数方程！你这样做太不得体了，你知道吗？应该有人告诉你的！你的大脑一面在想着工作，另一面又放纵沉迷，故而大脑工作的部分受到感官的驱使，与人缠绵时人的身体发生了一系列物质能量驱动，这才有了你的灵光一现！你当时已经40岁了，所有人都觉得你是一个平庸的科学家。当时人们普遍认为物理学家在30岁前最有天赋。你都已经年过40岁了！已经开始走下坡路。但你却在蒂罗尔酒店的床笫之间研究出了量子物理，你真应该为自己羞愧！诺奖应该平分给那些陪伴你在山间度假的美女们，你应该去和斯德哥尔摩庄严的学术委员会解释这件事。

　　总之，我说到了重点。其实，你在这个墓园已经度过了六十余年的岁月，却要由我来到这里告诉你这件事。如果你还没有意识到的话，这才是真相。如果你已经意识到这件事，那么我想告诉你，现在我也知道这件事了。算了，我和你已经结束了！现在你应该在大西洋沿岸某个海滨度假胜地的一个酒店里，身边围着戴太阳帽、穿粉红裙的美女。你应该在那儿，相当帅气地过活，对你的过往人生非常满意，昏聩而轻佻地回忆着你的人生过往。而我在这里，每天面对着无数没用的人，自己叫醒自己，更不要说我的感受了……一切皆为错！活在20世纪还不错，对吗？太容易了！完成了那些你在20世纪就完成的事，对你来说太容易了……你试试今天，来我们这里做这些事！如果你有勇气的话，你来试试。你不要来，我来告诉你为什么你不要来；你不要来，因为在这里你一分钟都受不了！伟大的科学探索和感情好运连连，那才是你的人生，以上。而且更荒谬的是，人们记得你的过去，然后将其与很明显是别人的事混为一谈，那不是你，如果你非要知道是谁的话，那便是我！时间与空间，生命与死亡。发明波函数有什么用呢？其结果和现在的情况有很大差距吗？而且这并不仅仅是粗糙的偏见，不是，你可以确定这一点！真相从头到尾只有一个，没错！此外，还有一些事情阻止了你对人和事的歧视。它是什么呢？所有人是一个整体吗？如果是这样的话，也可以说每个人是任何人吗？我不这样想，因为一个在你死后三十年出生的人，不可能是你转世投胎的人！

我承认自己今天发泄太多了。恢复平静后，我起身，假装什么都没发生，继续慢跑。我感觉自己没那么醉了，终于不再嘀嘀咕咕了。最后我大喊一声。这次没有死人理我。我还活着,你们已经死了!

*　*　*

本章中,爱丽丝逐渐意识到盒子里被关着的是什么。她把音乐家排除了,并且她也想把薛定谔排除,但事实上她保留了他,因为她明白他不是问题的根源。她也保留了汤米。在下一章中她将要消灭自己的头号敌人。

第二十三章
杀死比尔（一）

爱丽丝在睡觉。她回到维也纳后做了很多事，前几天她去了档案馆，和彼得·格拉夫一起做了很多新的研究，查阅了不少新文件，记了满满两本笔记。即便是在梦里，她也没有停止思考。她翻找出最初的信息。谜题正在重新组合。很可能这是我们最后几次联系了。但我向你们保证，你们肯定不会因我的缺席而落寞。你们自己也可以处理好一切。现在，我们进入了她的梦。形状、色彩、图案、涂鸦、雕塑之间互相追赶。闪回。维也纳在爱丽丝心中的地位要超过她最近参观的任何一座城市。在夜的幻想中，她也常常身处这座城市。在维也纳，她能感受到自己对艺术、文学、戏剧、音乐的热爱有一种天然的感染力。相较于其他城市，维也纳最能激发起她那沉睡已久或从未激发的热情。媒体为各项文化活动预留了大幅版面；不管走到哪里，即便是大街上，人们都会谈论他们在歌剧院或伯格曼剧院的见闻。街头小店张贴着历史上那些伟大男演员或女演员的画像。耽于这种氛围，爱丽丝前几天晚上去了维也纳剧院。她去看了《罗恩格林》，理查德·瓦格纳本人亲自创作的一部歌剧；第二天她又去听了理查德·施特劳斯和盖哈特·霍普特曼的音乐会。爱丽丝正在寻找绝佳灵感,她放任身体恢复知觉,想不惜一切代价让她总是强迫进行激烈思想活动的那部分大脑放松下来,并且寄希望它能在目前复杂局面中理出一丝头绪。爱丽丝沿着维也纳大街一直走到了世纪末,19世纪结束了。她在报纸上读到满大街都是学徒工。

她走进市中心的一座大楼,其金碧辉煌的程度令巴黎宫邸相形见绌。浮夸的多立克柱,科林斯式壁柱,瓮缸和柱顶过梁,四角有塔柱支撑,人像柱靠墙排列。希腊少女的巨大雕像被白袍包裹着,爱丽丝数了数,一共有十五座。它们沿着主厅的窗户排成一排,朝向施万南大街方向,还有七座分布在正立面朝向环路的方向。遍地都是金子,没有一处可以逃脱金子。金子将你环绕,将你包围,令你窒息,与你远离。露台、柱头、徽章,一切都是金的。爱丽丝感觉自己迷失在大厅里,就快要窒息了,甚至觉得有点恶心,她要尽快逃脱这里。她奔跑,穿越其他大厅和台阶,最后,她终于出来了。气喘吁吁的爱丽丝向前探下身子,把手放在膝盖上,低下头。就算在墓园里跑两个小时,她都不会感觉这么累。

她又站起身,环顾四周,看到大学就矗立在自己面前。大学总是个让人安心的地方,三场抗议游行正在这里进行:一场反对美国在中东的政策,一场反对二氧化碳排放,还有一场是反对新增的什么税费。孩子们争先恐后,看谁能得到最多的签名,谁能敲击最多次的鼓。

爱丽丝转过身,又看了看身后的宫殿:它太过庞大,她恐惧得不想再踏入一步。它占据了太多天空,太多城市的空间。她转过身，看到右手边有一个小公园的入口，决定走进去。她漫步在大自然中，慢慢地深呼吸，把整个肺部填满。走出公园后，爱丽丝发现自己走上了环路街。她继续散步，走到了西格蒙德·弗洛伊德医生的公寓入口。这套房子看起来野心勃勃，庄严的楼梯让人不敢喘气。她决定还是不上去了。巨物会让爱丽丝感到恐惧，不管是物质上的还是精神上的，那些东西让她害怕，它们会迫使她奋斗，而她不想奋斗。

她继续沿着环路大街走着，这条路也慢慢变得更平易近人。某些宏伟建筑，英雄广场，大众公园……慢慢地，这儿到处都是雕塑，它们记录着诗歌、戏剧和音乐的辉煌。爱丽丝决定沿着整条环路跑一圈。但其实不论是谁都无法兑现这个承诺。这条环路很长，但不似其他巨物让她感到恐惧——或许爱丽丝可以从那里开始，学会如何应对。这条环路沿着城墙旧址铺开，是一条长长的大街；路上没有什么特殊建筑，也没有台阶通向某座建筑或大教堂，它更像是一股持续的、胜利的湍流，将周围整个文明社会拖拽进来，令其移动、流淌、翻转。

爱丽丝从歌剧院门前经过，她穿过博物馆、议会大厦，看到了一些写有大诗人、解剖学家、哲学家、音乐家名字的镀金装饰。这就是国会大厦，金色大厅，美术学院，证券交易所的位置。它们皆出自同一位建筑师特奥费尔·汉森之手，他的名字在维也纳是一个传说。他还设计了其他雕塑和公园。爱丽丝想象着奥地利的皇帝和皇后朝她徐徐走来，并停伫在她面前观看阅兵表演。匈牙利进行曲，乐团，军靴在铺路石上踏出有极具节奏的脚步声。在维也纳到处都能感受到庄严。爱丽丝隐约看到了阿道夫·希特勒,他伫立在维也纳还愿教堂,圣救世主教堂前,没错,就是他。他正在画画,没有人对他说话。他就在那儿,在爱丽丝面前,但她对他也没有什么印象。但是生活在利奥波德城的犹太人不会这样想,毕竟按照维也纳的区划,利奥波德城低人一等。媒体报道,71%的银行家,65%的律师,59%的医生和一半的记者都是犹太人。可恶,阿道夫·希特勒。爱丽丝想,维也纳也不过是一扇门。

她转过身,有人喊住了她。有位女士让她进到门厅里去等,她想要对话的人马上就来。爱丽丝听后跟她一起走了进去。爱丽丝来到一套沙发边,坐定。突然听见外面楼梯上传来脚步声,有人正在下楼,还是一个女人,穿着系带的黑色短靴,每走一步,台阶都被白色长裙覆盖,长裙领口很窄,裙摆垂至脚跟,中间是收腰的设计,用的是蝉翼纱和丝绸材质,宽大的泡泡袖,肩披一条枣红色围巾,一直拖到地板上。乌黑的长发用银色发卡固定,略施粉黛。爱丽丝仔细看看,认出来人是阿达·洛芙莱斯小姐,英国数学家,诗人拜伦之女,被世人誉为计算机现代程序的创始人。爱丽丝算不过来这笔账:她在19世纪50年代就去世了,当时还不满40岁,但自己面前的这个女人似乎年纪更大,而且还是出现在希特勒执政时期的维也纳……太混乱了。但是我知道,在梦里会混淆一切,制造混乱,这是梦的第六定律。

"我准备好了,我们可以开始了……"洛芙莱斯说。她挽起爱丽丝的胳膊,两人一起走到街上,一辆马车正在等她们。她们上了车。爱丽丝乘坐一辆马车出门，目的地是皇家咖啡馆，马车夫刚刚就是这么说的。两人终于到达了地点，皇家咖啡馆，下马车后朝入口走去。皇家咖啡馆是维也纳上层社会的最佳聚会地点，也是环路上最雅致和静谧的咖啡厅。涂满黄油和果酱的面包片被送到苏维埃大厅的茶几上，顾客们安静地进进出出，优雅的女士和匆忙的男士身着当时的服装，爱丽丝还是第一次亲眼见到这种衣服的布料。她和阿达·洛芙莱斯还没有开始交谈，但她的行为举止就好像她们早已是老朋友了。不过到目前为止，两人也只是寒暄了两句。

"如果你把这个大厅里所有人的年纪加起来，做成一个图表，会出现一个高斯曲线，也就是一个钟形曲线，中间有一个高峰，峰值指向大部分人的年纪或出生年月，而两侧为下降阶段。好的，右边，再往右，最右边是你；而左边，最左边的人是我。"洛芙莱斯对爱丽丝说，语气很调皮。

爱丽丝很开心，她开始明白这次聚会的原因，或者至少觉得自己明白了。但有一点要说清楚，梦里面的逻辑并不符合常规。这是梦的第七定律。

"那边的先生叫什么名字？"洛芙莱斯指着一位又高又瘦，身穿灰白色衬衫的男士问道。

"那位吗？那是理查德·费曼，一位杰出的物理学家，也是一位优秀的小鼓演奏者……"爱丽丝微笑着回答她。

"有趣……我觉得他是截止到现在最有意思的人，我是说在这儿附近。"

"他描述了亚原子粒子的表现，并发明了费曼图解。他还是个优秀的段子手,非常有趣……我在网络上上过他的课……"爱丽丝解释。

"网是什么?"

"是互联网……你知道吗,在你发明了编程语言之后,人类继续探索,并将这个程序应用在了计算机上。随着科技的发展,电脑也得到了进化,今天就有了互联网,网……"爱丽丝表达的时候有点惊慌失措,她从来没想过,要在一个梦里,向洛芙莱斯解释从她的时代到今天,发生了哪些变化。

"我明白了……我想为这突如其来的发展做些贡献。你发我一封概述邮件,和我说说别人都进展到哪一步了,这样一来我也好开始运算。"阿达说完,转向另一侧,同一位刚刚请她喝香槟的男士聊了起来。

"我刚刚聊天的这个人是谁?"等那个男人离开后,阿达问。

"你刚刚在和罗伯特·奥本海默交谈。"

"奥本海默?哪个王朝的人?"

"不是……不是的……他是一位美国物理学家。你没听过'曼哈顿计划'吗?"

"没有,我感觉没听过。"她回答说。

阿达凑近爱丽丝,悄声说:"你知道吗?对你来说参加这种盛宴很轻松,因为你从未来穿越过来,知道所有时代发生的事。相反,当人们邀请我时,对我来说很困难。首先,我不知道自己在哪儿,在什么时代,在哪个城市,在哪个历史时期……其次,如果我不知道时间的尽头在哪儿,我该如何获知在我的时代之后发生的事呢?最近一次,我与杰拉德·巴特勒及他的同事们一起共进晚餐,那是一场为两百人举办的晚餐,而且我们是在3460年……而3460用二进制编码可以表示为110110000100b。"

"太棒了!"爱丽丝评论道,忙补充说,"我的意思不是说二进制编码太好了……而是这种聚会太棒了……"

"但在那种场合下还有人比我更老,连伽利略·伽利雷本人都来了!"洛芙莱斯说。

"伽利略·伽利雷?哪个伽利略·伽利雷?"爱丽丝问道,在她问出这个傻问题的一秒钟后立时意识到,世界上一共有几个伽利略·伽利雷呢?

"嗨,这没什么大惊小怪的……当时他女儿也在,我和她交流更多一些。她是个修女,这你是知道的。"

"当然知道……而且伽利略还让他女儿公开变节!"爱丽丝说。

"这个,好像她和我提到了这件事。"

"那你从来没有回到过去吗?"爱丽丝问。

"当然回去过。有一次,我还认识了忒亚诺①和希帕提娅②。"

---

① 出生于公元前17世纪的古希腊克罗托内,毕达哥拉斯学派中第一位女数学家。

② 又译作海芭夏、海帕西娅,著名的希腊化古埃及新柏拉图主义学者,是名重一时、广受欢迎的女性哲学家、数学家、天文学家、占星学家以及教师。

"酷！她们和你说了什么？"

"以后我再和你说。她们那时候可没什么兴致，也不想倾诉什么。当时人们都在读书，我们都围在一旁倾听。她们俩后来轮流阅读……在那个场合下我是最年轻的，就像现在的你一样！"

"那么这次对我来说只是第一次邀请，你觉得还会有其他人邀请我吗？"

"我觉得会的。"

"那我要做什么呢？"

"继续走你现在的路。"

"什么路？我没有路……这正是我的问题所在。我感觉自己的人生看不到终点……"

"不会，亲爱的。相反，你有终点。你怎么会没有？对这一点你可以确信无疑，虽然我年轻的时候也曾这样想。但你是天选之人，所以你在这里。目标，你肯定是有的。也是因为这个原因，他们还会找你来。"

"你怎么知道我是天选之人？"

"别问我这些蠢问题。"

"好吧……抱歉。"

"右边那个坐在轮椅上，旁边还有一台电脑的人是谁？"阿达问。

"他是斯蒂芬·霍金……一个伟人！"

"一个伟人？"

"一个伟大的物理学家。他研究宇宙。宇宙起源，大爆炸……"

"我很想过去和他谈谈。"

"嗯……不,等一下。他只能用电脑回答。他患有渐冻症。"

"真有趣!那么他不能动吗?"

"他只有视网膜能动。"

"我也想试试他用的那台电脑!"

"不可以!没有人做过这种事。你也不能向他借那台电脑。"

"好吧……那你和我说说你还认识其他人吗?"

"嗯,保罗·狄拉克也在这儿呢!"爱丽丝说,她指的那个男人孤独地坐在客厅角落里,很沉默,甚至没有将他的目光从地上移开。

"嗯……他看起来很羞涩,为什么呢?"

"所有人都在问这个问题。你想,尼尔斯·玻尔总是提到他——我搞不懂这个男人,他永远只回答'对''错'和'我不知道'。或许因为这一点,人人都喜欢他……"爱丽丝说完忍不住笑了起来,阿达·洛夫莱斯则继续搜寻其他有趣的面孔。

"我怎么看到这里有两位美女呢?"她们背后突然传来一个男人的声音。

爱丽丝突然转过身,这个声音很熟悉,是埃尔温·薛定谔。爱丽丝翻了个白眼,那种心情像极了宴会正高潮的时候,爸爸来赶她回家一样。其实,她也有段时间没见到薛定谔了。谁知道上次在墓园里爱丽丝对他发完脾气之后,他心情怎么样呢。爱丽丝的脸色像霜打的茄子,但薛定谔似乎没记仇，或者说，一点点怨气都没有，还是一如既往，风度翩翩。

"我去给你们找两个杯子，马上回来。"他说完就朝着酒台走去。

"2 在二进制代码中是 10b。"洛夫莱斯在爱丽丝的耳边说。

"对，但是现在先别想它了。"爱丽丝回答说。

爱丽丝用余光追踪薛定谔：他一直在酒台那儿，又请那边的四位美女喝了酒，在人家的手背上亲了十几次。爱丽丝看了看洛夫莱斯，她也同样在盯着看。见她的表情越来越不自然，爱丽丝决定和她讲一讲她的朋友薛定谔的猎艳故事。

阿达·洛夫莱斯看着薛定谔像孔雀开屏一样，对一群女人献殷勤，觉得是时候好好训斥这个男人一顿了。爱丽丝看到洛夫莱斯朝薛定谔走去，没过一会儿就挥动着胳膊，对薛定谔好一通大声呵斥。爱丽丝笑了，她看到薛定谔的脸红了，而且脸上出现了一种她从没见过的表情。但那一刻没有持续多久，两个人似乎就已握手言和了，爱丽丝看着他们挽着胳膊，朝着小树林走去。爱丽丝环顾四周，瞥见远处有一位女士。皇家咖啡馆的苏维埃大厅的轮廓渐渐模糊。爱丽丝刚刚看到了居里夫人。众神之神本人，她就在那儿，和爱丽丝身处同一空间。她身着黑色服装，纯棉面料，胳膊收紧，黑色短靴，就是爱丽丝在照片里常看她穿的那双鞋子，看起来有点像矫正鞋。她的头发梳成发髻，几缕发丝垂到右脸颊上。爱丽丝猛做了一个深呼吸，鼓起勇气，决定上前认识一下居里夫人。她朝着她的方向走去，目标是走到她那儿。她为自己开路，身边经过了两个、七个、二十个、五百个人，她就在那儿，但是距离很远。爱丽丝继续往前走，为了走到居里夫人面前，她又穿过了一群人，继续走着。这里很窄，挤满了人。爱丽丝请求借过，不时说声"不好意思"，继续往前走，她们之间的距离还是很遥远，她继续走啊走……爱丽丝的梦演变成一种焦虑。居里夫人始终无法触及。或许，这就是全部，她也搞不清楚。

爱丽丝听到有人喊她，忙转过身，发现是阿达·洛夫莱斯，她请求爱丽丝带她回家。好吧，她照做了。她们走出门，马车还在那儿等她们。她们出发了，走的还是来时的那条路。途中，爱丽丝和阿达交谈起来。

"不需要翻译，每个人只说自己的语言，而大家都能听懂。"阿达一边说，一边在座椅上整理好自己的衣服。

"参加这个聚会的人都多大年纪啦？我想说，我们每个人都来自不同的时代，每个人都活了一定的时间，当我们被邀请时，时间在每个人身上留下了什么样的标签呢？"爱丽丝问。

"这是你问我的最重要的一个问题。"

"我想过这件事，但我没能给出答案……我想说，我看到保罗·狄拉克非常年轻，也就25岁。而沃尔夫冈·泡利都已经58岁了。而他们两个差不多是同龄人。"

"25岁？25在二进制中是11001b，而45岁是11001b……懂了吗？"

"没有，我没懂。"

"好吧，没关系……不管怎么说，那个沃尔夫冈真是奇芘,他真的很怪!"阿达说着,回避了爱丽丝提出的问题。

"我知道,他总是这样,对全世界都这样。"爱丽丝说,就像谈论过时的知识一样。

"他太爱批判了,我们对他说的每一件事,他都持反对意见。更不要提他那种犬儒主义的态度了!嗯……他是真的让我不舒服!"阿达说。看来,她是真心不喜欢泡利的处世风格。

"对,也不是只有你自己这样认为!"爱丽丝确认道。

"我觉得他有一个不为任何人知的秘密,这个秘密令他脆弱。所以他才创造出那身铠甲,就为了掩饰他的脆弱!"阿达说着,依旧是一脸不屑的样子。

"现在你可以回答我的问题了吗?"

"可以,但现在我要先上床,我太累了。嘉宾们穿越时间来参加这些聚会,年龄是由他们自己选择的。也就是说,不是嘉宾有意选的,而是他们人生中需要经历改变的时刻决定的。这是一些伟大的集会,参加者必须要做选择,或被迫,或主动。而选择会带来变化。思想上的懒惰,或此前确定的生活,常常会阻碍人们做出新的选择,所以他们不做选择,混混沌沌,止步不前。而其他人,那些少数人,他们鼓起勇气,采取行动。当人们做出选择时,一切都会让步。就像掷骰子,其实并不是相信概率,只是一种尝试。尝试并赌上自己的全部,这很不一样。想要弄清楚这一点,需要多年的时间。人在做选择的那一刻,那一瞬间,会处于一种麻木、迷茫、兴奋、困扰的状态。"

"即便是个人选择,那些表面看来微不足道的个人选择,对其他人来说可能意义重大。我们并非在此评价他人的选择，我们在这儿是因为我们想改变一些事情。你也要做出改变，改变自己，坚持到底。这就是这些聚会带来的动力。你身边的人和你处于同样的状态，他们也要面对自己的个人选择。很明显，泡利要去医院，但他也不知道自己该不该去。但这些只是我的推测，说说而已。此时此处，我对泡利的想法并不感兴趣，这也不是我参加聚会的原因，我们来这里不是为了搞清楚别人，而是为了搞清楚自己。在经历了这些事情之后，你怎么想并不重要。人们会在合适的时候留下或离开。不仅是所有发生的事，还有简简单单的一句话，一个字，一个眼神。只对你有用的一件事或一个人，后来你会忘记自己曾遇到或见过他，但当他有用的时候，他自己会冒出来。"

"我明白了，真有意思。但这条规律在你身上适用吗？你在你现有年纪之前就去世了……"

"应用在我身上的是另一条规律。如果你的愿望是长生不死，或者在你活着的时候表达了这个想法，那么在你死后也会得到应验。每个人都有自己的规律。因为你还没有死，所以你在梦里的年龄和现实中的年龄一样。那么就遵循了我刚才和你说的那条规律。"

"真混乱。"

"你今晚也可能经历过或你即将经历一些别的事，毕竟夜还很漫长。聚会带来的动力大小取决于个人，每个人都可以将其任意放大，让它变得清晰或模糊。对我来说，有时只要看看太阳，集中感受它的能量，就能帮助到我。但有时，想象力很夸张，像是个广告牌一样。这须视情况而定，要取决于你，取决于你在那一刻有多敏感和易于接受，取决于你需要多少字幕。如果你需要的不是字幕，而是红色、黄色、橙色的 LED 灯牌，也只有你自己知道。有时，你只需拿一支铅笔，记录一些事，一个人，在家里，有时候甚至连那些都用不到。我不需要给你列举规律，因为每个人都有自己的规律，一切因人而异。"

爱丽丝很同意这个观点。

"你知道吗？我要告诉你一个秘密，这是之前有人告诉我的。因为我感觉我们之间有很多共同点。而当一个人与另一个人有共同点，即便是负面的，我们也有义务分担痛苦，为其指出一条通往光明的道路。我赞成一个观点，当我们不奋斗时，我们要帮助那些奋斗的人。我们每个人都有不同的人生阶段，需要用积极或消极的心态去经历。我处在心态平和阶段，所以我希望自己对别人有帮助。如果每个人都能践行这条规律，那么世界会变得更加美好。一切都要分享。这是让我们成长的力量。这是在今天，但在我的时代是不可能的。不过有一天，一位女士对我说了我现在对你说的话。我对她心存感激，我不知道还有没有机会感谢她，所以我想把从她那里得到的能量传递给你，这样一来，这个习惯便可保留下来。伟大的革命都是这样诞生的。所以，我想和你谈谈我人生中最大的痛苦。它如此沉重以至于已经成了我一直背负的枷锁。这个枷锁吞噬我的社交，剥夺我的感情，摧毁我的梦想，燃尽我的希望，给我带来噩梦，将我引入无尽深渊。不是所有人都知道我的故事，因为许多文献在这一细节面前戛然而止，它在很多时候被归类为没有细致展开的'家庭问题'。人们之前总是这样做，这是不伤害到任何人的唯一方式。"

"我很清楚。"

"听着。我的妈妈是一个很暴力的人。也就是说，光有一个像'拜伦勋爵'这样风流浪荡的父亲还不够，我还有一个暴力的母亲。她总能找到打我的理由，有时，她会在深夜将我唤醒，然后揍我一顿。我睡觉时常常在床单下蜷缩成一团，生怕她会随时过来。而且，她会让我觉得是我有错在先。她常说，我是个可恶的小孩，然后就开始打我。当她觉得该揍我一顿了，她就会来到我面前，开始扇我耳光，对我拳脚相向，还会走到另一个房间，找一些顺手的工具来打我，有时是一只鞋，有时是长柄勺，有时是衣柜里的拐杖。我身上总是青一块紫一块的。但她很小心，不会伤到我的脸，因为那是她的原则。没人会知道，没人能看到。如果我威胁说要报警，她会变本加厉地打我，直到我最后闭嘴。如果我大声呼救，她也会变本加厉地打我，直到我不再呼救。如果我把自己关在洗手间里，不管她怎么大喊大叫也不开门，那么之后她也会更变本加厉地打我，直到我不再把自己关在洗手间。我接受这一切，然后忍耐，等她揍完。因为这一切总有结束的时候。我知道，家暴总有结束的时候。于是，我变得逆来顺受。她把我看作是她和一个她爱过的男人爱情故事的终结。因为我一出生，他们便分手了；直觉告诉她，我是一个多余的人。但这一切都是隐匿的，静止的，在意想不到的气氛中悄然降临。家暴时刻与其他时刻都是孤立的。当然了,拥抱、亲吻、生日派对、礼物……这些亦从未有过。但那才是生活的常态。可我早已经习惯了。我在那个家里和她一起生活时很痛苦,在外面很开心,人们知道我痛苦时他们就很开心,这是一个没人理解的恶性循环,只有我懂,所以我对外保持微笑,因为我不想让那些人得逞。只有当我不再和她一起,不再和她独处时,我才感到安心。因为当我和她在一起时,只要有一个外人在场,她都会表现得不一样,当然,并不会有多温柔,而是将全部关注放在她自己身上——作为一个单身母亲,她总是希望获得同情,于是,所有人都鼓励她,但从来没人考虑我的感受。根本不会有人想到我家里住着一个魔鬼。终于,我从那个家里逃脱,那决定性的一瞬间,让我终于从魔鬼身边解脱出来。我之前总会读一些受虐女童的故事,那些故事书我小心翼翼地保存了二十年,我只和她们,而从未和其他任何人分享过我的痛苦。我的一切感情都受到了她的影响。我从未有过一段健康的感情经历。她过去总喊我'可恶的小孩',那我怎么会渴望真实、简单、正常的感情呢?她总是说我很丑,看见我就恶心。所以我是地球上脸皮最薄的人,而我也开始自我惩罚。这是一个恶性循环。只有当我觉察到自己的内心,我才走了出来,卸下了枷锁。"

"你和我说的这些事,我也曾经历过……你知道吗?那你是从哪里获取力量的呢?"

"爱丽丝,我明白你,不然我在你的梦里不会是这个年纪。你正在弄清楚一些非常重要的事,但你要放下负担。"

"我该怎么做呢?"

"你要想你是小孩子,而她是个大人。错的是她,而不是你。你不用原谅你的妈妈,你要原谅的是你自己。"

(未完待续)

* * *

本章中,爱丽丝的梦帮助她解决了一个最大的生存痛苦,消除了折磨她一生的想法,那就是她施暴的母亲。我则借助英国计算机学会的档案材料和 2012 年 10 月 16 日的《新科学家》中的数据重构了阿达·洛夫莱斯的故事。

第二十四章
杀死比尔（二）

爱丽丝现在一个人。她记得自己有辆自行车锁在了什么地方。她在《杀死比尔》女主角的同款套装的口袋里翻找，终于找到了钥匙。她沿着环路奔走，转过街角，发现了锁在柱子上的自行车。那肯定是她的自行车，因为后轮的车身上画了一个 Ψ 符号。她开锁，骑了起来。谁知骑了还不到 10 米，她就听到背后有人狂按车铃。她转过身，发现是埃尔温·薛定谔，他也在骑自行车。他骑到爱丽丝身旁，邀请她一起沿着环路骑行。爱丽丝接受了。她毫不害怕。他们开始一起骑了起来。薛定谔持续加速，爱丽丝跟在他身后，仔细观察着他的后轮——车轮外有一个轮罩，上面贴着一个胶带，胶带上有两个 Ψ，第二个 Ψ 右上角有一个星号。薛定谔还在加速，爱丽丝紧随其后，感觉有些吃力。他们一起骑，越骑越快，互相一句话都没说，像两道闪电一样从城里疾驰而过。他们喘着粗气，骑了好一会儿，终于沿着环路骑完了一圈，又回到了出发点，他们相遇的地方。爱丽丝对这一圈骑行很满意，虽然腿有点疼。她和薛定谔提议说休息一下，他接受了，两人把自行车靠在一起，然后在不远处公园的青草地上躺了下来，看着天空。

"为什么所有人的生命都只有一次呢？"爱丽丝问。

"好问题，这是你在我的墓碑上读到的，对吗？你还记得今年年初，我们第一次在阿尔普巴赫墓园见面的时候吗？"薛定谔说。

"是的，当然记得了，从那里开始了我的奇幻之旅。"

"好的，我想告诉你一件重要的事，爱丽丝。对你来说，时机成熟了。你已经走完了一个周期，该得出一些结论了。首先，我想引用哲学家荣格的一句话，我一直很崇拜他。因为他在一个与我完全不同的背景下，以强烈抨击的形式强调了同样的概念。荣格说：'整个科学就是一个灵魂的函数，所有的知识都在这里扎了根；灵魂是最伟大的宇宙奇迹，这是世界作为一个主体存在的必要条件；令人惊讶的是，除了极少数的例外，西方世界似乎对这种存在少有赞誉；洪水诞生自万物一体。'

"当然荣格是有道理的。两千年来，我们一直关注认知的客体，一直忽略了认知的主体，而总是把主体推到身后，推到了一个可能不复存在的深渊边缘。这是我们之前认为为了获得清晰的世界观，为了建立能让我们在现实中不迷失自己的坐标而必须要付出的代价。但这个代价真的太高了。我们甚至从来没有停下来问问自己，是否真的有必要这样做。这并不是唯一的选择，这不过是最容易的选择。荣格很清楚这一点，他不畏惧面对未知的海洋，不畏惧将自己投身黑水之渊。他不畏惧指责我们，指出不可原谅的粗心，他将其称为'灵魂的疏忽'。我们以科学之名牺牲了我们的灵魂，我们放弃了无尽的视野，把自己锁在实验室的围墙之内。为了聚焦于单一答案，我们不愿面对开放的问题、丰富的感受、无尽的体验，同时，欺骗自己答案才是唯一值得去探求的，并认为这样才有可能分离出真相的些许碎片。但真理永远不可能被关在笼子里，而现实，本质上说，总是会逃避我们，我们不能拥抱现实，只能让现实将我们颠覆。现实是一片包罗万象的海洋，不可能将其疏导入渠，也不可能将一个波浪与另一个波浪、一阵洪流与另一阵洪流、热与冷、甜与咸、每一滴透明的海水与海底无限的黑渊分开。我们应该后退，退回我们轻率选择的岔路口，退回起点重新审视主体、感觉的细微变化、意识和意识下潜藏的一切以及复杂的经验，质疑我们的每一次成就，选择让我们脚下的土地土崩瓦解。这是一件不讨好的工作，永远看不到尽头。所以，我们要立刻开始。现在时机有利，荣格和心理学告诉我们可以这样做，甚至除此之外别无他选。面对岔路，我们要选择走哪条路。"

"我总是害怕做选择，如果遇到岔路，我会止步不前。"

"不要总是执着于你的消极想法，爱丽丝。与自己和解。你说的并非真相。过去是那样，但并不代表你现在经历的也是那样。你已经变了。看看你自己，看看你的内心。现在，你是一个全新的爱丽丝。毕竟，你已经完成了一个完整闭环！"薛定谔说。

"好吧，我相信你……但我有一个疑问：你只在梦里见到我，也许现实中我还总是懦弱的老样子呢。这你又不可能知道！"

"你好好想想：当你做梦时，好像总是处于一个复杂的现实和环境中，你会遇到人、危险或惊喜，有时，有人会告诉你一些重要的事情，令你印象深刻，或者有人会告诉你一个秘密……有时你在追踪什么东西，有时是什么东西在追踪你……但这些都是你的大脑构想出来的，也完全取决于你，虽然在梦里你可能不明白这一点。说到底，这与所谓的外部现实相比，有什么区别呢？你从来没有在梦里爱得死去活来过吗？你从来没有经历过恐惧、憎恨或生气吗？那些都不是真实情感吗？

"你是一个科学家，你的生活就是追踪粒子的运动，而现在你知道了这由统计数据决定，原因和结果都是可预测的，并且按照预测模板是可归类的……发生在你身上的事，和发生在任何生物身上的所有事，都可以汇聚到你的意识中，在有意识或无意识的情况下，由思想来指导行动。你可以把身体看作一个复杂的系统，虽然这个比喻有点难，或许更好接受的是将身体看作是动物，并告诉自己不一样，因为我们有思想……问题是当你开始这样思考，开始明白控制我们身体的决定性机制是如何运作的时候，面对任一身体，你都不能停下来去探究它，而且你要非常努力地接受与思想分离的幻觉。那么，这从未有人见过的，没有人能按照定义抓住或观测到的这个魔鬼会在哪里呢？在松果体当中吗？那为什么人体内有，动物体内就没有呢？它在哪一个进化的时刻转变为思想的呢？第一个拥有了不朽精神的直立猿人是谁？一些哲学家还问，是不是女人们也有！她们当然没有了，女人们是独特存在中最纯粹的表达，所以我爱她们所有人，因为她们不需要任何思想的幻觉，也多亏了她们，我才终于搞懂了我要放弃自己的幻想。

"我们走的这条路很危险，因为没有回头路可走。康德曾经尝试过，并迷失在幻想的困境之中，在他身后还有很多追随者，他们相信存在不可知的外部现实，构建了内部图像的无限认知。他复制了我们每个人的内心矛盾，只是为了逃离物质决定论，保留自己的内心自由，并在更高层次上追求自由，他必须要完全信赖科学逻辑。因为如果确定一个人不能否定因果决定论，那么意识便自由存在，意识是个人选择和个人反应的主导，它总能决定选择一条路而非另一条路，最后对结果负责。

"康德认为唯一的解决方案是将意识与外部现实分离，但他不明白最简单的答案，从阿特曼和梵天在《奥义书》中的巧合开始，已经存在了两千多年。真正的幻觉其实就是本我，但他没有意识到这与无处不在的超我是一致的，超我就是现实本身，在它之外什么都不存在，因为概念之外并不适用，因为不存在任何概念，概念是存在与我们每个人的统一。

"一件事发生，是因为科学能够渗透到的统计领域记录了这件事的发生。但是，你的自我能够存在，且自由存在，超脱于感情认知之外，产生直接体验，因此自我会认为自己与外部世界是分开的，它不想让自己被一系列不受控制的事件拖着走。就在这儿，所有人走错了路，向一个机器的世界屈服，或者为了逃脱第一个世界，便创造出另一个虚幻世界。很少有人能看明白，其实不需要在岔路口选择

281

方向,而是要睁开眼睛,看清楚其实没有任何分岔口。面对决定论和自由意志论,答案并不是将因果的物质层面与自由意志的精神层面分开,自由意志充满了虚幻和想象。唯一可能的真相,就是决定论的原因在自我——自我之外不存在现实,令我们迷失的多样性是幻想的结果;我们沉迷于这种幻觉,因为我们执着于表象下挣扎的有限而矛盾的'小我',而不是走出来感受存在的统一。这是叔本华的意志,可以通过我们的身体表达出来,可以直接体会,而不需要通过理性和抽象化光谱来进行推理,我们应该屈从于这种非理性能量构成的意志,拒绝将自己限制在一个局限之中。

"你觉得这个观点太大,无法理解吗?那你就错了,因为这根本不是一个观点,这只不过是你所处的现实。你认为自己在水中游泳,却没有意识到自己就是河流本身。你可以引领自己到它想去、你想去、你之前想要到达的地方。

"你应该清楚这一点,你在梦想和现实之间反复横跳,你总是拒绝接受一个明确、自由意志的现实,你总是和我对话,因为你知道时间和空间的障碍皆虚幻,你知道此时此刻,相比你在现实中遇到的很多人,我是更真实的。你的生命只有一次,你的存在也只有一次,如果现在你看我就像是在看你喜欢的人,那么一瞬间你就会明白这个道理。在每个女人的目光中,我都能找到终极知识的大门,我怎么能只选择其中一个,而将其他存在的无限江河拒之门外呢?她们的身体是有待穿越的突破口,她们的嘴唇是最新的真理之源,无论你亲吻谁,只要你睁大眼睛,就会发现我的目光和真理之光唾手可得。你不能杀死比尔，因为比尔已经死了。比尔也依旧活着，它便是你自己。"

※ ※ ※

在这一章的梦境里，薛定谔向爱丽丝揭示了一个伟大的真相，并帮助她解决了生存谜题，消除了折磨她多年的猫的问题。在这里，薛定谔表达的所有观点，从康德到荣格，再到佛学思想，所有这些话皆出自他的作品。

第二十五章
存在皆为一体

2020年2月17日

　　我来到了维也纳宫廷剧院，加入了这里组织的一些导览活动。导游在介绍，没一会儿我便觉得有些无聊，借口要去厕所，随即离开了旅行团，一个人参观起来。我沿着通往不同房间的长廊漫步。我在思考。我有一些问题、怀疑和恐惧。我知道的越多，我的问题就越多。我不知道自己还能不能完成这个研究。我不知道这个故事是不是还有一个结尾。我独自一人在这里，走在空荡荡的剧场中，试图寻找答案。我独自一人在这里，我是个没用的人。我停止了这个念头。我强迫自己不要这样想——这是消极的想法，会剥夺我的能量。我独自一人在这里，在这个非常漂亮的地方。这里不是墓园，而是一个空荡荡的剧场，但或许都一样。走进一个空荡荡的、没有观众的剧场，就像是走进一个改为世俗所用的教堂一样。你知道这里曾经有过成千上万人，将来也会有成千上万人，但你看不到他们，感受不到他们，触碰不到他们，这种感觉很奇怪。

我不是在墓园里，我再说一遍。我感觉对自己重复这句话有一种救赎的感觉。我在一个空旷的剧场中。二者之间很难找到差别。在剧场里，人们会怀念死者，讲述死者，扮演死者，回忆、人群、姿态、瞬间都将重新浮现在我们眼前。剧场是死亡，剧场也是生命。在剧场里，时间好像停滞了一样，不管谁以观众的身份进入剧场，在他进来的那一刻，都要停下自己的时间。来到剧场，就把一天的烦恼、焦虑抛在脑后；演出开始了，演员们在观众面前创作的那场演出，没有中断，只是为了观众。观众要停下自己的时间，停止思考自己的人生，进入他即将聆听的故事。故事有自己的时间。等故事结束之后，观众们的时间重启，反正时间是静止地等待自己。舞台上的演员们也一样，只要幕布一揭开，他们的时间、人生也停下来了，他们开始表演，等故事结束后，他们的时间才重新开始。

这就是阿尔伯特·爱因斯坦为什么这么热爱剧院的原因。因为他可以对时间进行反思，而且他自己还创造了一个自己的时间定义，那就是他写的相对论。或许，爱因斯坦创作时想的就是剧场。我看着墙上的照片，注视着所有在这里表演过的著名女演员们。海蒂·拉玛的照片在门口，被放得很大。葛丽泰·嘉宝，玛琳·黛德丽，英格丽·褒曼，琼·克劳馥，贝蒂·戴维斯，丽塔·海华斯，简·哈洛，凯瑟琳·赫本，艾娃·加德纳，费雯·丽，劳伦·白考尔，格蕾丝·凯莉，奥黛丽·赫本，格洛丽亚·斯旺森，玛丽莲·梦露。我看了看自己《杀死比尔》女主角的同款黄色运动服，一瞬间很惭愧。看看她们，这才是女人。但还有一些事情我想不明白,还有一些我的大脑抓不住的东西。我怎么才能把这个谜语组合起来呢?

不知道她们做学生的时候是什么样的……她们,舞台上的这些女人们。海蒂艳压群芳,她学的是工程学,在维也纳理工学院。海蒂……那,我呢?我是什么样的学生呢?我上学的时候也是一个矛盾体。我们那时嘲笑老师,上课没有热情,就只剩下烦恼和无聊。一种奇怪的现象在我们身上发生——读高中时,我们的智力水平已经超过了学校。我们能感知从老师身上已经学不到什么东西了。就像他们常说的,我们在板凳上坐不住了。但其实是他们已经没有什么真东西能讲给我们听了。课桌,老师,学科。外面熙熙攘攘,一个有待探索的世界,2000年初非常美好,城里充满了无数的新鲜事,有很多的剧场、博物馆、书店、大学和音乐,都给我们准备好了惊喜。

我们对知识和娱乐的渴求、对艺术和文化的好奇在学校得不到任何滋养,相反,它令我们窒息,所以我们热情地奔赴远离学校的地方。一开始,我们是少数,后来我们影响了那些持怀疑态度或对此习以为常的人。在2000年初,年轻人的热情像一种大流行病。就像是麻疹或猩红热一样,我们互相传染着这种热情。那时,我有了人生中第一群朋友,我和他们分享全部,并且我也受到了他们的影响。后来,就像是毕业时一样,我们又经历了分离。每个人选择了自己的路。但那些年依旧是我回忆里最美好的时光——我不害怕表达这个观点。今天,我的反思,我的疑问,我的个性是另外一回事。正因为我做出的选择,我选择的路,我才成了我。我是我自己，这已足够。

　　我被一所私立高中录用为老师，从那一刻起，我投身于工作之中。是的，我不是一个随波逐流的人，那是我最不想成为的人。我成了我上学时候最想要拥有的老师。以上。我在班里说笑、唱歌、跳舞。我把孩子们带到院子里，出去玩儿，带他们去参观博物馆。我们到广场上去抗议，占领了学校，跑到房顶上去。我们成了反对分子，即反对某些过时、贫瘠的僵化规则。我跳到课桌上，是的，在桌子上。像指挥官一样自豪。我就在桌子上上课，从课桌上跳到讲桌上，然后跳到墙上。我们在大教室上课时，我还跳上过讲经台。孩子们，物理就是生活。物理是一切你想成为的东西。我的学生们都很喜欢我，他们会在街上拦着我和我聊天，会给我写邮件，会在生日时给我送花和礼物，他们会在网络上写我的故事，然后成千上万地转发，他们会给我拥抱。他们拥抱我，而我那时不会拥抱任何人。

　　一天，校长突然闯入了教室。我当时正挥舞着胳膊，声嘶力竭地吟诵着罗伯特·弗罗斯特的《未择之路》；孩子们也都像我一样，站在桌子上。

> 金色树林里的两岔路，
> 可惜我将无法都涉足，
> 我站在那路口久久伫立，
> 极目远眺一条路，
> 直到它消失在丛林的深处。

但我却选择了另一条路,
也许有更好的理由,
它荒草萋萋,十分幽寂,
虽然这两条小路上,
都很少留下旅人的足迹。

虽然那天清晨落叶满地,
两条路都未经脚印污染,
哦,给未来的某天留下第一条路!
但我知道路径延绵无尽头,
恐怕我难以再返回。

我将轻声叹息把往事回顾,
也许多少年后在某个地方,
一片树林里分出两条路,
而我选择了人迹更少的一条,
我的一生也就此改变。

校长走了进来,我从桌子上跳下,我们都从桌子上跳下。他把我叫到他办公室,对我说了很长的一段话,字里行间充斥着扭曲、荒诞的言辞。他说有家长抗议,有同事抱怨,有学生误入歧途。他假装为我的未来担忧,建议我申请转岗,或休假一段时间。他说,他这样是为我好。他说话的语气很有礼貌,也是一种赤裸裸的威胁。如果我不按照他说去做,他会让我的人生变成地狱。我接受了,屈服了,在辞职信上签了字。他伤害了我，我满身鲜血；现在我看着自己的伤疤，它们已经成了我的力量。其他人在此之前也经历过这些，甚至更大的伤害，这就是我一直在寻找的分享。

现在我明白了，如果我有哲学家或科学家的头脑，我会预见那天我的行为带来的后果。而且，如果我一直沿着那条路走下去，恐怕我很难再返回。因为我要重新审视我所有的直觉，这是我思考问题的基础。但是，这远超出我的知识和智力水平。更不要说我的勇气或能量了。有些事存在，是因为我们相信其存在。所以，我们要注意我们说的话，因为一旦它们获得哪怕一点点根据，那么迟早会变成现实。而当人们意识到这件事时，故事往往已经开始了。我的故事，尽管平平无奇，现在也变得意想不到、极不寻常；它引导我的方向，我别无选择。一天晚上，一只猫从街上冒了出来。不知什么东西，原本飘浮在空中，但突然就在我眼前定格。现在最合理的事情，就是看看我面前出现的那个东西，想想需要做什么样的选择。我应该去努力解决摆在我面前的问题，对我而言已经十分复杂了。一只猫，既是虚无，又是全部。又或许是一个信号。

有时，当你睁开双眼，会发现自己身处黑暗中。随后便发现我们相信的一切其实并不可靠。这可能发生在一瞬间，然而却无法回头，回到那个坚实的、确定的、虚幻的，我们游刃有余的现实空间。生活中，这样的事我很早就经历过。我必须要伴随这种不安成长，必然也付出了很多辛苦。不知道是不是或早或晚，这会发生在所有人身上。或许，只会发生在最幸运的人身上。比如我，或者和我一样的人身上。总之，就是在这样的时刻，生存问题产生，并与现实达成妥协。

2020年2月18日

维也纳，墓园。我与汤米一同在墓碑间散步。我们的见面变得越来越规律。今天，我想带他来这里，是因为这里是我们第一次约会的地点。没有比这更浪漫的事了。

"你的研究进展到哪一步啦？"他问。

"我还是在围绕着那只猫转。在科幻故事中，经常提到薛定谔的猫。对于描述科学的人来说，那只猫概括了常规现实中遇到的问题。对于那些试图理解量子力学与日常生活关系的人来说，那只猫提供了一个中间现实层面的观点。对海森堡来说，它就是获得量子力学的代价。"

"那你得到什么结论了呢？"他问。

"目前没有。我正在把碎片拼装在一起。我读了一本新书，书里也引用了猫。这一次，这只猫的作业是让一个荒谬的情节更加合理。它让情节不会太神奇或神秘，不然会更坏。"

"那它用了什么策略呢？"

"第二自我。"

"第二自我，当然了。为什么我自己就想不到呢！"

"现在你是想告诉我，我正在读的这本书，你本来也想写吗？"

"不是，我正在努力理解你……第二自我是一个很好的阅读方法……你已经走上了正确的路。"他用一种让人消气的安全态度说。

他正在努力理解我，而我自己都不理解我自己。所以是我们两个人一起在理解我自己。好的，我们会找到答案的。

2020年2月19日

博物馆区，维也纳。精神大会正在进行中。我挤在一群报名者中间。这个地方让我很有安全感。在我人生的其他时候，我不会在这样的地方停留超过5分钟，但现在我从容不迫。或许，是我的内心发生了改变；不是他们变得没那么无聊了，而是我自己。我聆听，迷失于大师的话语。对于他说的一切，我完全同意。

"……你们要相信科学。而且在这里，我想向你们引用他的一句话：'在科学中大胆探险时，我的信心来自基本信仰，无论是在科学还是在佛学中，理解现实的本质是要通过批判调查来实现——如果科学分析毫无疑问地展示某些佛学观点是错误的，那么我们应该接受这一现实并放弃那些观点。'你们要记住他的话。而且，我还想给你们读一下这段话，节选自《原子中的宇宙》：'当人们听到对亚原子，比如现代物理学中对夸克和轻粒子的描述时，就会发现，古老佛学中有关原子理论及其对物质不可再分的最小粒子概念为其提供了一些原始模型。然而佛教理论学家们的基本观点认为，即便是物质中最微小的组成部分，也应该被看作是合成物，显然这一观点是正确的。'我看到这个教室里有一些年轻人，这让我很开心，但你们应该不会记得发生在1983年，具体是8月30日发生的一件事。在瑞士的CERN实验室，迎来了一些外国人士。接待他们的是物理学家约翰·贝尔——贝尔继薛定谔及其猫实验，爱因斯坦和EPR佯谬之后，深化了量子物理的理论研究。中途，有人询问了大爆炸和基础粒子的相关问题，探究了从无限大到无限小的奥秘。贝尔的回答很有趣，但更有趣的是问题。两人之间的对话具有深远的现实意义，常顾常新。我觉得我们要从这些事情中汲取养分。发言结束时，我想引用物理学家理查德·费曼的一句话：'你们要对试图向你们解释量子物理的人心存疑问，尤其当他不是一位物理学家的时候——他要么是个疯子，要么是在说谎。'"

现在换人了。另一位大师登台。我完完整整地听完了他的演讲，既不感到累，也不觉得无聊。现在是与精神大师面谈的机会，我选了一位大师，开始排队。两小时后，我和他见面了。我同他说话，他聆听的方式很有趣，我向他提问，他的回答令我好奇——我灵魂的本质，声音的探索，潜意识，自我认知，前行之路。

见面结束后，我走出房间，感到莫大的满足。我围着花园散步，在一尊巨大的佛像前停了下来。它很高大，但却不令我感到害怕。佛像整个是陶瓷制成的，至少有我的五倍高。我打量着它，坐在它面前的一张长椅上。我继续打量它，手里还拿着大会的传单。我看了看传单，翻阅一下，脑海中回想起大师对我说过的一些话，以及他引用的一些格言和信条的解读。我内心舒适，将一切重新定义，我感受到的或读到的一切都是对我有帮助的现实，不再有详尽的信息，也没有盲目的信念。我又想起来薛定谔的那些话。昨天，我去了档案馆，读到了他的一些笔记。

薛定谔谈到了亚瑟·埃丁顿的两台写字台。一台是家里的老家具，他常在上面伏案工作；另一台是他的想象。埃丁顿在科学界创造的一切，都是在写字台上诞生的。不管是真实的写字台，还是想象出来的写字台，对他的研究都至关重要。我们眼前的一切实体都是真实的，虽然物理学告诉我们，它们满目疮痍，原子之间充满了空隙。而通过想象，我们可以感知到虚空，虚无，被无数微小颗粒包围，我们可以用目光穿透它。在物理的世界里，我们可以看到家庭生活的影子。埃丁顿倚在木桌上，在纸页上挥洒墨水，这一切构成了所有的想象。现在，任何一位物理学家都意识到学习空间是一个影子的世界，他们会在一个没有固定支点的空间中艰难摸索。这一点我早就明白了，否则我不会如此迷茫。

说到底，我与大部分同龄人一样迷失了方向。正因如此，我才寻找生存问题的答案。而且，我认定不是所有人都能这样做。不是所有人都会提出这些问题。当然，我希望提出这些问题的人越来越多，但我不能保证。现在，我感觉自己是一个被偏爱的人。光明，生命，这完美地比喻了人类正在经历的时刻。这个时代中，量子物理将决定选择，变化，未来。正如量子物理在20世纪中带给人类的一切。今天，我们都是天选之人，我们是宇宙变化中留下痕迹的见证者。一旦做出这个发现，便很难适应生活，而其中一些人适应得格外困难。所以，我正在投入时间；所以，量子物理让我感觉很熟悉，也立刻变成了我思想的避难所。只有不放弃凝视地平线的人，不满足于部分答案的人，即便以牺牲宁静为代价，也要获得真相的人，才能收获更多。薛定谔之前这样说过。

说到底，早在德谟克里特和更早之前，便是如此。如果我们刚刚意识到这件事，刚刚有所感知，那这就是生命的循环。现在，我们当中认识到这一点的人太多了，这使我们不能再保持沉默，也不能像人们之前对待20世纪物理学家们那样，让别人把我们当作傻瓜或空想家。人们不能相信与世界有联系的同时，可以忽略思想在构建世界中发挥的作用。我想到了查尔斯·谢灵顿爵士，想到了他在爱丁堡大学的课程，后来被编写成了《人的本性》：他从未退缩，敢于强调思想的作用，尽管担心失败在起点，但他还是诚实地努力，试图用科学证明这一点。而如今多亏了他，才有这了这个观点。思想的存在没有物理空间，思想行为产生于经验当中，但却不能被固定在图像中，或用固定参数来衡量。因为经验在不同变量中不可分割，两个主体的经验永远不能被归为一件事，因为黑暗与光明、生与死、对与错总是同时存在，不可能将两者之一排除在外，不然只是捕风捉影。我得出了一个新的观点：薛定谔便是我的意识，量子物理既是我的毁灭，也是我的救赎。

众生皆为一体。世界是我们的感觉、我们的认知，我们的回忆的总和。认为世界本身本就客观存在是很简单的事。

但无论如何，存在也不足以解释我们感觉到的事实。康德对形而上学的概念进行抨击，他谈到了一个我们认知中不可知也不可及的领域，但在现实中，这并不容易。否则，留给我们的还有什么呢？基尔霍夫和马赫对科学的定义是"用最完整和简洁的方式对事实进行描述"，这会推动人类的进步吗？东方思想，因为严格的结构和区分，已经达到了人类能力的极限，而结果也差强人意。四个基本问题总是折磨着我们，我们不可能因为无法回答或科学测量的准确性而回避这些问题。自我存在吗？自我之外的世界存在吗？身体死亡后自我也会消失吗？我的身体死亡后，世界也会消失吗？我们不能局限地回答是或否，而是要调查身体和意识之间最深刻的本质。我们目前的认知足以证明，我们称为"自我"的感觉，以及身体和大脑之间的物质联系是紧密的、不可分割的，因此唯一有可能的答案是，身体的消散与自我的消散是一致的。

当我看风景，或只看到一棵树时，我可以认为自己与所见是分开的，我可以认为自己是会死的，但即便我死了，山川也不会变，但是当我躺在石头上，伸展胳膊，我感觉自己是宇宙本质的一部分，是支撑树木能量的一部分，这使我的心在跳，血在流。我也可以说："我在东和西，我在上和下，我是整个世界。"我只能存在于当下，时间无限，没有尽头。这种意识最终消除了一切人为区分，让我回到真理，回到我内心的本质。所以，我感觉自己与全人类融为一体，而个体回忆和集体回忆之间的区分，不过是个体的幻想，它将会变得无关紧要。对于动物来说，这更简单：它们屈服于物种生存的压力，出于动物本能在个体案例中具有集体认知的案例事实上有很多。人的困难在于对自身行为的内在感知，这会滋养灵魂的幻影。我们将直觉看作是某种内在的东西，相较理性没有那么精致，所以我们才忽略了其重要性。听从本能会向我们揭示真正的本质。虽然如此，当谈及本质问题，谈到那些从来都没有答案的问题，所有意见最终都是一致的。薛定谔说得对，我们每个人都有自己对现实的认知。每个人都有自发的信念，想要做自己，生活在自己的空间里，而直觉并不重要。此外，薛定谔害怕最对物理分支苦心钻研，这也是他的外孙子特里·鲁道夫告诉我的，他也持同样的观点。而对于其他人来说，更简单的是把猫和猫的盒子看作是个人的困窘，解决办法是一种矛盾，根据心情，人们可以相信一件事或它的反面。演员和诽谤者就能做到无缝衔接。所以，我可以想象一个自己的版本，尤其是当我在这儿，在一个神圣的场所。科学的命运就是最强大的理论往往会落入疑问之网。但很明显，不能因为这一点就把薛定谔的思想与那些新时代的愚蠢思想混为一谈。每一个纯粹的想法都会将提出这一想法的人带入无尽深渊。

薛定谔，在他生命的最后时刻，投身于诗歌和哲学，他早已不再是一名物理学家，不再想为世界的命运做贡献，也已经放弃了为宇宙基础物理的最高事业贡献力量。他还戏谑地提出了"薛定谔第二方程"：这个方程带来了叠加态原理，薛定谔把它延伸到全世界，揭示了第一方程的全部范围。物理学家们最后总是一概而论。他认为，存在一个不再区分主观和客观的唯一世界。在这个世界中，自我与其所属的一切混为一谈。这件事发生在瞬间永恒。正如佛教所说：阿特曼，自我，婆罗门，一切，皆为一体。这就是薛定谔的第二方程，它与第一方程同样重要。众生皆为同一存在。宇宙是你。宇宙也是我。

※ ※ ※

爱丽丝的自我探索之旅还在继续，终于在本章中提到了薛定谔的那句"万物皆为一物"的最深刻的含义，这句话改变了爱丽丝到现在为止设想过的一切意义。

第二十六章
薛定谔的猫会传染

2020年2月20日

  维也纳，家里。我看着那张海报。我发现薛定谔桌子上摆着的盒子是中国风样式。盒子里还装着别的盒子。有两个盒子是打开的，又或许是三个。我也看不出来第三个是一个盒子还是一摞纸牌。我也不关心。我坐到电脑前，在视频订阅频道上搜索。我看了"大卡车"上传的一个视频，利兹大学的伦纳德·斯宾塞上传了两个视频。我没有笑，也一点都不想笑。甚至，这些视频让我感到一丝伤感。在视频平台上看视频是一个很傻的习惯，一个墨守成规而又愚笨的习惯。我决定暂停一段时间。我打开演说频道，看看它是否给我同样的感觉。事实上，并不会。我看了两个视频，都很有意思。我打开社交软件，删除了七个男人的聊天请求；同时接到了一通视频邀请。是帕特里克，我们有段时间没联系了。

  "帕特里克，见到你很高兴！"

  "你好啊，研究员，在老大陆上生活得怎么样？"

  "嗨，奇奇怪怪地过呗……"

"我刚刚在想你的生活……"

"想什么?"

"就是想到了你在建构的东西,还有我帮你做的研究。"

帕特里克总能做到和我情绪保持同频,真不知道他是怎么做到的。一定是因为镜像神经元。

"我意识到了自己,我的身体,我的欲望,我在经历了巨大的痛苦!巨大的悲伤!无尽的堕落之后才意识到的这些……"

"你继续说。"

"但有什么东西占了上风。我的想法慢慢出现了一些转变,甚至让我觉得不太正常。我意识到生活中围绕在我身旁的所有事,那些最常见的事正一点点脱离。发生在我身上的事,让我不能依靠任何人,因为我自己都没有意识到。我也不知道这种变化是什么时候开始的,是什么原因导致的;只能说最开始我都没有留意到这一点。我唯一记得清楚的是,我开始做选择,开始关注,且只关注那些我下意识去经历的事或人。我清空了无意义的想法和周围负面的声音,努力减少噪声。我感觉自己经历了人生中最平静的时刻之一,就像是我在漫漫生活中度了一个长假。一个只有我自己的假期,且完全是淡季。虽然我在旅行,但我是静止的。虽然我在表达,但我是沉默的。虽然我什么都做了,但我什么都没做。

"现在,你可能会觉得奇怪,我对你分析我的人生,此时此刻,通过一通电话,但我感觉这十分必要,尤其是和你,尤其是在现在。我刚才提到了变化,但是比起我正在对你说的,这个词太大了。从表面看来,我一点变化都没有,除了

299

那些鸡毛蒜皮的事。但观察鸡毛蒜皮的同时，我自己发生了变化。我同时既是自己，也是别人。而别人同时既是我，也是他自己。二者之间没有谁比谁更真实。我对话的每个人都是我自己，我们和平共处。我的我的反面……但是我很难看清自己，实现进一步内心觉察的路尤为漫长。因为我没办法把我对你说的那些勾勒出来。而不管思想把我们引领到哪里，都是错误的。这是真正的烦恼。一件事情和它的反面。或者就像是一面镜子。然后，我问自己：对反思的反思是现实吗？是现实的重构吗？两种幻想相加可以回归真实吗？错误的错误就是正确吗？我看着镜子里的自己，问自己这些问题。我在等一个信号，有些东西正在从远处朝我缓缓走来。就是这样。于是，从那时起，我把对立小心翼翼地，机智地守护在心里。我热爱我所有犯过的错误……不知道你是不是理解我。"

我完全理解："我觉得薛定谔的猫会传染。"

"你说什么？"

"我说我全都明白，我说你说得对。"

"犯错让我们成长，失误让我们变好，蠢话让我们清醒，灾难让我们重生，深渊让我们翱翔。"

"你真是个天才，帕特里克。"

"是的，我知道……我妈妈之前总说我是个天才！所以，为什么你刚才和我说生活奇奇怪怪？你想对我说一说吗？"

"欧洲正在蔓延一种奇怪的人际恐慌，维也纳已经有初始病例了，甚至在蒂罗尔州也出现了一个奇怪的疫区，但我还没有搞清楚怎么回事，现在我也不能和你说清楚。"

"哦，天哪，别和我提病毒，我感觉自己好像已经染上病毒了！"

"别担心，它不通过电话传播。"

"那就好，你确定它不会通过网络连线传染吗？"

"当然不会了！你想什么呢？你傻吗？"

"只能通过人传播吗？"他还在问。

"是的，没错，只要和感染者保持一米以上的社交距离，就是安全的……再说了，即便是我在你面前，我是能和你亲密接触，还是能和你保持一米以内的社交距离？"我向他确认。

"我和你说过了，研究员，如果有一天我根深蒂固的性取向改变了，你将是第一个得知消息的人！"

2020年2月21日

维也纳，电脑前。我与弗里曼·戴森取得了联系，我们互相发了一些邮件，现在正在视频聊天。他让我谈谈近况，问我是否收到了李奥纳特·苏士侃的邮件，以及我是不是弄清楚了薛定谔的神秘签名。他居然全部都记得，太厉害了。

"是的，他给我发了一封邮件。第二个 Ψ 上面带星号代表取共轭形式，因为波函数方程的方程根是 -1，因此 i 是一个虚数单位，所以从数学角度来看它们很复杂，波函数应该乘以它的取共轭形式，也就是上面有星号的 Ψ。总之关于这个话题，他给我发了一篇很长的数学论文，我花了两天的时间才弄清楚。"

"所以，薛定谔认为自己是一个共轭复数。"他说。

"啊，天哪！我迷失在数学问题里，忽略了整体……他是他自己，也是他的共轭复数。这就是那个签名的含义！那就全都清楚了。我之前迷失了方向……"我慌忙承认。

"没事，很多物理学家都会这样。"

"所以，薛定谔把自己看作波函数的想象部分，对的！您真是神了！"

"淡定，淡定，还没结束呢。"

"您说得对，只不过我因为您的推论太兴奋了。我想到了我读过的所有关于多元世界、多元宇宙、心灵传输的理论……我感觉现在一切都完美契合了！您继续说，我不想打断您。"

"不管怎么说，你差不多明白了。共轭复数其实和波函数方程是一回事，它会随着时间倒流。所以，就像是传播问题一样，哥本哈根学院诠释的概率取决于两个方程的组合，一个方程描述时间前进发生的过程，另一个方程描述时间倒退发生的过程。前天，一些亲友和同事来研究院看我，为我庆祝 96 岁生日……其中还有约翰·克莱默，他是一位物理学家，为了更好地理解量子力学，他找到了诠释共轭复数的方法。"

"哎？您别给我制造悬念……"

"他说波是随时间倒流的，这是一个非常遥远的，已经被思考过的观点。我说的是我的好朋友理查德·费曼，当时他与约翰·惠勒合作。他的研究后来因为很多原因与我的研究，以及李奥纳特·苏士侃的研究产生了交集，转而研究辐射强度的现象，简单来说，困难之处是移动一些带电粒子，如电子等，因为它们辐射电磁波。但费曼知道，经典力学中描述电磁辐射的麦克斯韦方程是按时间对称的，正是出于同样的原因，薛定谔的波函数方程也一样。并且他假设，当电子高速运动时，会释放出电磁辐射，不管是在未来还是过去。因此，克莱默给出了他自己的波函数方程，并声称提供了两种解决方案：一个方案对应随时间前进的波，一个方案对应随时间后退的波。这样一来，波函数就不会坍塌，这也是薛定谔构想猫实验时想尽一切办法解释的问题。"

"您说的这些都太棒了！谢谢，我很感动。"我真诚地说。

"最后一件事，说完我就离开。爱丽丝，你想象一个场景：一个男人在绘制自画像，他坐在镜子前，同时看着镜子里的自己。"

"好的，一个男人看着镜子中的自己，他左手拿着镜子，右手画他看到的内容。"我重复着。

"没错。他在做什么？你好好想想。"

"所以……当他看镜子时，他想要看清楚自己脸部的细节，他会转动眼球，所以他能画出自己，除了一个样子……他永远不能准确画出来的一个样子，就是当他的眼睛看向别处的时候！"

"所以呢？"他坚持问。

"天哪，现在我感觉一切都变得更加混乱了。您稍等，我得集中精力。我们刚才在谈那只猫和薛定谔。当他提出这个思想实验的理论时,他还在给爱因斯坦的信里附上了一幅画……"

"这没关系,你弄混了。你就留在他定义猫象征含义的这个瞬间。"

"所以,这只猫……这只猫就是薛定谔的眼睛,也是他在现实中经历的一切。"

"那我们用眼睛做什么呢?"

"我们用眼睛看,用眼睛……想……我们想的时候会看……"

"不是的!"他大喊。

其实,我刚才引用的是安东尼·霍普金斯和朱迪·福特斯在电影《沉默的羔羊》中的一段台词。我感觉自己就像特工克拉丽斯·斯塔林,终于找到了我的汉尼拔·莱克特。我吓了一跳。我想起电影中那个剥皮者的名字。他叫作布法罗·比尔。我浑身战栗。巧合让我更加恐惧。比尔是我给那只猫起的名字。这怎么可能呢?我现在才想到这一点。当然,我没有把这件事告诉戴森。我的脑袋马上就要爆炸了。我等了两秒钟,什么都没有发生。我安全了,继续听他说话。

"我们能看到什么?谁是观测者?他在哪里?观测者只能看到观测的自己吗?现在我不说了,你继续往下想,我有点累了。"他说。

我合上电脑,将头埋在双手之间,就这样待了 10 分钟,我打开抽屉,拿出那幅画,我看着画中的图像,上面写着两行小字:

"你同时既生又死。"

"而当我从盒子中走出来的时候,或许死了对你来说更好。"

我看着这幅画,决定把它贴在薛定谔注视的那个点上,那个白色圆桌上。我对这一决定很满意,依然看着它,不禁笑了。我回到电脑前,更新了社交状态。没有想李奥纳特·苏士侃会不会看到这一条,或许他会。

@伯尼:尤利西斯曾说:尽可能实现可能的可能性。#真相大白

* * *

本章中爱丽丝受到帕特里克的启发,更好地完成了她的思想蜕变之旅。薛定谔的猫是具有传染性的,因为它预示着改变,所有引用薛定谔的猫的人都会经历这一点,这也是量子物理所经历的。正如薛定谔在他最后的书中记录的思想一样。我与弗里曼·戴森的谈话就和我描述的大体一致。

# 第二十七章
你们要对无限可能心怀畏惧

2020年2月29日

　　维也纳,我很难过。我刚刚得知弗里曼·戴森于昨天过世的消息,不禁悲痛欲绝。我在手机上搜索到了人们在阿尔伯特·爱因斯坦葬礼上播放的那首巴赫的《悲剧性行动》,BWV 106。我把音量开到最大。我哭了。我在书籍中探索,躲藏在爱因斯坦的文字中。你略先于我离开了这个奇怪的世界。这没有任何含义。像我们一样相信物理的人们,知道区分过去、现在和将来不过是一种固执的幻觉。

　　当一个人去世时,余下的人应该也为他而活。谢谢你,弗里曼·戴森。

2020年3月3日

　　维也纳,我进入了列支敦士登别墅。像往常一样,我来晚了。我错过了一个本来想参加的活动,很可惜我得知消息太晚了,我像风一样冲进会场,但活动已经开始了3个小时。这场活动是类似"坚定女性主义大会"的国际升级版。我找了个地方,坐到前排。此刻,已经轮到最后一位发言人了。

"让我们邀请今天的最后一位发言人来结束大会'女人们的话'——有请嘉宾凯瑟琳·史密斯上台。她的演讲题目是《负罪感与消极的母亲》。欢迎您,史密斯小姐,请您上台发言。"

"大家好,很荣幸今天能在这里与大家见面。负罪感对女人来说是一个熟悉的话题。如果我们吃了太多的卡路里,如果我们没有把充足的时间留给家庭,如果我们没有保持好身材,或我们太过关注外表的美丽,我们都会有负罪感,会因一些矛盾的原因感觉自己有错,有时怎么做都觉得自己有错。大部分负罪感来自于父权社会,我们已经发现这个问题,虽然了解问题并不等于克服问题。但我今天想谈的是一种更加危险和致命的负罪感,这种负罪感谈起来并不容易,因为它隐藏在我们的认知深处,也就是我们作为女儿的身份中。

"母亲在社会中的角色总是被理想化,并成为一种禁忌话题,因为母亲代表着一个物种永存的动力。所以,母亲总是被置于一个根本位置上,但就像每个普通人一样,母亲也可能是好的或坏的,合格或不合格的,甚至有毒的。而在最后这种情况下,她们会造成无止境的伤害,因为在我们出生之前,她们就塑造了我们的身份。

"一个女人没有成为一个好妈妈的原因有很多,从被强制生儿育女,可能受到凌辱或心理压迫,到个人不成熟——在此期间,或因一个过于理想化的母亲形象,而不堪忍受现实的影响，又或因其他一些无法预见的大大小小的、和孩子有关的问题，她可能会将孩子看作个人自由的限制。

"对女儿来说，母亲的影响会更大。她们通常在爱和关心的外表下欺骗了所有人，即便是最亲密的家庭成员也难以发现其实行的各种形式的控制。一个母亲所有的自我矛盾都会落到女儿身上，如果矛盾很尖锐，就会造成严重的伤害。母女关系中潜在两种极端的危害，它们是相反的，也是镜像的，即控制和依赖。控制欲强的母亲会要求女儿达到完美，把她们当作自己的延伸，在生活中每一件事都会代替她们做选择，从而剥夺她们的所有自由。这种控制可能采取各种形式，有时是一种虚假的保护，让女儿们的内心充满了恐惧和不安全感，有时是渗透到生活各个方面的控制欲，使得女儿们不能自己做决定。硬币的另一面是依赖：在这种情况下，母亲们的角色翻转，她们总是表现出需要帮助和支持的姿态，从而夺取了女儿的角色，并将母亲的身份加在自己女儿身上，以便永远把她绑架在自己身边。

"我们很难认识到危害关系的所有病理层面，因为它们往往隐藏在看似关爱的行为中。一个女儿获得自尊和自主权的第一步就是摆脱负罪感。每个女儿，不论早晚，都应该看着镜子里的自己，问问自己真正想要的是什么，什么让自己感觉舒服，什么能让自己与其他人建立完整且有满足感的关系。如果母亲阻碍这些事情发生，那就要有勇气与母亲保持距离。因为一段失衡的关系很难从头开始做出积极的改变。谢谢！"

听罢，我和其他女孩一起鼓掌。我环顾四周，看到了很多张像我一样的脸。这里有像我一样的人。我的眼睛湿润了。我走出门，情绪激动，浑身战栗。

2020年3月5日

维也纳，我坐在 Tu 咖啡厅的茶几前。它就叫这个名字，在市政8号维登大街。我在薛定谔的档案里找到了这个地方，彼得·格拉夫建议我来这里看看。于是，我便来了。这是一家完全以埃尔温·薛定谔为主题的咖啡厅。墙上挂满薛定谔的照片，餐巾纸上印着薛定谔的脸，菜单上列出了一些人们可以点的东西，还有一些不存在所以不可以点的东西；甚至洗手间的指示标都用两个箭头来混淆视听，虽然这两个箭头都通往同一扇门。在维也纳，所有人都知道 Tu 咖啡厅，而且这儿看上去也经常被人光顾。维登大街有两条柱廊，一条大街将其一分为二；市政8号，其实一直到10号，都位于街角处。没有人是偶然进来的，因为外面没有一条直达这里的路，所有来这里的人都是有意为之。Tu 咖啡厅的所有老主顾都是这样。之前，这家咖啡厅有另一个名字，你们想想，它叫作"薛定谔的狗咖啡厅"。我笑了。薛定谔的狗名字叫作伯尼，正好是我的社交账户名。

总之，在这里点餐总是会发生预料之外的事：你点一个东西，然后上来另一个东西，因为你要按照菜单上复杂的数学题，理清上菜的逻辑。价格也没有准确地记录在菜品对应的那一行。有些桌子旁的椅子已经被人占了——他们在椅子上放了一些卡片,上面画着已故的人,他们可以和你一起喝茶。墙上到处都是被装裱在方框里的字,其中最有趣的莫过于一些建议性的话语:"在这间咖啡厅里,你可以说自己知道的事,但是不要张嘴。"或者一些揭示谜团的暗示:"在这间咖啡厅里说出真相之前,先否定它两次。"还有这个关于猫的笑话,比如这幅画:"我家孩子不吃鱼,我能用什么来替换呢?""用猫吧,猫最爱吃鱼了。"

我坐在朝向路边的一张小桌子旁,身边坐的是马克斯·普朗克。我想不到此刻还有谁比他更适合对话,普朗克是第一个提出 $E=h\nu$ 的人,因此,他为后人创建量子力学打下基础,而我在结尾处,在我这巨大谜题的结尾处。

结束和开始,它们总是并行不悖的,对吗,普朗克?这里的结束是量子霸权,一个最新的发现,让我们在今天能继续讨论量子物理,并接近第二次量子革命。为了资助这方面的研究,2018 年 10 月份,欧洲启动了一项充满希望的全新计划,名为量子旗舰。这是欧盟启动的最有野心的计划之一,欧盟委员会为此投资了十亿欧元的预算。在十年时间里,人类将大规模长期支持研究和创新项目,主要目标是通过商业化应用将量子物理研究从实验室转移到市场层面。此外,在挑战赛计划中,诺和诺德基金会将支持量子模拟器的开发与研究。

但是在国际层面上,美国谷歌率先创建了"悬铃木",一个 53 位量子比特的量子处理器。量子计算应用到技术领域之后,计算机的运算能力呈指数增加,速度是原来的一倍,以压倒性优势胜过任何一台传统意义上的超级计算机。它唯一须慎重的是要将出错率维持在一个较低的水平。

至于薛定谔设想的其他东西，我们都在等待大统一理论将薛定谔方程与爱因斯坦的广义相对论联系到一起。关于狭义相对论，狄拉克已经设想过。在众多猜想中，物理学家又提出了很多新的、令人好奇的理论或悖论。比如，威格纳的朋友悖论。

我的语速很快，也没带什么感情，就像是药品广告在列举副作用时的背景音一样。反正普朗克不会抱怨。

实际上，威格纳想象有一个朋友在做薛定谔的猫的实验，而威格纳并不在实验室里。当他回来的时候，他问朋友猫此时处于何种状态，然后他就会得知猫是死还是活。在这个实验的实验中——我们暂且先这样称呼它，有两个清晰的系统：一个系统是装着猫和毒药的盒子，另一个系统是威格纳的朋友所在的实验室。问题在于搞清楚叠加态的消除，是在朋友了解到猫的状态时，还是当威格纳从朋友那里得知消息时。

只要威格纳保持远离，两个系统的叠加态就是有效的：朋友同时处于因为猫活着而开心，和因为猫死了而难过这两种状态。朋友只是他所在盒子系统中的观察者。很明显，实验室系统的状态和盒子系统的状态一样，都是不确定的，所以实验室系统状态的坍缩在威格纳回来之前就已经发生了：所有这些都是矛盾。这是一个绝佳的悖论。

我继续回到正常的说话节奏。许多路径已经被开辟，许多结果得到验证，许多实验已经完成……量子化学中的案例并不算数。这一领域中非常重要的人物都受到了薛定谔的深刻影响：我首先想到了诺贝尔奖获得者莱纳斯·鲍林和沃尔特·科恩，以及最近的维也纳人卡尔海因茨·施瓦茨和乔治·克雷斯，他们分别是 Wien2K 和 Vienna Ab Initio Simulation Package (VASP) 电子系统计算方式的作者。如今，Wien2K 和 VASP 在全世界许多实验室广泛使用。而维也纳又重新回到舞台中心。一切从维也纳开始，最终又回到了维也纳。

我继续自言自语，想到起源于薛定谔思想的其他现代应用，而普朗克一直沉默地聆听。我想到了帕特里克转给我的那篇关于量子自杀和灵魂不死的文章。在维也纳，物理学家们也了解自杀……波尔兹曼与埃伦费斯特，如果他们知道今天还有其他出路，或许……总之，这些观点已经刊登在国际科学杂志上，代表着未来。我努力重构我读到的东西——实际上，这就像是给观测者一把手枪，让他玩俄罗斯轮盘赌一样。

按照量子力学的正统诠释，观测者生或死各有 50% 的可能。但多元世界的理论认为，每次实验都会发生一次分裂，并诞生两个世界：一个世界中观测者活着；另一个世界中观测者死了，所以便不复存在。根据实验完成的次数，很多世界将会被创造出来，在一些世界中观测者将继续存在，并观测到结果。所以，根据这一理论，一些世界中的观测者是永生的。

薛定谔想要获得永生，因为特里·鲁道夫的存在他做到了。我看着普朗克，他也表示同意。

至于我自己，我今天方才明白如何阻止别人继续存在。前天的女性大会给了我一些启示。我更愿意相信是读到了我问卷调查的女士们安排了我听到那场演讲。她们做这件事，是为了我和许许多多像我一样的人。我们已不在20世纪了，且我们处于同一个方程里，一个人将是另一个人的延续，一个人将是另一个人的经历，一个人将成为另一个人的继承者，一个人将拥有另一个人的名字。就像海蒂·拉玛一样，她在见到居里夫人之后，便请妈妈到户籍处给自己的名字加上另一个名字，那就是她的启蒙缪斯之名。同样，现在我们所有人都应该寻找我们的理想，当我们有需要帮助的时候，它可以给我们支持与力量。

更何况，现在我们有了强大的武器，欺凌不能像之前那样泛滥，因为今天我们可以分享，我们有社交媒体，我们有互联网，这才是我们真正需要的用途。我之前的努力，只是为了让我在世界上占据一席之地时能高傲地抬起头。后来出现了一些警告，或者说是他们在我面前放置了一个警示牌，好让我一头撞上去。现在，我终于明白了如何把那个痛苦从我的生活中连根拔起——虽然我用了很多年的时间，但我做到了。但现在，你们不要让我成为一个乐观主义者，那会毁了我的生活。

2020年3月7日

在维也纳，时光飞逝。我的心境也逐渐失去了控制。或许是因为传来了一些令人恐慌的消息：汤米工作的报社在人群中传播恐慌，因为病毒正在人群中创造灾难。而我，我努力过着一种不同于之前的生活——或许在首都维也纳我们是安全的，我也不知道，但是有汤米一直给我发送消息，所以我并不慌张。

我们一起吃了冰淇淋，我们坐在Pasteurgasse路4号的长椅上，薛定谔在这里度过了他人生最后的时光。

"光和你聊薛定谔的猫就很美好。而在脑子里想一整天更是如此……"

"我知道，聊猫的话题是挺好的，因为这是科学。"

"谈论科学是一件很酷的事吗？"

"是的，一直很酷。"

"猫会加强联系，这是它的秘密。"

"薛定谔的猫非常优秀地表现了如何乱用科学语言！"

"但概念的可信度会增加……"

"就像是有了科学起源，它便有了特殊权力。"

"那么，只要抛弃它的比喻意义就能理解它。"

"没错。这就是结论。"

* * *

本章中，爱丽丝解决了母亲的问题，这要感谢那些她一直在寻找的像她一样的女人们。这一切和薛定谔寻找自我而寻求庇护的经历如出一辙。

我祝愿每个人都能拥有在 Tu 咖啡厅短暂停留的奇妙体

验。在这个酒吧里,爱丽丝假装和马克斯·普朗克交谈(普朗克是 20 世纪初期第一位让量子物理诞生的物理学家),并开始思考薛定谔的思想对现在的影响,等待我们的第二次量子革命的未来。

第二十八章
盒子里的永恒

2020年3月10日

  维也纳，沙发上。我在脑海中继续整理思路。我听到猫在叫，是比尔，它在楼下。我知道如果探出头去，我就能看到它。而这一次，我不想露面。我努力克制。我做到了。我留在沙发上。比尔，薛定谔族类的猫。不是所有人在一生中都有机会认识这种猫。这种猫，不管是谁见过一次就再也忘不掉，因为它会和你交换身份。这只猫会让你思考自己的存在。这只猫的生活一直伴随着掷骰子的结果，因为一次掷骰子可能让它生存，而再掷一次骰子有可能将其毁灭。这只猫征服了大气、空间、虚空。它同时既是自己，也什么都不是。这只猫不会让波函数发生坍缩，除非它自己决定坍缩。这只猫总会让你重复同样的事，说同样的话，只要你看到它，它就干扰你的行动。这只猫会告诉你，现在就是永恒。永恒存在于盒子中。故事肯定会这样结束，而我已经不再相信我编的这些故事了。

  我依旧能听见猫叫声。是它，它还在叫，在楼下，它在喊我。没事,我能忍。我讨厌它。或者说,我之前讨厌它。或者说,我只是习惯讨厌它。我讨厌比尔因为在我已经死了的时候,它至少有一半是活着的。自从我知道有比尔和它那讨厌的盒子,我便没办法再做决定,保持立场,然后我开始跑步,逃避一切困难。我开启了梦想之门,在梦里一切都存在,同时存在,在梦里每个决定都会重复一千次,没必要真的做选择。

薛定谔的猫既生又死,而我活着,却一直像个死人。或许,现在我是唯一活着的人,而你们都已经死了。或者,两者同时存在,而时间不过是一个抽象概念,因为唯一的现实是我意识的绵延,是知晓自己才是宇宙的源头,而爱因斯坦在驳斥亨利·博格森生命冲动观点时太过仓促。爱因斯坦只是因为博格森怀疑他的相对论而愤怒,但他们之间没有真正的对立——很简单,试图解释这些现象的爱因斯坦,他所认为的碎片实际上是一种永恒连续。博格森的乐观冲动是我所没有的。现在我明白了,这位哲学家告诉我们每天都会有新的东西,我们应该沉浸于发现中。叔本华的盲目意志残酷地将我们推往一条绝望的路。尼采的永恒轮回思想,只有超人才能挺住不发疯。当比尔的盒子走进我的世界,是我自己不想活着,而现在我动动手指就能把它杀死。我已经死了,死亡在我身后,死亡是我的过去;现在我要活下去。决定权在我手里。

我在诗歌中寻找庇护。薛定谔在梦里给我读过一首诗,因为我们之前的其他人全都经历过,只需要找到合适的诗人。她就是阿尔达·梅里尼。

没有人注意到他，
沉默而懒惰地经过，
他在光和影之间，
跨越了地球，
所有的纬度，
他身着破烂衣衫，
并不关注自己的美貌。
没有人注意到，
他周围的宇宙，
让他臭名昭著，
那是用汗水和爱，
浇筑而成的伟大作品。
没有人见过他，
尽管所有人都跟踪他，
想要触碰他，
理解他，
想知道他会反叛什么。

很明显，这首诗谈论的是猫。

2020年3月25日

现在是晚上，我和汤米相拥在一起。已是半夜，而我依旧清醒。我没有吃安眠药,这是很长时间以来我第一次没有吃。电话铃声响起,但我完全不想起来去接电话。而且,我脑子里想的是把社交账户全都删了。我现在的生活才是真实的,不存在另一个现实。以上。最近我发现瑜伽茶小袋上的句子和佩鲁贾的芭绮巧克力夹心里面的小字条很可爱。但我对星座并没有改变想法,这一点需要说清楚。

我们在家里已经关了两个星期——政府颁布了法令,让我们原地居家隔离,不要出门,避免病毒传播。我和汤米一起待在我家,一起隔离。这是一场大流行病,一种正在全世界蔓延开的病毒,它正在割裂所有的生活。"保持社交距离",人们这样表述。他们应该请教我怎么做,毕竟我是这方面的专家。我已经适应了孤独。总之,现在情况不一样了。病毒将我们放在一个分岔口,而我和汤米选择了同一条路。所以我们被关在同一个家里,至少在卫生系统和全世界的科学界战胜这个病毒之前的这段时间,我们要在一起。我想起了图片上的那幅画,顿悟了,终于明白了一件事。这幅画不正好描绘了我们现在经历的这种荒谬的情况吗?是的。所有人都被关在自己的盒子里。既死了,又活着。我们被关在里面,就像是薛定谔族类的猫一样。我们在里面,只有那只猫在外面。这是我有一天预感到的——我再次预料到所有事。现在,只有这只猫是自由的,只有它可以上街,去它想去的地方。而我们被关在它的盒子里。薛定谔也都预测到了。我要用这个办法救赎自己。

我们在床上,在家里。我们阅读,浏览信息,通过科学文章和电视新闻了解周围的情况。汤米"居家办公",继续他记者的工作,而我的时间都用在写作上,主要内容就是那个毁掉我的生活,而又将我救赎的东西。我整理好笔记,把所有碎片整合到一起,好好推理一番后,我获得了新的意识。

我和汤米经常聊天。当我们聊天的时候,两人都是无忧无虑的。这就是当你身边有人一起生活的好处——我之前不知道。所以我并不害怕。

"你还记得那本书是怎么结束的吗?就是我在美国的时候,有一天你打电话给我,为了告诉我那本书内容。哎……后来我把那本书读完了,而且我挺喜欢那本书的。"我对他说。

"啊,你读完了吗?你看……最后结局都挺好的。"

"那只猫的作用就是让他们和其他世界保持距离。"

"是的……"

"因为这只猫代表了量子物理,它是量子物理的基础。我们在学量子物理时,也会开始理解自己——需要很大的努力,但最后是可以做到的。这是一种智力挑战。"

"他们能够发现自己,理解自己……"

"是的,通过那只猫,人们用抽象的方式观察自己,而且用这种方式实现了更好的自我控制。"

"所以,谈论薛定谔的猫是为了这个目的吗?"

"是为了在谈论自己时有一个方便的代名词。而当你最终感到安全的时候,就可以放弃它了。"

就在这时,我听到了一声略带哽咽的、尖锐的猫叫从窗户下面传来。我违反了禁止出门的规定,冲下台阶,径直走到盒子所在的那个位置。我看了看里面——捕猫器发挥了作用，那只猫已经被困在里面，半死不活了。

2020年4月16日

我们在维也纳，家里。因为他们强迫我们待在家里，不能出门。现在还有禁令，病毒已经伤害了很多人。我们什么也不能做，只能待在家里——这是命令。汤米继续为报社远程办公。

而我呢，注册了一个TED，这可是个新鲜事。TED，大家都管它叫演讲世界，他们在世界各地征集加入者。我填写了问题，提交了申请，他们很快接受了申请。我演讲的时间是在12点。最近三个星期，我和汤米都在为演讲彩排，安装录制视频的程序，视频将面向全世界直播。他们给我寄来一个红色的圆圈，带电，它需要粘在地板上，还有一些需要严格遵守的说明：我要站在红圈中心位置，和摄像机保持一米的距离，从头到脚都不能出框，不能读稿，演讲不能超过18分钟。为了这次机会，我做了一件我从未想过的事：我改头换面，穿起一条非常漂亮的红色连衣裙。那是一条丝绸长裙，从侧面垂下，但款式并不出格，七分袖，还有非常讲究的V字领。我感觉很好。但谁能想到呢？我脚上踩着芭蕾舞鞋，不然就出画了。我和汤米把这个红色的圈粘在地上，而我在这个圈里站了一个小时。我在监视器前，等待连线的时间到来。

监视器倒计时开始了，5分钟之后就轮到我了。我的腿开始颤抖。汤米则在另一个房间里，我们都觉得这件事需要我独自完成。但我能感觉到他的存在，他在支持我。每过2分钟，他就会对我大喊："说出你的心里话！"他让我热泪盈眶。我有3分钟的时间把眼泪憋回去。这件衣服是他今天早上放到我电脑椅上的，对我来说是个惊喜。他让我很感动。而这正是我需要的，我一晚上都在做这个梦。1分钟倒计时，我的大脑里空无一物。我之前已经把演讲稿背下来了，现在我感觉记忆力退化到了几周前。还剩30秒。我说什么？我不知道该说什么！我不是一个有趣的人，没有人关心我。还剩10秒。我是谁？我从哪儿来？到哪儿去？5秒钟。5，4，3。我准备好了。2。我知道说什么了。1。

大家早上好。感谢邀请我作为奥地利首都维也纳的唯一代表来参加本次演讲，我希望自己能不负众望。我平时不在家里做这种演讲，一般是去城堡剧院演出，这一点你们从我穿着的衣服也能看出来。开个玩笑，我只是一个习惯自言自语的人。所以现在我游刃有余。我的演讲题目是"永生"，关于这个概念我已经思考了很长时间。

我们每个人会经历三次死亡。第一次，当我们不再积极地思考未来。第二次，当我们的心不再跳动。第三次，当我们的名字最后一次被人提起。好消息是，面对这三次死亡，即便很困难，但我们仍可以采取行动。

规则一，思考明天。我们要保持活力与热情，在生活中怀有幸福感。只有这样我们才能不死，至少是身体上。这就已经很棒了。生命死亡是最糟糕的。

规则二，我们要增加自己的心率。我们早晚都有一死，心脏迟早都会停止跳动，这是常态……你们设想一下，我希望在我死后，被投喂给动物园的动物，随便哪个动物园都行。怎么说呢，我一点都不介意，地球没了我照样运转。但有一件事情是确定的：科学证明，用自己的意志对抗过第一层面的死亡之后，实现能量跃迁的同时，我们会间接增加在地球上的心率。这件事，你们听我说，并不是一件坏事。

规则三，当我们的心跳停止以后，在几年或几十年的时间里，我们的孩子、孙子、朋友或是一些远房亲戚还会提起我们的名字，这让我们依旧活下去……但他们死后，我们的名字也会消失，我们将迎来第三次死亡。甚至，因为积极热情的工作，我们能够留下的遗产和信息会超越亲人和朋友的范围。这一点可以通过文化、艺术、数学、音乐、写作、物理、戏剧得以留存。通过戏剧有些困难，但也可以，每个人都应该找到自己的领域，发出自己的声音。

所以如果你想要永生，那就要保持活力，你要学习、工作、努力留下一些印迹，做一些事改变你的生活，改变别人的生活，做那些保持时间比较长的事情，用生命战胜死亡。战胜时间，这是一个挑战。但一切皆存于你心。谢谢。

连线结束了。汤米从房间里走了出来，眼含热泪。我们拥抱，至少我们在一起，我们可以活得很好。我们看了看屏幕，所有人都在鼓掌。在镜头上可以看到所有观看直播的人，几百万，所有人都在鼓掌，所有人都眼含热泪。我控制不住自己，也哭了。

此时我决定，我不会再脱下这条红色连衣裙。很奇怪，当所有人都被迫穿着睡衣待在家里的时候，我决定把我的睡衣永远脱掉，穿上一件漂亮衣服。

我们在沙发上相拥而坐，待了足足一个小时，其间没有说话。我们彼此注视，这就够了，汤米擦干了我眼角的泪水，我一句话也说不出来。或许，一切都结束了。我说了我该说的。汤米的电话响了，他要回去工作，走进了另一个房间；我坐在电脑前，继续写字，不再恐惧。

2020年4月18日

为了从我最初预想的角度看待世界，为了构建我经历的伟大定理，为了实践我之所见，为了拆解和重组我的生存谜题，为了搞清楚是否还有另一种拼图的方法，看出拼出的画面效果如何，我构建了一个现实。我还想象出一位梦神，但我不觉得必须要摆脱他——醒来时幸而有他陪伴，他能给我安慰。他在这里时，比我更会遵守规则——他本来想做一个小总结……诸如此类。每次，我在家里看着薛定谔的海报，幻想一些故事时，我都会想到梦神。每个人都有可以对话的想象中的朋友，而我有他们两个。但在夜里，我很少真的做梦。或者说，我甚至一个都不记得。只有梦神会让我睁着眼睛做些美梦，就像我去 Tu 咖啡厅，和普朗克交谈一样，这可以证明这一点。

总之，我确定，梦神能把这个故事的结尾讲得更好。他会这样说：爱丽丝在她的梦游仙境里收获了一只猫朋友。一只同爱丽丝聊天时若隐若现的猫。一只已经消失了一半的猫。一只柴郡猫。一只薛定谔族类的猫，和大家常说的那只猫一样。爱丽丝和那只猫交谈，走进镜像屋，就是一个"像"房子的地方：从表面看，那个地方普普通通，类似我们周边的居所，但内里规律相反。这是一个虚构的现实，假设它是真的，可以从假设来看待世界，就像是一个可以拆解和重组的谜语，就像物理教给我们的，伟大的科学思想实验教给我们如何存在一样。"你们要对无限可能心怀畏惧"，这应该是最适合总结的一句话，梦神会这样说。

但没有时间为他鼓掌了，就当我已经收获了掌声。因为今天我要做最后一件事。我要将比尔带到趣味墓园。我们都活在盒子里，我们是超现实的囚徒，而现在有一只猫走了出去。

汤米是一个记者，因为工作关系他可以出门，而我可以伴装摄影师与他一起出门——他让我拿着一台小摄影机，而他则拿着记者证。我还把那幅画从墙上摘下揣入口袋，我们出发了。到门口时，我弯下腰，把盒子拿在手里，站起身，看看那只死猫，复把盒子闭合。

我们顺利出了门。虽然遇到了一些审查，但都没什么问题。我走到趣味墓园的门口，发现大门紧闭，汤米留在门口当门卫，而我跳了进去，他隔着铁门把那个盒子递给我。我在东北角找到了一块好地方——如果要在整个墓地画两个巨大的 Ψ，那么，这里正好是星号的位置。我把盒子放在地上。从口袋里掏出那幅画,最后看了一眼,眼泪簌簌掉落下来——这幅画是我的爸爸送我的最好的一件礼物。当我认为一个14岁的小女孩无法理解这幅画时,我是那么傻——这是他对我成长的祝福,以上。他想要送给我的,是梦想的机会。他送给我的,是成为女人的愿望。他送给我一个最美好的未来,那就是我决定做我自己。同时,他还附赠给了我选择的自由。我亲吻了这幅画,心中已经有了想法:我即兴安排一个仪式,弯下腰,把这幅画放在盒子上,用双手捧起一点土,扔在其上。做完这一切后,我便离开了。我回到铁门那儿,看见了汤米,他正对我挥着手。我翻过大门,我们拥抱,踏上了回往维也纳的旅程。

我们回到家。我在床上躺了一会儿,回想起这一天发生的事,汤米则坐在壁炉旁。我从远处看着他,我知道他的缺点,但也明白他是一个真实的人。接受他,我很开心。我觉得他就是我想一起生活的人——他果敢、温和、独立。而且,他还不是一个机器人。他在喊我了,饭已经做好。我看了看菜,是一盘炸薯条,这是我最喜欢的。我们聊天,无忧无虑。我们一直如此。

"我们把猫带到了趣味墓园,那是世界上最安全的地方,现在你可以放心了。"他对我说。

"薛定谔本来也想埋在那里……"我说。

突然,我并不确定自己是不是做了件正确的事。

"不是,不是因为那个……我们把它埋到趣味墓园里,从定义上讲,那儿不是存放尸体用的。"他回答说。

这个解释确实让我平静下来。一想到那只猫还活着,我便感觉舒服一些。我注视着红色连衣裙,用手轻轻抚摸它。

"汤米,从现在起,我想让你喊我真实的名字……"

我站起来,走到他身旁,弯下腰,在他耳边低声倾诉。

这个故事也可以反过来讲,如果你们同意的话。

* * *

在最后一章里,经由爱丽丝的内心解构,我重述了与薛定谔有关的所有观点,并让爱丽丝在演讲中讲出来。永生是薛定谔最后的写作中思考最多的问题之一:薛定谔去世前满脑子都在想这件事。我还讲述了爱丽丝在研究过程中遇到的知识难题并做以总结。就这样,她终于讲完了令她着迷的量子物理。至少在下一次发现之前是这样。

作者后记

嗨！你们已经明白了，这本书是在我在利古里亚与世隔绝的几个月中写就的。我一直待在热那亚省，达瓦尼亚区，莫伦戈镇的家里，在那儿写完了这本书。另外，珀西·雪莱和玛丽·雪莱夫妇，约翰·济慈和拜伦勋爵夫妇也选择了利古里亚，所以没有比这儿更好的地方了。幸运的是，我的研究，和我在奥地利（维也纳和阿尔普巴赫）及美国（旧金山、帕洛阿尔托和普林斯顿）的长途旅行，都是在不久前完成的，总共持续了一年半的时间。两年前，我有了一个想法，以我们现在的时代为背景，写一部关于量子物理的书，从那时起，我便开始收集资料，并与对话者取得了联系。我向你们保证：我真的对量子物理非常上瘾。还有就是，在这段时间里，薛定谔一直是我想象中的朋友。爱丽丝在旅途中经历的人物和地点完全是我的亲身经历。李奥纳特·苏士侃，弗里曼·戴森，阿尔伯特·赫希曼，加布里埃莱·韦内齐亚诺，亚历山大·扎特尔和彼得·格拉夫，他们对我来说非常珍贵，没有他们，我便写不出这本书。几个月间，我与他们见面，创造了神奇的故事，以伟大的埃尔温·薛定谔的人生和量子物理为基础，理出一条脉络并分享观点。我还很开心地和他们分享薛定谔的猫带来的一些困扰。当然，这本书里的所有错误都是我自己的。

但我提到的关于埃尔温·薛定谔的每件事都字字属实。让 20 世纪（以及当下）的物理学家们在小说里开口说话，是我的一个创意——就像《共和国报》说的，这是"格雷森风格"，在评价我五年前的第一部小说《量子物理学家们不可思议的晚餐》如是说。从那时起，我开始了文学和戏剧方面的专业创作。讲述历史上伟大的物理学家，也成为我的热情所在。在我的个人网站 www.greisonanatomy.com 中，你们可以看到所有信息，《晚邮报》甚至将我定义为"物理界的摇滚明星"，对此，我万分自豪。

薛定谔的外孙，特里·鲁道夫也真实存在，你们在书里读到的我们的邮件往来也是真实的。虚构的人物是汤米、罗勃、帕特里克、帝沃利酒吧女服务员、墓地里戴帽子的男人、佛学大师以及咖啡厅里的两个女性主义者。名为安托万·多内尔的那只狗多年来一直是我的忠实朋友。它是世界上最漂亮的金毛，直到现在我还会梦到它。我确实对猫过敏。Tu 咖啡厅真实存在，我建议你们有机会也去那儿喝点东西。海蒂·拉玛的展览我真的看了，正如城堡剧院，我也亲眼所见。维也纳的奥地利国家物理化学图书馆是全世界最漂亮的地方之一。阿尔普巴赫的趣味墓园也是一样。我真的去过墓园，但并非去那儿跑步。我倒是做过很多演讲，你们在我的社交平台的频道上能看到它们。薛定谔的海报挂在我家里，和爱丽丝的海报一模一样，就是档案馆墙上挂的那一张。我迫不及待地想给维尔纳·海森堡的儿子——马丁·海森堡寄这本小说，他是我的朋友；尼尔斯·玻尔的孙子——托马斯·玻尔也须寄上一本，他也是我的朋友。另外，关于海森堡和玻尔我还写过其他书，毕竟我向来公允。

我常穿《杀死比尔》女主角的运动套装，那是我出演这本书改编的舞台剧时的演出服。爱丽丝在高中里的教学方式和我教物理时的风格很接近。耶鲁大学的教授真的存在，我常常观看他的视频。但卡车司机就不一样了。每一章的标题都是爱丽丝写在那幅画背后的句子，这些句子引领爱丽丝解开了她的生存谜题（很明显，除了"杀死比尔（一）"和"杀死比尔（二）"那两章）。梦神一直存在：它在我们心里，是我构思出来的内心世界。爱丽丝引用的诗歌是我的演出剧目之一，我常常在脑海中重复，在舞台剧演出时，我也会为你们朗读这些诗歌。当爱丽丝在旧金山的夜猫书店看到米列娃·马里奇的独幕剧时，那个女孩其实就是我自己。因为某次去加州时，我确实将创作的关于米列娃·马里奇的独幕剧搬上了旧金山教会区的舞台。我在里面饰演了一个小配角，就像昆汀·塔伦蒂诺在他自己的电影里那样。

译者后记

开始翻译这本书是 2022 年的初夏，那是疫情已经两年半而结束依旧遥遥无期的暑假，我决定开启人生中的一段沉浸式量子物理之旅。第一次读这本书时，书中的文字似乎走进了我的内心，一方面因为这本小说是作者在 2020 年初居家创作的，而翻译这本书时，疫情依旧紧紧裹挟着我每天的生活，这从某种层面来说，让我和作者几乎处在同一种心境；另一方面，因为与主人公爱丽丝年龄相近，在读到书中的某些片段时，我对生活的感受，也面临与她一样的生存矛盾和心理斗争。而从量子物理的角度看世界，是我从未有过的全新体验，以至于我每读一遍爱丽丝在这本书里的仙境梦游，都会有新的启发诞生。后来我想，要么是我与这本书有注定相遇的缘分，要么就是我在某个平行宇宙中和它有过量子纠缠。

翻译这本书前前后后用了很多的时间，有段时间我需要查阅大量的资料和文献，除了翻译语言，还要学习物理学、哲学、宗教学、心理学等诸多深奥复杂的知识。在时而平静时而汹涌的生活旋涡里，我努力在书海中遨游，探索世界运转的规律。为了翻译清楚书中的一些片段，尤其需要了解量子物理的知识。2022年秋天诺贝尔物理学奖公布，2023年初《三体》影视剧上映，我身边一下子多了很多讨论量子物理的声音，慢慢地，我发现自己的人生观、世界观也出现了一些变化。它似乎在我的心里打开了一扇天窗，让我打开了认识世界的新视角，"量子物理既让我走向毁灭，同时又是我的救赎"，而小说主人公爱丽丝的感情线发展，虽然不是故事的主线，却好像也投射在我自己身上。一个前年夏天丢下的种子，却在今年春天意外开了花。在这本书即将交稿的时候，世卫组织宣布新型冠状病毒已不再是对人类构成威胁的公共卫生事件。回想起从翻译之初到现在近一年来我经历的变化，回想起从2020年初这本书诞生到三年来我们经历的变化，内心感受十分丰富，却无法一一付诸笔端。这三年我们经历的很多，也经历的很少。唯一确信的是，我人生最好的三年青春，形成文字留下来的似乎也只有这一部作品。

我想感谢这本书的作者加布里埃拉·格雷森，她的人生像是多维展开的，解读她的文字，也让我发现了打开世界的多重可能性。感谢本书的责任编辑王越老师，她事无巨细的准备，细致入微的审校，孜孜不倦的耐心，使得这本书顺利面向中国读者，本书对她而言，同样具有重要的意义。我想感谢意大利爷爷 Franco Pioppi 在我理解困难时提供的帮助，他是我的语言顾问，在关键时刻给了我很多帮助。感谢我的家人和朋友在我翻译遇到瓶颈，以及在生活令我窒息的某些时刻里，给我的理解和陪伴。当然，最后还要感谢在这本书行进尾声时，让我的生活绽放鲜花的人，希望未来我经历的每一次尾声处的告别，都有你的陪伴。

参考文献

以下为本书参考的期刊、文章：

有关埃尔温·薛定谔 (1187—1961) 的书目，收藏于奥地利中央物理图书馆，维也纳大学档案馆。

安东尼奥·阿辛，《量子技术路线图：欧洲观点》，发表于《新物理学杂志》，网址：https://iopscience.iop.org/article/10.1088/1367-2630/aad1ea/meta。

彼得·阿特金斯，《埃尔温·薛定谔的伟大遗产》，发表于《自然》，1987 年，第 326 期，编号 6116。

保罗·狄拉克，《追忆埃尔温·薛定谔教授》，发表于《自然》，1961 年，第 189 期，编号 4762。

克里斯托弗·金，贝尔纳多·巴比耶利尼，戴维·莫塞尔等人，《分子间共振能量传递的精确可解模型》，发表于《物理评论》，2012 年 3 月 7 日。

莎拉·克纳普顿，《量子力学新理论表明物质不在观察者的眼中》，发表于《每日电讯报》，2020 年 1 月 11 日。

维罗妮卡·马扎，《六类毒害我们生活的母亲》，发表于《意大利共和报女性周刊》，2020 年 1 月 24 日。

赫伯特·皮茨曼，《埃尔温·薛定谔的回忆》，收录于奥地利中央图书馆物理化学图书馆，2017年12月18日。

埃米利奥·桑托罗，《量子计算机的具体应用有哪些？》，2020年1月14日，发表于www.agi.it。

埃尔温·薛定谔，《自爱因斯坦以后》（1943），收藏于维也纳大学档案馆。

埃尔温·薛定谔，《波动力学的基本思想》，1933年12月12日诺贝尔奖演讲，收录于《共振》科学教育杂志，第4期，编号2，1999年。

埃尔温·薛定谔，《量子力学现状》（1935），由约翰·特里莫翻译，发表于《美国哲学学会会刊》，第124期，编号5，1980年10月10日。

费尔南多·索尔斯，《科学能否为现实给予最终解释？》，发表于《思想》哲学杂志，第69期，编号261，2013年1月，网址：https://www.researchgate.net/publication/287435773_Can_science_offer_an_ultimate_explanation_of_reality。

安托万·苏亚雷斯，《量子叠加的极限："薛定谔的猫"和"魏格纳的朋友"该被称为"奇迹叙事"吗？》，发表于康奈尔大学，2019年1月23日，网址：https://arxiv.org/abs/1906.10524。

伦纳德·苏斯金德，《量子黑洞悖论》，发表于《自然物理》，2006年10月1日。

以及所有关于李奥纳特·苏士侃、弗里曼·戴森和加布里埃尔·韦内齐亚诺的文章。

以下为本书参考的有关埃尔温·薛定谔的书籍：

埃尔温·薛定谔，《波动力学论文集：四场有关波动力学的讲座全集》，AMS切尔西出版社，普罗维登斯，1928年。

埃尔温·薛定谔，《统计热力学：1944年1月至3月都柏林理论物理学院研讨会讲座课程》，都柏林高等研究院出版，都柏林，1946年。

埃尔温·薛定谔，《时空结构》，剑桥大学出版社，剑桥，1950年。

埃尔温·薛定谔，《科学与人文主义：我们时代的物理学》，剑桥大学出版社，剑桥，1951年。

埃尔温·薛定谔，《膨胀宇宙》，剑桥大学出版社，剑桥，1956年。

埃尔温·薛定谔，《科学理论与人》，多佛出版社，纽约，1957年。

埃尔温·薛定谔，《统计热力学》，多佛出版社，纽约，1989年。

埃尔温·薛定谔，《量子力学诠释：都柏林研讨会（1949—1955）及其他未发表论文》，奥克斯伯出版社，伍德布里奇，1995年。

埃尔温·薛定谔，《生命是什么？从物理学角度看活体细胞》意大利语版本，阿德尔菲出版社，米兰，1995年。

埃尔温·薛定谔，《我的世界观》（1964），剑桥大学出版社，剑桥，2009年。

埃尔温·薛定谔，《精神与物质：有关埃尔温·薛定谔哲学的论文》（1958），波恩茨出版社，巴黎，2016年。

罗伯特·克里斯，阿尔弗雷德·戈德哈伯，《一切都是不确定的：从薛定谔的猫到大卫·福斯特·华莱士的量子革命》意大利语版本，高迪彻出版社，都灵，2015年。

丹尼尔·弗莱施，《薛定谔方程学生指南》，剑桥大学出版社，剑桥，2019年。

菲利普·福雷斯特，《薛定谔的猫》，伽利玛出版社，巴黎，2013年。

约翰·格林，大卫·莱维森，《两个威尔》，皮埃姆出版社，卡萨尔蒙费拉托，2011年。

约翰·格里宾，《寻找薛定谔的猫》，黑天鹅出版社，圣路易斯，1985年。

保罗·哈尔彭，《爱因斯坦的骰子和薛定谔的猫》，基础读物出版社，纽约，2016年。

罗姆·哈瑞，《巴甫洛夫的狗与薛定谔的猫：生物实验室里的场景》，牛津大学出版社，牛津，2009年。

沃纳·海森堡，埃尔温·薛定谔，马克斯·玻恩，《现代物理学探讨》意大利语版，伯拉提博林格利出版社，都灵，1980年。

沃尔特·穆尔，《薛定谔，生命与思想》，剑桥大学出版社，剑桥，2015年。

特里·鲁道夫，《量子》意大利语版，阿德尔菲出版社，米兰，2020年。

史蒂文·温伯格，《量子场论》，剑桥大学出版社，剑桥，2000年。

以及所有关于李奥纳特·苏士侃及弗里曼·戴森的书。

当然还有——

加布里埃拉·格雷森,《量子物理学家们不可思议的晚餐》,萨拉尼出版社,米兰,2016年。

致 谢

我要将最诚挚的感谢献给李奥纳特·苏士侃、弗里曼·戴森、赫伯特·皮特施曼、加布里埃莱·韦内齐亚诺、亚历山大·扎尔和彼得·格拉夫。

我真的去李奥纳特·苏士侃在帕洛阿托的家里拜访过，猫的那一幕我也真的经历过，我的过敏反应也是真的，没开一丝玩笑。苏士侃讲述的内容非常珍贵，在我们谈话结束之后的几天里我收获了很多的灵感。我与弗里曼·戴森的见面全都发生在普林斯顿，我们还打过很长时间的视频电话。他告诉我的一切都是莫大的慰藉，让我永远无法忘怀。"一个人死了以后，其他人应该为他而活"这句话就是他告诉我的，同时他鼓励我写下这本书。我对赫伯特·皮特施曼讲述了我对埃尔温·薛定谔的狂热：他让我亲身体验了薛定谔的课程，和他见面时，我心中蓦然升起一种感觉，好像薛定谔也是我的人生导师。在加利福尼亚时，我还偶遇了加布里埃莱·韦内齐亚诺，和他聊天是一件很令人兴奋的事，他想知道李奥纳特·苏士侃和我所有聊天的内容。而且，他们所有人都想了解其他人的想法，这种对全世界科学家的好奇，让我感觉自己也是这个大家庭的一部分，而我为了写这部小说也专门做了一个梳理，你们也是其中的一部分。然后就是我和彼得·格拉夫的思想交流，他是维也纳大学薛定谔档案馆的核心人物，学识渊博，让我接触了很多资料。我和他一起在资料中探索，博览群书，翻阅图册，浏览典籍；我曾经让他感到失望，我对此很确定，但是他从没和我说过这件事。还有亚历山大·扎尔，我和他很合得来，而且他也真的帮我回复了特里·鲁道夫的邮件。

我要感谢我忠实的助手伊丽莎白·珀丽。自打我们在米兰的罗马集市咖啡厅见面，第一次构想本部小说的故事情节开始，和她交流总是令我振奋。此外，我还要感谢我的经纪人卡门·普雷斯蒂亚，她是一个很重要的角色。我要感谢芬兰拉普兰塔拉赫蒂理工大学工程物理系的贝纳多·巴比耶里教授，他在第一次阅读这部小说时给了我很多实用的建议，我想必没能令他十分满意。我要感谢加布里埃莱·韦内齐亚诺教授的阅读和建议。我要感谢维也纳的意大利书商西维娅·齐亚里尼（她的哈特利布书店在波泽兰加斯大街，36号），我在维也纳密集出差时有过很多次和她一起开怀大笑的瞬间，就是在罗马餐厅的晚餐，你们可以问问她。我要感谢维也纳意大利文化处的艺术家中心对我的接待，他们对我在维也纳的研究也提供了大力支持，真心感谢法布里奇奥·尤拉诺。

最后，我要感谢蒙达多利出版社的出版人阿尔贝托·杰尔索米尼和安德里亚·德尔蒙特，是他们鼓励我踏上了这次旅程，谢谢你们的支持、包容和鼓励。

在这部小说中，我还提到了两位伟大的女科学家：海蒂·拉玛和阿达·洛芙莱斯，因为对我来说，这些在我之前的勇敢女性是我必须要提及的榜样——就像照镜子一样，我在她们的人生中看到了我自己最关心的内容，可谓我生命中最宝贵的馈赠。